U0133739

汽车维修技能训练"从校园到职场"系列丛书

汽车防盗与音响系统结构原理及典型故障案例

主　编　曲昌辉　孙涛
副主编　李泰然
参　编　宋孟辉　郭大民　王立刚　黄宜坤　李鹏
　　　　李兴琢　刘义庆　刘国利　高晓旭

机械工业出版社

本书重点介绍了汽车防盗系统的检修、普通防盗器的选择和加装以及检修、汽车音响系统的检修、音响的改装和解码,书中精选了一些典型维修案例,便于读者查阅,并从中得到启示,起到举一反三的效果。

本书内容丰富实用、图文并茂,适合自学,可作为现代汽车维修人员的必要参考读物,也可作为中、高职学历教育的补充教材和职工培训教材。

图书在版编目(CIP)数据

汽车防盗与音响系统结构原理及典型故障案例/曲昌辉,孙涛主编. —北京:机械工业出版社,2011.11
(汽车维修技能训练"从校园到职场"系列丛书)
ISBN 978-7-111-35957-9

Ⅰ.①汽… Ⅱ.①曲… ②孙… Ⅲ.①汽车—报警系统—车辆修理②汽车—音频设备—车辆修理 Ⅳ.①U472.41

中国版本图书馆 CIP 数据核字(2011)第 195517 号

机械工业出版社(北京市百万庄大街 22 号 邮政编码 100037)
策划编辑:徐 巍 责任编辑:徐 巍 版式设计:霍永明
责任校对:张 薇 封面设计:赵颖喆 责任印制:李 妍
唐山丰电印务有限公司印刷
2012 年 1 月第 1 版第 1 次印刷
184mm×260mm ·13.5 印张·319 千字
0001—3000册
标准书号:ISBN 978-7-111-35957-9
定价:35.00 元

凡购本书,如有缺页、倒页、脱页,由本社发行部调换

电话服务 网络服务
社 服 务 中 心:(010)88361066
销 售 一 部:(010)68326294 门户网:http://www.cmpbook.com
销 售 二 部:(010)88379649 教材网:http://www.cmpedu.com
读者购书热线:(010)88379203 **封面无防伪标均为盗版**

前　言

社会在发展，科技在进步。在我国，随着汽车尤其是家用轿车保有量的不断增加，汽车的结构也不断更新，汽车防盗系统、音响系统越来越多地应用到汽车上，并向电脑控制多功能方向发展。由于汽车维修行业在我国属于新兴的行业，缺少相应的规范和标准，目前的一些教材缺少实际指导作用，无法满足人才培养要求。为使广大汽车使用和维修人员掌握现代小型汽车防盗系统的结构和维修保养技术，特编写了此书。本书是现代汽车维修人员的必要参考读物，也可作为中、高职学历教育的补充教材和职工培训教材。

本书图文并茂，通俗易懂，实用性强，可操作性强。通过维修实例的介绍，读者可举一反三，将故障排除方法运用到其他类型的车型上。

本书由曲昌辉、孙涛任主编，李泰然任副主编，参加编写的人员还有宋孟辉、郭大民、王立刚、黄宜坤、李鹏、李兴琢、刘义庆、刘国利、高晓旭。

在编写本书过程中，编者得到许多同行的帮助，在此特向有关人员表示诚挚的谢意。

由于编者水平有限，书中难免存在不足之处，恳请广大读者批评指正。

编　者

目　录

第一章　汽车防盗系统的检修

任务一　汽车防盗系统故障的检修

 **学习目标**

1）了解汽车防盗系统的分类及基本组成与功能。
2）掌握汽车防盗系统的结构与工作原理。
3）掌握汽车防盗系统故障的检查思路。
4）掌握汽车防盗系统检修常用的方法。

一、任务分析

某客户驾驶的一汽马自达 6 轿车进入防盗状态后，无规律报警，此时各车门中控门锁处在锁定状态。要完成解除无规律报警这个工作任务，需要掌握汽车防盗系统的结构及工作原理、汽车防盗系统故障的检修等知识。

二、相关知识

1. 汽车防盗系统的分类

汽车防盗系统经历了机械式、电子式、芯片式和网络式四个发展阶段。在发达国家，汽车防盗技术已相当成熟，目前主要采用电子式，并正逐步向网络式过渡；而欠发达国家基本上还处于起步阶段，广泛采用机械式。

（1）机械式防盗装置　机械式防盗装置是比较常见而又古老的装置，它主要是利用简单的机械式原理锁住汽车上的某一机构，使其不能有效发挥应有的作用，以达到防盗的目的。目前，国内常见的机械式防盗装置有：

1）转向盘锁。即常见的拐杖锁，如图 1-1 所示。主要是将转向盘与制动踏板连接在一起，使其不能做大角度转向或制动，有的可直接使转向盘不能正常使用。

2）变速杆锁。在变速杆附近安装变速杆锁，将转向盘和变速杆锁在一起，可使变速器无法换挡。通常在停车后，把变速杆推到 P 位（驻车挡）或 N 位（空挡），加上变速杆锁，可使汽车无法换挡。

3）车轮锁。车轮锁（图 1-2）可锁在车轮外面，目标明显，既可防盗又可防止车辆被拖走。但由于它太笨重，而且锁车也较麻烦，所以采用车轮锁防盗的人较少。

（2）电子式防盗装置　随着电子技术在汽车上的应用，各种电子防盗报警器应运而生。它克服了机械锁只能防盗不能报警的缺点，主要靠锁定点火或起动来达到防盗的目的，同时具有声音报警等功能。电子防盗装置设计先进、结构复杂，包括起动控制、遥控车门和报警三部分，主要由防盗控制单元识读绕组、警告灯、汽车钥匙等元器件组成。点火钥匙和信号发生器制成一体，当钥匙处于接通位置时，防起动装置向钥匙接收器发出电信号，信号接收器随即通过防起动装置向控制单元发送密码信号以供识读。车门控制和报警系统制成一体，报警系统在关闭点火开关，拔下钥匙并锁定车门、行李箱等后自动进入警戒状态，若车门或发动机舱盖被强行打开，报警系统将自动报警。

图 1-1　转向盘锁　　　　　　　　　　　　　　　图 1-2　车轮锁

汽车电子防盗器一般都具有遥控功能，安装隐蔽，操作简便。缺点是容易误报，不能从根本上解决车辆丢失问题。随着科技的发展，汽车电子防盗器增加了许多方便、实用的附加功能。现在市场上出现了具有双向功能的电子防盗器，它不仅能由车主遥控车辆，车辆还能将自身状态传送给车主。

（3）芯片式防盗系统　目前，在汽车防盗领域位居重点的当属芯片式数码防盗器。它通过锁住汽车起动机、电路和油路达到防盗目的，若没有芯片钥匙便无法起动车辆。数字化的密码重码率极低，而且要用密码钥匙接触车上的密码锁才能开锁，杜绝了被扫描的可能。

由于特点突出且使用方便，大多数轿车均采用它作为原配防盗器。目前进口的很多高档车及国产大众、广汽本田、派力奥等车型已装用原厂的芯片防盗系统。芯片式防盗目前已发展到第四代，除了比电子防盗系统有更有效的防盗作用外，它还具有特殊诊断功能。如独特的射频识别技术可保证系统在任何情况下都能正确识别驾驶人，当驾驶人接近或远离车辆时可自动识别其身份，打开或关闭车锁；无论在车内还是车外，独创的 TMS37211 都能够探测到电子钥匙的位置。

（4）网络式防盗系统　网络式防盗系统通过网络实现车门的开关和车辆的起动、截停、定位，并根据车主的要求提供远程车况报告等功能。目前主要使用的网络有无线网络（BB 机网络）和 GPS（卫星定位系统），其中 GPS 应用最为广泛。GPS 主要靠锁定点火或起动达到防盗的目的。采用 GPS 技术的汽车反劫防盗系统由安装在指挥中心的中央控制系统、安装在车辆上的移动 GPS 终端及 GSM 通信网络组成，它接收全球定位卫星发出的定位信息，计算移动目标的经纬度、速度和方向，并利用 GSM 网络的短信息平台作为通信媒介实现定位信息的传输，具有传统 GPS 通信方案无法比拟的优势。一旦汽车被盗或出现异常，指挥中心可立即通过 GPS 接收终端设备信号，确定汽车实时地理位置和多方面信息，配合各方面力量及网络优势追回汽车，同时能熄灭发动机，使汽车不能行驶。

网络式防盗系统突破了距离的限制，覆盖范围广，可用于被盗汽车的追踪侦查，可全天候应用，破案速度快，监测定位精度高。

GPS 防盗技术可以说是一场技术革命，它一改传统防盗器的被动、孤立无助的被动式服务，能为车主提供全方位的主动式服务，是目前其他类型汽车防盗系统所不能比拟的。但由于 GPS 防盗技术存在信号盲区、报警迟缓，其防盗性能还无法有效保障车辆的安全。

2. 汽车防盗系统的基本组成与功能

汽车防盗系统利用门锁控制系统的有关功能件和其他零部件，当有人不用钥匙强行进入汽车或强行打开发动机舱盖与行李箱门时，该系统便接通警报电路，喇叭发出响声，前照灯和尾灯同时闪亮约 30s 或 1min，以示警报。与此同时，所有的车门都被锁上，起动机的电源也被切断。

（1）防盗系统的功能　汽车防盗系统的功能如下：

1）防盗的设定与解除。警戒车辆，防盗或防止受侵害。

2）全自动设置。报警器自动进入防盗警戒状态。

3）静音的设置与解除。主要在夜间、医院及其他特殊的环境要求下使用。

4）二次设置。设置解除后，如果在 30s 内未开车门，主机就自动进入防盗状态。

5）寻车。可在停车场内帮助寻找汽车。

6）求救。在紧急事件发生时能进行紧急呼救。

7）振动传感器暂时关闭。在恶劣天气下，汽车如果在安全环境中，可减少误报和噪声。

8）设定维修。汽车维修时，遥控器不交给维修厂，既安全又方便。

9）行车自动控制。点火后车门自动落锁，熄火后车门自动开锁，使用方便又安全。

10）密码防扫描。电脑自动识别密码，并过滤扫描信号，杜绝扫描密码，可防止盗贼通过扫描器扫描报警密码来盗车。

11）跳码防复制。设置和解除警戒时，主机和遥控器都同时更改密码，防止盗贼用无线电截码器截码盗车。

12）BP 机联机呼叫。主机呼叫输出可与防盗寻呼机连接，用 BP 机判断是不是自己的汽车受到侵害。

13）遥控发动机起动。可减少暖车时间。

（2）汽车防盗系统的基本组成及作用　汽车遥控防盗系统一般由主机、感应传感器、门控开关、报警和遥控器等组成。

汽车防盗系统与门锁控制系统共同使用一个电子控制器，称为防盗与门锁控制 ECU。防盗系统的其他装置如图 1-3 所示，主要包括门控开关（发动机舱盖开关、行李箱开关和车门控制开关）、继电器（前照灯与尾灯控制继电器、警报继电器和起动继电器等）、警报装置（防盗喇叭和汽车电喇叭）及指示灯。

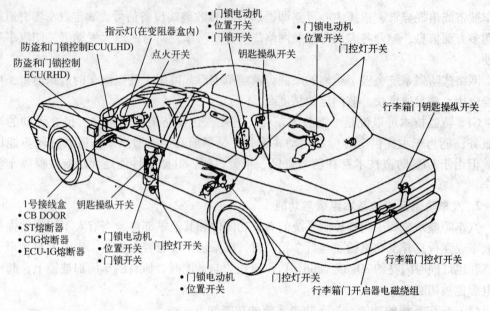

图 1-3 防盗装置位置示意图

1）主机部分。即遥控防盗系统控制单元，它是防盗系统的核心和控制中心。主机的功能是防盗 ECU 接收各种传感器（防盗传感器、车速传感器、各种门的开关以及电动机的位置等传感器）发送的信号，根据 ECU 中预先存储的数据和编制的程序，通过数学计算和逻辑判断，确定车门是否锁定、车辆是否被非法移动或被盗，以便控制各个执行器（门锁电动机、发动机 ECU、起动继电器、喇叭、灯光等），从而使汽车处于报警状态。防盗 ECU 除了具有控制功能外，有的还具有故障自诊断功能。

2）感应传感器部分。它由传感器或探头组成，目前普遍使用的是振荡传感器，微波及红外探头应用较少。传感器的功能是当防盗系统工作时，传感器检测汽车有无异常情况发生。当汽车被移动或车门被打开时，传感器将检测到的信号传送给防盗 ECU，防盗 ECU 根据其内部存储的数据进行比较，判断汽车是否被盗。如汽车被盗，防盗 ECU 输出信号，控制报警装置发出声光报警信号，阻止汽车起动，切断燃油供给。

3）门控开关部分。包括发动机舱盖开关、门开关及行李箱开关等。它的功能是当所有的车门、发动机舱盖及行李箱关闭时，车主通过报警/解除装置使所有的车门锁止，汽车防盗系统进入预警状态。当汽车防盗系统启动时，设在车内可见位置的工作显示灯开始工作，以保证防盗系统正确无误地工作。

4）报警部分。喇叭在防盗系统被触发或动作（开、闭锁）时发出警报。报警方法通常采用喇叭鸣叫和灯光闪亮的方式，也有采用专用喇叭与普通喇叭进行组合的报警方法。此外，某些防盗系统还设有专用警笛或者用电波向车主报警。利用电波在电子地图上显示被盗车位置，并向警方报警的追踪装置已经开始普及。

5）遥控器部分。包括按键和指示灯。

6）其他部分。包括配线、继电器和熔断器等。

汽车遥控防盗系统的遥控器与主机系统之间除了要有相同的发射和接收频率之外，还要有密码才能相互识别。

当以非正常的手段解除报警功能后，若此时发生侵入驾驶室事件并起动发动机，这时传感器便能检测到这种信息，并把信号传到控制电路，控制系统进行判断，当其认为异常时，一方面会发出报警，另一方面会阻止发动机运转。

汽车遥控防盗系统的使用功能均由随身携带的钥匙扣式发射机（遥控器）遥控操作，控制距离一般为30~50m，有的甚至更远。它包括以下功能：有声防盗设定、静音防盗设定、声光寻车、自动防盗、二次防盗、状态记忆、报警暂停、中央门锁控制、车门未关提示、防抢（反劫持）、紧急呼救、开门报警、点火报警、振动报警、车内有物体移动报警、开启发动机舱盖和行李箱报警等功能，有些防盗系统还具有振动记录、行车自动落锁、遥控调整灵敏度、双向报警提示等诸多功能。

（3）防盗系统主要部件的作用

1）防盗传感器。它用于检测汽车是否被盗，主要有热释电式红外线传感器、超声波传感器、振动传感器、玻璃破碎传感器4种类型。

① 热释电式红外线传感器（又称红外探头）。它一般安装在汽车驾驶人位置附近，通过红外辐射的变化来探测是否有人侵入车内。热释电式红外线传感器上有三根导线，一根为电源线，用英文字母 D 表示；另一根为信号线，用英文字母 S 表示；最后一根为接地线，用英文字母 E 表示。

② 超声波传感器。超声波是频率在人耳可听音频范围以上（约20kHz以上）的声波。超声波传感器就是检测这种超声波的传感器。

③ 振动传感器。振动传感器的作用是检测汽车受到的冲击。当汽车受到冲击，其振动达到一定强度时，防盗 ECU 输出信号，控制报警装置报警。

振动传感器主要有压电式振动传感器、压阻式振动传感器、磁致伸缩式振动传感器三种类型。

④ 玻璃破碎传感器。玻璃破碎传感器用来接收玻璃受撞击和破碎时产生的振动波，然后转换成电信号输出，并将此信号输送给防盗 ECU。它与防盗 ECU 一般有两根线连接，一根是传感器的接地线（黑色），另一根是信号线（白色）。

2）遥控发射器与接收器。遥控装置已在汽车上广泛运用，它利用手持遥控发射器将密码发送给遥控接收器，可以在黑夜中不必用钥匙找到钥匙孔位置，或者在雨天也不需用钥匙开启车门，即使手中提着物品也能方便地开启车门。

遥控装置不仅能替代车门钥匙，而且也可用于防盗系统、行李箱开锁、车窗或滑动天窗的开闭。遥控信号一般采用红外线、无线电波或超声波等发送，其中以红外线与无线电波两种方式为主。

无线遥控装置就是对汽车车门开闭装置的执行器进行无线遥控的装置，它在远离车辆的地方进行车门的打开或关闭，主要由遥控发射器（简称遥控器）和遥控接收器（简称接收器）组成。

① 汽车遥控防盗系统使用的遥控发射器由密码信号发生器、键盘输入电路、无线发射电路等组成，工作频率为 256~320MHz，典型值为 315~318MHz，工作电源为 +12V（由一节 PG23A 或一节 PG27A 电池供电），遥控距离为 30~50m。为了便于携带，普遍采用微型钥匙扣式设计。当遥控操作开关接通时，存储在存储器中的功能代码和身份鉴定代码（固定代码 + 可变代码）被读出，经信号调制处理后，转换为红外线或无线电波的遥控

信号，并向外输出（红外线方式中，经脉冲调制后驱动发光二极管；而在无线电波方式中，信号经高频调制后向发射天线供电）。

② 汽车遥控防盗报警器的遥控接收部分由接收天线、输入选频回路、高频放大电路、超再生电路、脉冲信号放大整形电路组成，其功能是将遥控器发出的高频载波信号进行选频、放大、解调，输出符合解码电路要求的脉宽数据信号。遥控器接收器的供电电压为 +5V，直接从防盗主机 +5V 获得，工作频率在 256～360MHz，多数接收器工作在315～318MHz。

③ 汽车防盗系统用的天线分为发射天线和接收天线两种。

发射天线不必设置专用天线，可把车门钥匙兼作天线使用。接收天线的作用是接收遥控器输出信号。一般有采用遥控专用天线、与收音机共用一个天线、采用镶嵌在汽车后风窗玻璃内的加热电阻线作为天线等多种形式。

与收音机共用一个天线的遥控装置在接收天线接收信号后，由分配器将信号分检出遥控信号和收音机接收信号。

（4）盗车检测方法　传感器主要通过以下方式检测汽车是否被盗：

1）车门开启操作不正常，或强行打开车门。

2）行李箱盖、油箱盖或发动机舱盖被非法打开。

3）汽车非法移动而产生振动、车辆倾斜。

4）风窗玻璃被打破。

5）采用超声波检测入侵驾驶室以及音响装置、轮胎脱离车辆等情况。

3. 汽车防盗系统的结构与工作原理

（1）遥控式防盗系统的结构及工作原理　遥控式防盗系统的组成如图 1-4 所示，它由手控发射器（遥控器）、接收器、继电器开关、点火电路的控制电路、喇叭报警电路、门锁开关控制电路、灯光报警电路等组成。

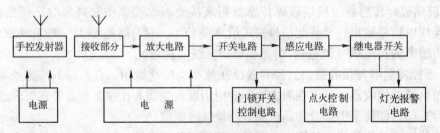

图 1-4　遥控式防盗系统

发射器实际上是一个小小的无线发射电台，它能把普通电流调制成无线电波，然后发射出去。防盗装置主机首先是一个无线电波接收器，当按下发射器的防盗设定开关后，发射器发出"设定"信号电波，汽车上的防盗系统主机收到"设定"信号后，立即使继电器通电，继电器触点被吸下，开关闭合，接通了点火电路的控制电路、门锁开关控制电路和喇叭/灯光报警控制电路的电源，使整机进入警戒状态并关闭门锁。这时如果有人撬动门锁或有人推车，防盗装置主机上的感应器就会感应到信号，这个信号通过电路的调制，接通继电器触点，报警电路开始工作，发出警报声和闪光，同时锁住点火电路，使汽车无法起动。

（2）多功能遥控式防盗系统结构及工作原理　如图 1-5 所示，多功能遥控式防盗系统分为发射器和接收器两个部分，发射器部分由几个不同作用的指令开关电路组成，它们是防盗设定电路、防盗设定解除电路、寻车/超车信号电路、遥控起动电路，然后是汇总的放大电路、音频信号电路、高频振荡电路。其中音频信号部分负责产生"防盗设定"、"解除"等不同内容的信号，然后通过放大电路进行放大后，由高频振荡电路调制成高频信号，再由发射器无线发射出去。接收器部分又分为两部分，一部分根据接收信号内容分别有防盗设定开关电路、寻车/超车信号开关电路、遥控起动开关电路、防盗解除（熄灭）开关电路，这些电路对所接收的信号进行处理，然后通过控制电路的继电器开关对有关电路进行控制，使之进入工作状态；另一部分由感应信号处理电路与振动信号处理电路组成，以对各种不同内容的信号进行接收和处理，然后带动继电器工作，由继电器带动警笛工作并对点火电路加锁。

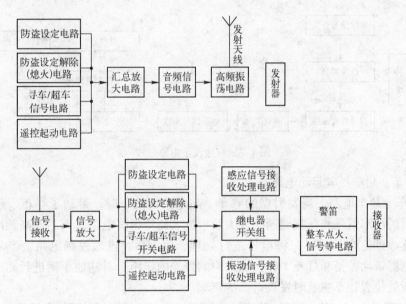

图 1-5　多功能遥控式防盗系统

1）防盗设定与解除电路。

① 防盗设定电路。它主要由发射器部分和接收器部分共同完成，发射器部分有防盗设定开关、低频放大电路、低频调制电路、高频振荡电路等。接收器部分有信号接收电路、信号处理电路、信号放大电路、开关控制电路、继电器等，如图 1-6 所示。

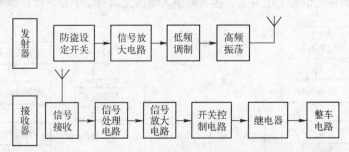

图 1-6　防盗设定电路组成

当防盗开关按下时，带动了防盗设定电路工作，经放大、低频调制、高频调制电路后，对外发射电波，发送防盗设定指令。接收器的接收电路收到指令后，信号进入、放大电路进行处理、放大，然后由控制电路带动继电器开关动作，接通门锁开关控制电路、警戒电路（感应和振动信号）附属电路的电源，使之进入工作状态。当有人撬门窗或触动汽车时，系统能带动警笛发出声响并对点火电路加锁。

②防盗解除电路。如图1-7所示，防盗指令的解除由发射器的防盗解除信号开关、信号放大、低频调制、高频振荡电路等组成。接收器由解除信号接收、信号处理放大、开关控制电路及继电器组成。当发射器解除按钮按下时，防盗解除装置电路就开始工作，电路的低频信号调制部分调制出相应的信号，经放大后进行高频振荡，对外发射出带有指令的电波。当接收器收到解除信号时，就将这个信号进行处理，然后由控制电路带动继电器，关断防盗系统电源，使之停止工作。

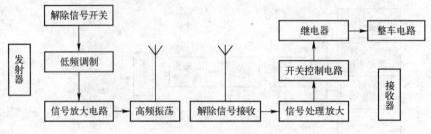

图1-7 解除设定电路组成

2）寻车、超车与电起动电路。

①寻车、超车电路。当发射器的寻车、超车按钮按下时，带动了寻车、超车电路工作，其发出的超车信号经低频调制、放大后，进入高频振荡电路，调制成高频电波对外发射。接收器收到这个信号时，将信号进行处理、放大后，进入控制电路，带动继电器工作，由继电器带动警笛和灯光工作，通过声响灯光的作用，对其他车辆进行超车提示，或提示该车所处位置让车主及时发现自己的汽车。

②遥控起动电路。其电路组成如图1-8所示，它包括发射器的遥控起动信号调制、信号放大及高频振荡电路，接收器的信号接收、处理与放大、控制电路及继电器等。当发射器遥控起动按钮按下时，低频调制部分先调制出相应信号，然后低频电路对其进行放大后进入高频振荡电路，变成高频电波发射出去。接收器收到这个信号后，经过信号处理、放大，将它送到控制电路，由控制电路带动继电器触点开关接通汽车起动电路，将发动机发动。当遥控起动按钮松开时，发射器的信号中止发送，接收器输入端因无信号而中止工作，起动电路中断。

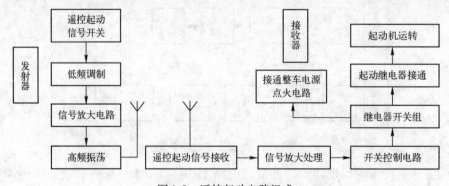

图1-8 遥控起动电路组成

3）熄火、点火锁住电路。

① 遥控熄火电路。它由发射器的熄火开关、信号放大与调制、高频振荡电路和接收器的信号接收、处理、放大、控制电路及继电器等组成。当按下发射器的熄火按钮后，发射器低频调制部分将其调制成相应的信号，信号进行放大后，经高频振荡成高频电波向外发射熄火指令。接收器收到信号后，立即对其进行处理、放大，由控制电路对继电器进行控制，继电器触点开关将点火电路短路（或断路），从而达到熄火的目的。

② 熄火、锁住点火、接通报警电路。它实际上由防盗设定电路兼任，如图1-9所示。在100m范围内按下防盗设定按钮，发射器发出的信号被接收器收到后，接收器先接通警戒电路进入警戒状态。此外，由于车辆起动时的振动和人体的感应作用，又使警戒电路工作，锁住点火电路，并使警声大作。

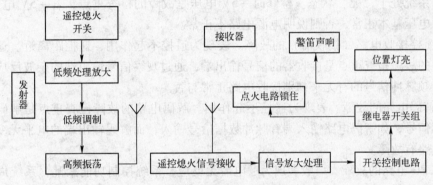

图1-9 遥控熄火电路组成

4）警戒电路。多功能遥控式防盗系统警戒电路由接收器的相应部分担任，其组成如图1-10所示。当接收器的防盗设定电路将警戒电路电源接通后，警戒电路就进入警戒状态。它由感应警戒和振动警戒两部分组成，感应警戒部分利用人体感应的电容破坏原电路中电容电桥平衡的原理，引起电路振荡，这个振荡信号经放大处理后对控制电路进行触发，使其工作，带动继电器使警笛发出声响，同时使点火电路短路（或断路）。振动警戒部分则利用振动破坏原有电阻电桥平衡的原理，引起电流输出，这个电流经放大、处理后对控制电路进行触发，带动了控制电路工作，再由控制电路带动继电器，使警笛发出声响，并对点火电路加锁。

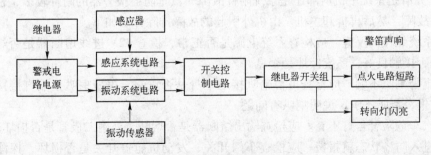

图1-10 警戒电路组成

4. 汽车防盗系统故障的检查

（1）掌握汽车防盗系统电路原理图 尽管不同厂家、不同型号的汽车防盗报警器选用的元器件不一样，电路形式和软件功能也略有差别，但其基本电路结构却是一样的。熟记电路原理框图，对分析、理解汽车防盗系统的原理，以及迅速判断故障的大致范围有很大帮助。

在检修时，首先根据故障现象判断出故障大概由哪一部分或哪几部分引起，然后检查引起故障的部分，以电源供电为起点，以信号流程或控制流程为线索，对故障部位进行检修。

（2）防盗器各部分电路故障的规律　电子防盗系统的故障以电气方面为主，对其检查的难度比较大，一般采用分方块（分部分）的检查方法，如可分为电源部分、感应电路（或接收部分）、开关电路部分、继电器部分等，遥控式的还要加上发射器部分。

1）电源部分的故障。一般表现为通电后无任何反应，指示灯不亮不闪，继电器无任何动作，系统处于"死"状态。检修时 +5V 电压是故障的检查重点，若 +5V 电压正常，说明电源电压基本正常，否则说明电源电路不正常。

2）遥控接收电路（接收器）的故障。表现为遥控不起作用，遥控距离近。遥控器接收器电路的故障检查重点是接收器的信号输出端，通过观察信号输出端的杂波反应和发射信号时低频脉冲信号的有无来判别接收电路正常与否。

3）解码电路的故障。表现为遥控不起作用。解码电路的故障检查重点是解码电路输出端有无信号，如解码电路输入端有脉冲数据信号输入，而解码输出端的电平无变化，说明解码电路有故障。

4）CPU 电路的故障。一般表现为通电后无反应，系统控制功能紊乱，系统局部或全部控制功能失效。检查 CPU 电路是否正常的快速方法之一是将防盗系统的车门检测端口接低电平，听机内继电器有无吸合声，如无任何反应，说明 CPU 电路有故障。

5）驱动电路的故障。如各路驱动负载均无输出（如中控锁、危险警告灯、报警喇叭等），说明负载驱动电路有故障，而且很可能是驱动芯片本身损坏；如只是某一路负载不工作，应重点检查这一路控制电路。

6）报警检测输入端口和功能执行控制输出端口的故障。表现为某一检测功能（或控制功能）不起作用或总是执行某一控制功能。可以通过检查该输入（或输出）端口的电平状态（常态与动态的变化情况）来判断故障部位是由 CPU 的内部电路损坏引起还是外部电路引起。

（3）分清是系统主机内部还是系统附件故障　汽车防盗报警器的附件较多，检修时先排除附件故障，然后再拆卸主机。由机外引起的故障排除方法如下。

1）系统无任何反应。应检查系统电源是否正常，检查 12V 进线熔断器是否熔断，熔断器座是否接触良好，系统接地是否良好。

2）报警喇叭不响。应检查报警喇叭接地本身是否正常，报警喇叭正端直接接蓄电池正极，如报警喇叭不响，说明喇叭有问题。

3）汽车危险警告灯不亮。应检查输出熔断器是否熔断，外附二极管是否损坏。

4）进入防盗状态就报警。应检查车门开关、发动机舱盖开关是否损坏，探测传感器是否有故障。

5）在防盗状态下经常误报。应检查探测传感器调整得是否太灵敏，重新调整探测灵敏度或将传感器的插头拔下检查。

5. 防盗系统检修常用的方法

明确了故障部位或故障元器件以后，就可以采用适当的方法进行检查、验证。和检修其他电器一样，防盗系统检修的行之有效方法是：从外到内、先易后难、先动脑后动手、先一般后特殊。常用的检修方法有直观检查法、电压测试法、信号注入法、信号寻迹法等。

（1）直观检查法　直观检查法就是利用人的感觉器官，通过眼看、耳听、鼻闻、手接触等行为，来查找故障部位、元器件，直观检查一般都是硬故障。

1）通电前直观检查。通电前检查 12V 进线熔丝是否熔断，插接件是否牢固，电路板有无烧痕，是否有进水、油浸现象，是否有开焊、断线之处，稳压 IC、集成电路、晶体管有无炸裂情况，电解电容有无漏液、鼓起现象，继电器外壳有无烧痕。

2）通电后直观检查。如通电前直观检查未发现问题，再通电进行检查。首先观察整机电流是否过大，然后方可长时间通电进行检修。通电时注意观察有无异味、冒烟现象，手摸稳压 IC、集成电路、晶体管是否有烫手感觉。

（2）电压测试法　电压测试（量）法通常是指直流电压的检查测量方法。最有效的方法是检测机内集成电路、晶体管的各引脚电压，与正常值对照，从而作为判断故障的依据。对于一些基本的常规电路的电压，检查者心中应做到大致有数。

（3）电流测试法　电流测试（量）法通常是指直流测量法。电流测量主要是测量系统主机或附件的总电流，或者是某集成电路的总电流，解码 IC、PIC 系列 CPU 均采用 CMOS 工艺，静态电流为微安级，如测得电流在几个毫安或更大，应考虑集成电路是否损坏。

（4）电阻测试法　电阻测试法是使用最基本最广泛的检测方法之一。一般采取先在路测量，而后再独立测量的方法。在路测量电阻的阻值时，由于被测元器件受其他关联回路的影响，阻值偏低时，不见得是该元器件损坏，这时就要将其从电路板上取下单独测量。电阻、二极管等可以断开一端引脚进行测量。如在路测量的电阻比实际标称值大，一般可以认定该元器件已经损坏。

（5）信号注入法　信号注入法最常用的是利用人体杂波信号检查放大器的交流通路是否畅通，这是一种行之有效的方法。但应当注意，此方法对选频回路、谐振电路的失谐情况无能为力。信号注入法须有终端显示器才能使用。在检修电子传感器时，从后级往前级注入人体杂波信号，观察 LED 指示灯的状态，可以迅速查找故障部位。

（6）信号寻迹法　信号寻迹法通常和信号注入法配合使用，按照信号的流通顺序，对接收、放大电路进行追踪。如检查遥控接收头时，可以用高频信号发生器作信号源，用示波器从高放管的集电极接至接收头的信号输出端，在各级电路的输入、输出端都应当能观察到相应的波形。

（7）并联试验法　并联试验法就是怀疑电路中有元器件损坏时，可以采取在可疑的元件上并联相同规格的元器件进行验证。并联试验法只适合断路或失效的阻容等元器件，对短路或漏电的元器件无效，而且对集成电路或晶体管不宜采取此方法，以免造成器件损坏。

（8）元器件替换法　元器件替换法是用好元器件替换怀疑有故障的元器件来验证该元器件是否损坏。元器件替换法是没有办法的办法，检修汽车防盗报警器时，通常利用替换法的元器件有存储器，晶体振荡器，声表面谐振器，谐振回路、振荡电路的贴片电容等。

（9）脱离检查法　脱离检查法就是将某部分电路或某个元器件从整个电路中脱开，来判断其是否有故障。此方法用来检查负载电流大故障最有效。如＋5V负载有过电流故障时，可以分别取下退耦滤波电容或供电限流电阻或集成电路的供电引脚，甚至切断电路板的某部分供电，如故障消除，则过电流故障就在刚刚脱开的电路部分。

（10）敲击振动法　敲击振动法就是通过对某些元器件或电路板敲击振动使故障现象消失或再现，从而找到故障部位。此方法适用于虚焊、接触不良等时好时坏的故障现象。比较常见的是继电器的触点被烧灼而接触不良，用此方法会很快找到故障。

三、任务实施

1. 常规检查

首先对这辆马自达6轿车的防盗控制单元及门锁定时单元进行常规检查，均正常，检测两控制单元供电及接地情况，良好，模拟检查防盗及中控门锁功能，也正常。这说明该车防盗控制单元、触发信号和控制信号都能正常工作，出现误报警属于"软故障"，可能是稳定性不好，某个触发开关接触不良或局部线束内有断路现象。

2. 掌握汽车防盗系统电路原理图

该车防盗系统属侵入式被动防盗系统（PATS），其工作条件是：当钥匙从点火开关上拔出，所有车门、发动机舱盖、行李箱完全关闭时，方可遥控锁车（或用钥匙锁车）进入防盗状态。进入防盗状态后如果不通过钥匙接通点火开关，或非法打开任何车门、发动机舱盖、行李箱、任意车门锁执行器联动开关，防盗器都将启动报警（声光形式）。

这种防盗系统及中控门锁系统的触发开关由钥匙提示开关、发动机舱盖开关、行李箱开关、4个车门开关、门锁执行器联动开关、驾驶人侧锁芯开关、行李箱锁芯开关组成。其中，驾驶人侧车门开关通过仪表内部1个"门"电路与其他3个门开关并联进入防盗控制单元和门锁定时单元，一方面控制仪表显示车门状态指示，另一方面对防盗控制单元和门锁定时单元起到控制和触发作用。驾驶人侧门锁执行器联动开关是一个双触发开关，它起到主控全车门锁并触发防盗功能启动的作用，其他3个门锁执行器联动开关只起到机械解锁本车门及触发防盗功能启动的作用。发动机舱盖开关用于检测发动机舱盖是否关闭并切断防盗控制单元工作，当非法打开发动机舱盖时，将触发防盗控制单元启动。行李箱开关与发动机舱盖开关作用相同。驾驶人侧锁芯开关起到合法锁车进入防盗状态、合法解锁解除防盗的作用。行李箱锁芯开关起到合法机械解锁行李箱、触发防盗控制单元合法解锁请求的作用。

各开关工作状态如下。

车门开关：当车门关闭时断开，车门打开时接通。

发动机舱盖开关：发动机舱盖关闭时接通，发动机舱盖打开时断开。

行李箱开关：行李箱关闭时断开，行李箱打开时接通。

驾驶人侧门锁联动开关（图1-11）：当闭锁时B、C接通，A、C断开；开锁时A、C接通，B、C断开。

驾驶人侧锁芯开关：当解锁时D、E接通，D、F断开；闭锁时D、E断开，D、F接通。

其他门锁联动开关：闭锁时断开，解锁时接通。

行李箱锁芯开关：遥控开锁时断开，机械开锁时接通。

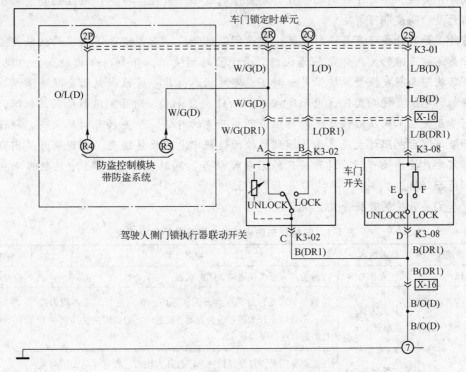

图1-11 驾驶人侧门锁电路

3. 检修

利用检测设备检测，发现只有驾驶人侧门锁执行器联动开关数据异常。当检测联动开关A、C点（即W/G与B线）时，发现当锁车进入防盗控制状态后，开关不能完全断开而形成电阻，当阻值降至800Ω左右时，防盗控制单元检测到该信号后控制报警。更换了驾驶人侧门锁执行器后试车，故障排除。

四、相关案例分析

案例一 凯越轿车在停驶状态下经常无故报警

故障现象：凯越轿车在停驶状态下经常无故报警。

故障诊断与排除：该车在防盗警戒状态下被触发报警，怀疑是车门、发动机舱盖、行李箱盖以及点火开关这些部位出现了异常触发的情况。通过故障诊断仪TECH2，可看到一组数据流，称为"安全数据"。安全数据中按照从近到远的时间顺序记录了近几次触发报警的原因，通过该数据就可以得知是发动机舱盖、车门、行李箱盖还是点火开关触发报警。

查看数据流得知，触发原因均是发动机舱盖开启开关。在防盗警戒和发动机舱盖扣锁状态下轻轻向上抬起发动机舱盖，报警器立即被触发，怀疑是开关过于敏感。于是调整发动机舱盖的高度，使发动机舱盖开启开关受压程度减轻，故障排除。

维修小结：对于凯越轿车，出现无故报警的故障通常是由于发动机舱盖开启开关导致的。例如车身前部发生碰撞事故，维修后的发动机舱盖高度或是开启开关的高度调整不合适，或者开关被压下处于接通的位置，均会导致这个开关过于敏感，通过调整发动机舱盖或开启开关的高度即可解决。

另外，开启开关还有另一种故障，就是间歇性断路。正常情况下，发动机舱盖关闭状态下开关是被压缩的，内部是导通状态。由于长时间使用，开关内部的触点会出现锈蚀，呈现断路状态而触发报警。锈蚀是一种不稳定的状态，其导通性和电阻会随着温度、湿度以及施加的电压变化而变化，电阻通常为十几Ω至数千Ω。对于间歇性断路的故障，需要通过测量开关在不同压缩程度下的电阻来判断开关的好坏。开关只有两种状态，即通或不通。如果压缩后电阻过大或是由压缩到放松的过程中电阻反复跳变，则说明开关内部已经锈蚀，需要更换。还可以通过开关压缩后缓慢放开，同时观察 TECH2 中的数据来判断开关内部是否断路。

该车主要开关的数据含义见表1-1。

表1-1　凯越轿车防盗系统主要开关的数据含义

防盗模块端子号	数据内容	数据含义	标准值
15	点火开关	监测点火开关接通或关闭的状态	接通/关闭
18	钥匙未拔提醒开关 F	监测钥匙是否留在点火开关锁芯内，在点火开关锁芯内为接通，不在点火开关锁芯内为关闭。接通时，防盗模块会接到一个12V 的电压信号	接通/关闭
8	车门接触开关 I	监测车门是否打开，任一车门打开为接通，所有车门关闭为关闭。任一车门打开时，会为防盗模块提供接地信号	接通/关闭
5	行李箱盖锁闩开关 G	监测行李箱盖是否关闭，箱盖打开时为接通，箱盖未关时为防盗模块提供接地信号	接通/关闭
7	发动机舱盖开启开关 H	监测舱盖是否关闭，舱盖未关时为接通，舱盖关闭时为防盗模块提供接地信号	接通/关闭
12	左前门锁芯开关 C	使用钥匙旋转锁芯开锁时为接通，接通时为防盗模块提供接地信号，用来解除防盗	接通/关闭
20	右前门锁芯开关 D	使用钥匙旋转锁芯开锁时为接通，接通时为防盗模块提供接地信号，用来解除防盗	接通/关闭
4	行李箱锁芯开关 E	使用钥匙旋转锁芯开锁时为接通，接通时为防盗模块提供接地信号，用来解除防盗	接通/关闭

案例二　凯越轿车防盗报警功能失效

故障现象： 该车的防盗报警功能失效。

故障诊断与排除： 首先验证故障现象。遥控锁车时车门上锁，同时报警喇叭会发出"叽"的一声响，转向灯闪烁 1 次，说明车辆满足了进入防盗警戒状态的条件。但是打开车门，车辆并不报警。再次遥控锁车，喇叭、灯光依然反馈已经满足了进入防盗的条件，但是点火锁旁的 LED 指示灯只是闪烁了 1 下就熄灭了，不再继续闪烁。

汽车点火锁旁的 LED 状态指示灯在防盗状态下会一直闪烁，而该车只闪烁 1 次说明遥控锁车时车辆已经满足进入防盗的条件，而且已经进入了防盗状态，只不过很快又解除了，所以 LED 灯只闪烁 1 次就不闪了。解除防盗状态的方法有 2 种，一种是遥控开锁，另一种是钥匙开启左前门、右前门或行李箱。遥控开锁不可能，剩下的 3 个锁芯造成故障的可能性最大。

查看 TECH2 数据，发现"行李箱锁芯开关"数据一直显示"接通"，而实际上行李箱是关闭的。锁芯开关一直处于"接通"状态，所以防盗模块即使进入了防盗状态，马上又被这个"接通"的指令给解除了。更换行李箱锁芯后，故障排除。

案例三　丰田花冠轿车遥控器闭锁后，用钥匙打开车门时防盗系统不报警

故障现象：该车用遥控器闭锁后，用钥匙打开车门时防盗系统不报警，而且用钥匙可以起动发动机。

故障诊断与排除：该轿车所配置的防盗系统为独立式，当用遥控器闭锁后，防盗指示灯闪亮，以警示车辆已进入防盗状态。此时必须用遥控器开锁，用其他方式打开车门，防盗系统根据车门触发送来的接地信号，得知有人非法进入车内，使防盗喇叭鸣叫，危险警告灯闪亮，以警示有人非法进入车内，同时起动线路断开，使起动机无法工作，用任何方法也无法起动车辆。

首先将防盗指示灯插接器断开，用万用表测量防盗状态下指示灯的电压，为 12V，初步判断为防盗指示灯损坏。将防盗指示灯装上后发现防盗状态下指示灯常亮。根据电路图分析，此指示灯同时也受发动机控制单元控制，于是用排除法将发动机控制单元的线路断开，指示灯还是常亮，说明此电压来自防盗控制单元。怀疑防盗控制单元已损坏，将另一辆车的防盗控制单元拆下，装上后故障依旧。

根据线路图查找，发现有的线的颜色和电路图的不一样。将四门的触发线路验证正常后，又排除了发动机舱盖和行李箱触发线路存在故障的可能。

最后只好将防盗控制单元的插接器断开，用线一根根连接测试，发现在不连接发动机舱盖线路时一切正常，连接后故障重现。打开发动机舱盖检查，一切正常，但发现触发器有变形的迹象，怀疑变形后发动机舱盖无法将触发器断开，用手将触发器压到底后故障排除，修复后，防盗系统工作正常。

维修小结：当排除防盗不报警故障后，防盗指示灯也恢复正常。在发动机舱盖没盖好时设定防盗，防盗系统只闭锁，但不使车辆进入防盗状态，并使防盗指示灯常亮，以警示驾驶人发动机舱盖没盖好，应进行检修。

案例四　雷克萨斯 LS400 打开车门时，汽车突然报警

故障现象：雷克萨斯 LS400 后风窗玻璃已碎，用手从后车窗伸入车内打开车门时，汽车突然报警。断开电线后警报停止，再接通电线起动时，发动机没有反应。

故障诊断与排除：根据上述故障现象，判断是防盗控制器在起作用。雷克萨斯 LS400 型轿车安装了防盗系统，丰田公司称其为 TDS。此装置设定后，仪表板上会有一个红色发光二极管闪亮，此时如用不正当方式打开车门（如在车门内用手打开门锁再开车门，或在外面打碎玻璃，用手打开门锁再开车门等），则防盗系统就会启动。防盗系统工作时，车用喇叭和防盗器用喇叭一起鸣响，同时前照灯闪亮。这时起动机电路也被切断，不能起动发动机。

将车门全部锁好，恢复车的锁定状态，然后用钥匙打开左前门（或打开右前门，也可以用遥控开关打开门锁），报警状态解除，故障排除。

习　　题

1. 汽车防盗系统的分类及基本组成与功能是什么？
2. 汽车防盗系统的结构与工作原理是什么？
3. 汽车防盗系统故障的检查思路有哪些？
4. 汽车防盗系统检修有哪些常用的方法？

任务二　汽车遥控器的设定

学习目标

1）了解各种车型防盗系统的设定程序。
2）了解各种车型防盗系统的解除程序。

一、任务分析

某客户反映长安马自达 3 轿车前一天遥控器使用很好，第二天早晨使用遥控器开锁时突然无反应，锁车也无反应，但使用钥匙开/闭锁均正常。

二、相关知识

1. 国产车系防盗系统的设定与解除

（1）哈飞赛马遥控器的设定　哈飞赛马遥控器设定操作步骤如下：

1）用钥匙正常打开车门，钥匙插入点火开关。

2）将检测插口 1 号脚接地并在 10s 内完成应急开关开—关、开—关、开—关的操作（门锁动作）。

3）按遥控开关，10s 内按 2 次。1min 内将剩余遥控器注册完毕。

（2）一汽奔腾遥控器的设定　一汽奔腾遥控器设定操作步骤如下：

1）打开驾驶人侧车门（其他车门和行李箱一定要关闭）。

2）用门上的开锁键锁门一次开锁一次。

3）把钥匙插进锁孔，在 24s 内，执行以下步骤。

4）把钥匙转到 ON 位置，然后转回到 LOCK 位置，10s 内连续操作 3 次，最后停在 LOCK 位置（不用等仪表板上钥匙灯灭）。

5）关门开门 3 次，最后把门打开。

6）车辆的电脑这时候应该会反应，表现为自动锁门一次开锁一次。

7）在每个遥控器（很关键，没按的遥控器会失效，只有重新做遥控编程）上任意一个钮按 2 次，电脑应该会锁门开锁一次。

8）拔掉钥匙，电脑会最后作一次反应，大约是 4 次连续的车门锁门和开锁，设定完成。

（3）福建东南汽车遥控器的设定　福建东南汽车共有 4 种遥控器，现将匹配方法分别介绍如下：

1）分离式（遥控与钥匙分离）有红绿两个按键，不用编程。

2）分离式（遥控与钥匙分离）标有 LOCK 与 UNLOCK 的两个按键。

① 拔下蜂鸣器插头（富利卡在杂物箱后）。

② 全车门关好，ECU 诊断口一号端子接地，将点火开关先后置于 OFF—ON—OFF 位置，中控锁会自动锁上和开启。

③ 10s 内按 LOCK 键 1～3 次，中控锁会自动锁上和开启，设定完成。

3）一体式钥匙（钥匙和遥控连为一体），只有一个按键的遥控器设定。

① 先拔下蜂鸣器插头，再拔掉接收机插头，全车门关好，接上接收机插头，待中控有工作声。

② 将钥匙插入拔出 4 次，然后在 2s 内将左前门的中控拉杆拉出压下两次，此时转向灯会闪两次。

③ 将遥控的发射键按 1～4 次，此时门控开锁，转向灯闪一次（其他遥控器设定须关好左车门，重复③步骤编程，否则不能使用）。

④ 将钥匙插入点火开关，接上蜂鸣器插头，设定完成。

4）一体式钥匙（钥匙和遥控连为一体），有两个按键的遥控器设定。

① 把专用工具通过专用插线连接到主机插孔内（新得利卡汽车在加速踏板后）。

② 清除密码：同时按下专用工具的清除和学习键。

③ 芯片密码学习：把钥匙转到 ON 位置，按专用工具上的学习键，这时可听到提示声，设定完成（若有多个遥控器须重复此步骤，否则会失效）。

④ 中控密码设定：钥匙不能在点火锁上，按专用工具上的学习键，同时按钥匙上的任一键两次以上，这时中控锁会动作，设定完成（若有多个遥控器钥匙须重复此步骤，否则会失效）

⑤ 当出现下列情况时需进行遥控钥匙的设定：

a. 遥控钥匙增加或更换。

b. 系统有故障。

⑥ 遥控钥匙的设定步骤：

a. 拿出所有的遥控钥匙（最多可以设定 4 把）。

b. 在 10s 内将点火开关置于 ON 位置和 OFF 位置 6 次。

c. 2s 后指示灯将闪烁 2 次。

d. 编程模式激活 2min 后，进行如下操作：

a）按住 UNLOCK 按键。

b）按 LOCK 按键 3 次。

c）松开 UNLOCK 按键。

d）指示灯将闪烁 1 次，以确认编程正确。

e. 重复以上程序对其余的遥控钥匙进行编程。

f. 在第 4 把钥匙编程后，指示灯闪烁 3 次，以确认编程正确。

g. 将点火开关转到 ON 位置，指示灯闪烁 2 次（1～3 把钥匙被编程）或不闪烁（4 把钥匙被编程）。

h. 编程模式清除。

i. 检查所有已编程钥匙的操作。

（4）2008 款中华汽车遥控器的设定　2008 款中华汽车遥控器设定操作步骤如下：

1）用一把钥匙将点火开关转到 ON 位置。

2）在车外用另一把钥匙锁住车门，此时室内灯亮。

3）再按遥控器上的任意一个按键两次，灯灭，完成设定（30s 内）。

注意：上述操作必须在 30s 内完成。设定时必须有两把钥匙，并且有一个助手协助。

（5）华晨宝马汽车遥控器的设定（适用于大部分华晨宝马汽车）　华晨宝马汽车遥控器设定的操作步骤如下：

1）关闭所有车门（含行李箱）。

2）点火开关转到 ACC 位置，然后在 5s 内将其关闭。

3）在 30s 内将点火开关转到 OFF 位置。按下并按住开锁按钮（向上的箭头按钮）。

4）在按住开锁键时，按下再松开闭锁键（宝马标识按钮）连续三次（应在 10s 内按下开锁按钮）。

5）松开开锁按钮，假如设定成功，基本模块将立即发出一个开锁和闭锁信号。

6）不用再将点火开关打开，重复 3～5 步即可设定其他遥控器（最多可设定 4 个遥控器）。

7）将点火开关转到 ACC 位置，完成设定。

（6）东风标致 307 遥控器的设定　东风标致 307 遥控器设定的操作步骤如下：

1）切断点火开关。

2）再接通点火开关。

3）按下遥控钥匙上的按钮 A 保持数秒钟。

4）切断点火开关并从防盗点火锁上取下遥控钥匙，即设定成功。

（7）吉利自由舰遥控器的设定　吉利自由舰遥控器设定的操作步骤如下：

1）在 7s 内将点火开关连续开关 3 次，到第 3 次时将点火开关置于 ON 位置。

2）观察仪表台上的防盗指示灯 LED（红色发光二极管），LED 会快速闪 3s，3s 后会停顿 1s，当 LED 再次亮起并熄灭后将钥匙从 ON 位置到 OFF 位置再到 ON 位置，此时喇叭会鸣叫一声，表示已进入学习模式。

3）然后依次按下要学习的遥控器任意按键（大于 2s），喇叭会鸣叫一声，表示学习已完成。注意：可一次性学习 4 个遥控器，学满 4 个后如果再学习则从第一个开始依次作废。如果学习一个遥控器后退出学习模式，然后再次进入学习模式学习另一个遥控器，那么前一个遥控器作废。

4）当需要匹配学习的遥控器全部学习完成后，将钥匙从 ON 位置到 OFF 位置，10s 后喇叭会鸣叫一声，表示退出学习模式。

（8）江淮汽车遥控器的设定　江淮汽车遥控器设定的操作步骤如下：

1）点火开关关闭，打开左前门。

2）将 ETACS 电脑外边的开关拨到 SET 位置。

3）同时按住遥控器的闭锁键不放。

4）等待 3s 后将 ETACS 电脑外边的开关拨到 OFF 位置。

5）等待 3s 后放开遥控器的闭锁键。

6）等待3s后，再按住遥控器的闭锁键3s。

7）放开遥控器的闭锁键再按住2s，此时四门中控锁电动机会动作，表示遥控器设定成功。

（9）长城哈弗遥控器的设定　长城哈弗遥控器设定的操作步骤如下：

1）7s内将点火开关从OFF位置—ON位置三次，防盗灯会快闪3s，停1s，然后还会再亮一下，待灯灭后将点火开关转到OFF位置。（9AK系列在此时按住遥控器上的开锁按钮待仪表板上的警告灯亮就可以了）。

2）点火开关置于ON位置，按遥控器的任意键，此时防盗灯亮一下即完成设定。其他的遥控器紧随着按一下任意键就可完成设定，未参加匹配的遥控器将会失效。

（10）奇瑞东方之子遥控器的设定　奇瑞东方之子遥控器设定的操作步骤如下：

1）手工方法。

①钥匙插入锁孔—点火开关打开—关闭—打开—关闭—打开（此过程要在7s内完成）—指示灯快闪3s—指示灯熄灭—指示灯再亮—等待指示灯熄灭—点火开关关闭—点火开关打开—按遥控器闭锁键—按另一个（按键时指示灯会亮一下），完毕。

②钥匙插入锁孔—开—关—开—关—开—指示灯快闪3s—指示灯熄灭—指示灯再亮—等待指示灯熄灭—点火开关关闭—按遥控器闭锁键，按住按键等待转向灯闪烁后说明匹配成功。

③原装防盗系统失效的处理。首先打开车门，关好四车门，使车辆处于开锁状态，在7s内，关—开—关—开—关—开（同时按住遥控器的开锁键），此时门锁会动作。关闭钥匙并拔出，试验开关控制，过程完毕。

2）仪器方法。

①打开点火开关。

②进入东方之子菜单。

③进入智能开关单元（西门子）。

④输入控制单元编码。

⑤按操作提示执行。

⑥匹配成功。

⑦退出。

⑧拔掉钥匙。

⑨操作遥控器。

⑩成功。

注：在进行匹配时也可不插入钥匙进行操作。

2. 美洲车系遥控器的设定

（1）克莱斯勒大捷龙遥控器的设定　克莱斯勒大捷龙遥控器设定的操作步骤如下：

1）用遥控器解除防盗并开门，打开点火开关。

2）按下遥控器UNLOCK键并保持4~10s，同时按PANIC键1下，蜂鸣器会响1次。

3）30s内按每把新遥控器上任一键1次。

4）30s后或关闭点火开关，此时蜂鸣器也会响1次。

（2）凯迪拉克遥控器的设定　凯迪拉克遥控器设定的操作步骤如下：

1）拆下位于行李箱左侧的遥控器设定接头。

2）将点火开关置于 ON 位置。

3）将遥控器设定接头接地。

4）按下钥匙上的任意一个按键 1 次，此时门锁和行李箱开启和锁止 1 次，进入设定模式。

5）若要设定另一把钥匙，则按第 2 把钥匙上的任意一个按键 1 次，此时门锁和行李箱将开启 1 次。

6）拆下遥控器设定接头接地线，完成设定。

（3）雪佛兰遥控器的设定　雪佛兰遥控器设定的操作步骤如下：

1）将点火开关置于 RUN 位置。

2）按电脑上的 TRIP ODO 按键 2 次，保持 5s。

3）在 5s 内按 FUELINFO 按键，保持 10s。此时遥控锁灯会点亮。

4）将点火开关置于 LOCK 位置，使钥匙在点火开关上，此时遥控锁灯会闪烁，当遥控锁灯持续亮时即完成设定。

（4）福特蒙迪欧遥控器的设定

1）当出现以下情况时，必须进行重新设定。

① 电池电量不足。

② 更换电池时间超过 15s。

③ 增加或者替换钥匙。

④ 系统有故障。

2）福特蒙迪欧遥控器设定的操作步骤。

① 要求所有需设定的钥匙都在。

② 将点火开关置于第 1 挡位置。

③ 等待约 10s。

④ 确保时钟 LED 灯点亮，LED 灯点亮约 5s。

⑤ 将点火开关置于 OFF 位置，同时 LED 灯点亮。

⑥ 进入设定程序约 20s（LED 灯点亮）后，进行以下操作：

a. 将钥匙对准接收器（位于前门拉手处）。

b. 压下 LOCK/UNLOCK 按键并保持，约 1s 后钥匙 LED 灯将会闪烁 1 次。

c. 压下 LOCK 按键 3 次。

d. 松开 UNLOCK 按键。

e. 继续将钥匙对准接收器，直到时钟 LED 灯和钥匙 LED 灯闪烁 5 次。

⑦ 退出设定程序并使时钟 LED 灯熄灭的方法：

a. 将点火开关置于 ON 位置后再置于 OFF 位置。

b. 等待约 20s。

3. 欧洲车系防盗系统的设定与解除

（1）2007 款路虎揽胜遥控器的匹配　2007 款路虎揽胜遥控器设定的操作步骤如下：

1）确认车辆处于开锁的状态，两前车门处于关闭状态。

2）将钥匙插入点火开关钥匙孔，打到 1 挡，5s 内回到 0 挡，进入匹配模式，接下来的程序需在 30s 内完成。

3）从钥匙孔内将钥匙取出。

4）按住开锁键（最多 15s），此时在 10s 内连续按下闭锁键三次。

5）松开所有按钮。

6）如成功，车辆会自动开锁闭锁一次，若不成功重复上述操作。

（2）奔驰红外线遥控中央门锁的设定 操作步骤如下：

1）红外线设定与复制。

① 将点火开关置于 OFF 位置并关闭所有车窗及车门。

② 按下遥控器按键 2s 后放开。

③ 在 30s 内用原车钥匙将车门锁上再开锁。

④ 再按一次遥控器，复制程序。

2）红外线遥控器复制程序。

① 将车门关上，插上钥匙并将点火开关置于 OFF 位置。

② 按下原车遥控器按键，2s 后放开，再按下新的遥控器按键，2s 后放开，然后将点火开关从 ON 位置转到 OFF 位置，再按下新的遥控器按键即可完成复制。

（3）新款宝马 E65 遥控器的匹配 操作步骤如下：

1）将钥匙插入已解除联锁状态的车辆的点火开关 CAS 插口单元中，此钥匙必须是 CAS 识别为有效的钥匙，然后 CAS 会进行初始化准备 30s，取出点火开关中的钥匙。

2）按住遥控起动手持发射器上的停止按钮（最多 15s），在 10s 内快速按起动按钮 3 次。

3）放开两个按钮在 LED 指示灯闪烁期间 10s 内，立即通过中控锁进行联锁和解除联锁操作以便发出信号表明遥控器初始化成功。

4）如果中控锁未发出反馈信息必须重新初始化。

在对第一个遥控器进行初始化后还能再对一个遥控器进行初始化，要注意所使用的遥控器都需要初始化。每次对另一个遥控器初始化时操作过程必须从第 2 步开始。

4. 亚洲车系防盗系统的设定与解除

（1）丰田威乐遥控器的匹配 操作步骤如下：

1）坐在车内，锁、开驾驶人侧车门，此时保持车门在开启状态。

2）在 5s 内插入、拔出钥匙 2 次，40s 内关、开驾驶人侧车门 2 次，此时保持车门在开启状态。

3）将钥匙插入、拔出 1 次。

4）在 40s 内关闭、打开车门 2 次。·

5）将钥匙插入点火开关，并关闭所有车门。

6）以 1s 的时间间隔，将点火开关从 OFF 位置转到 ON 位置，可根据次数选择遥控钥匙设定模式。1 次—增加模式，此时中控锁会自动动作 1 次；2 次—重新编程模式，此时中控锁会自动动作 2 次；3 次—确认模式，此时中控锁会自动动作 3 次；5 次—保护模式，此时中控锁会自动动作 5 次。

7）取出点火钥匙。

8）若为增加模式或重新编程模式，则同时按下遥控器上的 LOCK 和 UNLOCK 键，1s

后松开，并重复 2 次，此时中控锁会自动开锁和关锁 1 次。

9）有多个遥控器需要匹配时，则重复步骤 8 即可。

（2）丰田普拉多遥控器的匹配　操作步骤如下：

1）打开驾驶人侧车门，关闭门锁开关。

2）将钥匙插入后拔出，手动操作中控开关做"开—关"动作并重复 5 次（LOCK→UNLOCK 为一个循环，一个循环时间为 2s）。

3）关闭驾驶人侧车门，再打开，然后手动操作中控开关循环 5 次。

4）将点火开关从 ON 位置转到 OFF 位置，重复 2 次，此过程中车身电脑会让中控自动地 LOCK→UNLOCK 两次，表示重写模式被选定。

5）同时按下遥控发射器上的 LOCK 和 UNLOCK 两个按键，然后按住 LOCK 键，此时门锁会自动地上锁和开锁 1 次，表示已经匹配成功，若两次表示失败，须重新匹配。

（3）马自达 323 遥控器匹配　操作步骤如下：

1）方法一。

① 关闭所有车门。

② 将点火开关转到 OFF 位置并取下钥匙。

③ 打开驾驶人侧车门，然后再关上。

④ 将钥匙插入点火开关，从 OFF 位置转到 ON 位置循环 5 次 1min 后按遥控器的任意键。

⑤ 打开驾驶人侧车门，按下门灯开关两次后松开，插入钥匙并在 5s 内打开并关闭点火开关连续 5 次。

⑥ 按下有效遥控器的锁门键，再按新的遥控器锁门键即可完成设定。

2）方法二。

① 关闭全车门，点火开关转到 LOCK 位置。

② 打开驾驶人侧车门，重复以下步骤两次。

按下门灯开关，松开门灯开关。

③ 将点火开关从 ON 位置转到 LOCK 位置，重复 5 次。

④ 此时仪表板转向灯闪 1 次，然后按遥控器 LOCK 键 1 次。

⑤ 此时仪表板转向灯闪 2 次，然后将点火开关置于 ON 位置，分别按压遥控器的开锁和闭锁键，确认中控门锁动作。

⑥ 将点火开关置于 LOCK 位置，即可结束设定。

三、任务实施

1. 故障分析

根据任务分析中长安马自达 3 轿车的故障现象，故障的原因有遥控器无电或损坏、接收器损坏、遥控器由于信号干扰需重新匹配等几种可能。

2. 遥控器的匹配

1）测量遥控器电池电压，测量值为 2.99V（标准值：3V）。

2）启动匹配功能重新匹配遥控器。其步骤如下：

① 打开左前门。

② 打开/关闭点火开关 3 次后保持关闭位置。

③ 打开/关闭前门 3 次后保持打开位置。

④ 门锁执行器锁定/打开 1 次，表示匹配功能已经启动。

⑤ 按下遥控器任意按键 2 次，门锁执行器打开/关闭 1 次，表示遥控器匹配成功。该车经以上操作后，发现匹配功能无法启动。

3）遥控器匹配工作原理。钥匙提醒开关信号输入到仪表组，通过 CAN 总线传递给乘客侧分线盒（PJB）。PJB 为左前门锁开关及无钥匙模块提供工作电源，并监测电压值变化（即信号）。当 PJB 接收到钥匙提醒开关信号及门锁开关信号后，将控制门锁打开/关闭 1 次。按下遥控器发送信号，无钥匙控制模块接收到此信号后，将在工作电压的线路中产生一个 2V 的压降。PJB 监测到这个电压变化后，将控制门锁打开/关闭 1 次，说明遥控器匹配成功，如果在第 1 次启动匹配程序时 PJB 没有监测到这个电压变化值，将锁死遥控器匹配功能，即不再控制门锁执行器动作。

4）匹配功能无法启动的原因有点火钥匙提醒开关损坏、左前门锁开关损坏、PJB 损坏、无钥匙控制模块损坏及遥控器损坏、门锁与 PJB 之间线路故障、无钥匙控制模块与 PJB 之间的线路故障等 6 种。

5）点火钥匙提醒开关的检查。提醒开关安装于点火开关后座内，利用报警声可判断其好坏。打开左前门，钥匙在点火开关内时，有"嘟嘟"报警声，完全拔出钥匙后，报警声停止。这说明提醒开关及线路正常，因为报警启动与停止由 PJB 收到开关信号后控制。

6）对前门锁开关的检查。门锁开关位于左前门锁内，利用室内灯可判断其好坏。打开/关闭左前门，室内灯由亮变暗。说明门锁开关及线路正常，因为 PJB 接收到门锁开关信号后，控制室内灯点亮/熄灭。另外进入资料记录器，选择左前门锁开关（LF AJBR），通过打开/关闭左前门来检查其显示的状态，判断其好坏。

7）检查无钥匙控制模块及遥控器。测量模块工作电压正常，接地良好。按动遥控器，测量信号端电压有变化。更换遥控器，故障依旧，这说明无钥匙控制模块损坏。更换新的无钥匙控制模块试车，故障排除。

3. 结论

1）如果测量无钥匙控制模块信号端有电压变化，说明 PJB 损坏。

2）遥控器损坏无法检测，只能试更换备件。

四、相关案例分析

案例一　别克君威轿车车门锁遥控器功能失效

故障现象：别克君威轿车遥控器各种功能均失效

故障诊断与排除：别克君威轿车遥控门锁系统由遥控发射器、遥控接收器、BCM、4 只门锁电动机、驾驶人侧门锁开启继电器、行李箱盖开启继电器、行李箱盖释放继电器、左前锁开关以及右前门锁开关等元器件组成。当按下遥控发射器上的 UNLOCK 按钮时，遥控发射器发送开锁信号，此信号经遥控器接收器接收并处理后，再经数据线向 BCM 发送开锁信号，此时 BCM 控制驾驶人侧门开锁继电器工作，开启驾驶人侧门锁。如果连续按 2 次遥控发射器上的 UNLOCK 按钮，左前门开启后，BCM 将控制喇叭响 1 声，前照灯闪亮 1 次。开行李箱时，BCM 控制行李箱盖释放继电器，驱动行李箱释放电动机动作。

别克君威轿车在以下情况时，需对遥控门锁发射器进行编程：遥控器不能正常工作、添加遥控发射器、更换遥控接收器。

另外，当拆装或更换遥控器发射器电池后，若遥控器不能正常工作，需要进行遥控器、发射器同步。具体方法是：关闭所有车门，同时按住发射器开锁或关锁按钮并保持十几秒，操作完成后车辆喇叭会响 2 声，转向灯也会闪亮 2 次。

具体检修方法如下：

1) 关闭所有车门，按住左前门锁开关的 UNLOCK 按钮并保持住，将点火钥匙插入点火开关（不转动）并立即抽出，再插入并抽出，第 3 次插入后将钥匙保留在锁芯中，然后松开左前门锁按钮，若接收系统工作正常，此时将能够听到 BCM 内蜂鸣器发出 3 声鸣叫。蜂鸣器不响，说明接收系统有故障。

2) 在车内按下门锁开关的 UNLOCK 或 LOCK 按钮，门锁能正常工作，说明开锁信号已送到 BCM 并且 BCM 能处理。

3) 打开点火开关，踩下制动踏板并挂挡，BCM 蜂鸣器有蜂鸣声发出，说明蜂鸣器工作正常。

4) 匹配遥控发射器后蜂鸣器仍不发声，其原因有 2 种：接收器电源不正常，数据线 377 断路或短路。

5) 检查发现仪表台熔断器盒内遥控接收器熔断器正常，与遥控接收器共用熔断器的空调控制面板、音响也正常，从而说明遥控接收器电源正常。

6) 拆下 BCM，打开后仔细检查 BCM 内电路板上的元器件，发现有 1 个晶体管烧坏，说明 BCM 确有故障。

7) 装回 BCM，用专用检测仪 TECH2 检测，读出了 B1003 RFA 编程信号未接收，B1349 门锁执行器接地供电电路断路，B1477 固定式附加电源短路 3 个故障码。

8) 在更换了 BCM 后，安全气囊故障灯常亮，安全气囊电脑内存储有 B1001 选装件不匹配的故障码，在用诊断仪对 BCM 重新设定后，故障排除。

案例二　本田里程车主开锁触发防盗报警系统

故障现象：1994 款本田里程（3.2L）轿车，当车主用钥匙开门锁时，车门还没有打开，就发现车灯闪烁，喇叭鸣叫，显然没有解除防盗状态，在开锁时触发了防盗报警系统。

故障诊断与排除：本田里程是一款高级轿车，原车配备了电子防盗系统。防盗系统和中央门锁系统合二为一，相互配合，共同完成车辆的安全保障。此车的左前门上有一个发光二极管为防盗安全指示灯，当拔下点火钥匙，关闭四个车门，用钥匙或遥控器锁车，15s 后自动进入防盗状态，防盗指示灯将闪烁。当发生下列情况时，起动机线路将被切断，喇叭鸣叫，前照灯、示宽灯将发光报警，大约持续 2min，或直到解除。

1) 车门被强行打开。

2) 发动机舱盖被强行打开。

3) 行李箱被强行打开。

4) 蓄电池端子被拆卸后重新连接。

据车主说，此现象时有发生，每次发生时用钥匙开锁反复几次后都会解决，然后一切正常，行驶时无不良反应。

既然如此，试着用钥匙反复开锁，果然有一次解除了防盗状态。打开车门，起动发动机，车辆正常运转。

检查蓄电池极柱接触牢靠，关闭发动机舱盖，拔下点火钥匙并锁上车门，观察左前门的防盗指示灯，15s过后，指示灯果然没亮。又重新关了一次车门、发动机舱盖、行李箱，重复多次后车辆进入了防盗状态，指示灯开始闪烁。

当点火钥匙从点火开关上拔下后，如果四个车门、发动机舱盖、行李箱在关闭状态，这时用钥匙锁车门，左前门锁内的防盗设置开关被触发，此时防盗ECU将检测：发动机舱盖开关、行李箱开关、四个车门开关、钥匙未锁开关（在点火锁芯上）和四个车门门锁电动机位置开关是否进入关闭状态，如果符合要求将启动防盗系统，发光二极管将闪烁，若有一个条件没有满足，将不会启动此功能。

本田里程车的防盗ECU和中央门锁控制器在制动踏板上方，拔下防盗ECU的插头，测量各个开关的通断情况，发现左后门控灯开关线和门锁电动机位置开关线有断路现象。原来左后门被撞过，线束有划痕。恢复原线路。接着发现一个问题，锁车时能进入防盗状态，但解除防盗很不顺利，需多次开锁方可解除。拆下左前门锁总成，在锁总成内有一个三线微型触发开关有些异常，其功能类似一个单刀双掷开关，于是换门锁总成，故障排除。

案例三　宝来1.8L遥控钥匙无法使用遥控功能

故障现象： 宝来1.8L遥控钥匙无法使用遥控功能（功能失效）。

故障诊断与排除： 检查遥控钥匙电池有电，机械开、关车门正常，能够正常起动。用诊断仪读取故障码，发动机系统（01）无故障存储，舒适系统（46）有1个故障码，为错误的钥匙程序设计，依据此故障码判断可能是舒适系统控制单元有问题。清除故障码后利用诊断仪VAG1552进行遥控器匹配（宝来遥控钥匙匹配需使用诊断仪），最后一步按键1s以上，但没有开、关动作也无提示音，说明匹配无效，确定是舒适系统控制单元损坏。更换控制单元后能正常遥控，故障排除。

遥控器匹配方法：

1）打开点火开关，进入地址46。

2）选择功能10，通道00，删除旧的适配记忆。

3）选择10功能，01通道，输入要匹配的钥匙数（最多4把）。

4）依次按下需匹配的遥控钥匙上的任一键1s以上，即可匹配成功。所有钥匙须在15s内完成。

习　　题

1. 哈飞赛马轿车遥控器设定有哪些操作步骤？

2. 中华轿车遥控器设定有哪些操作步骤？

3. 雪佛兰轿车遥控器设定有哪些操作步骤？

4. 奔驰红外线遥控中央门锁设定有哪些步骤？

5. 丰田普拉多轿车遥控器设定有哪些步骤？

任务三　汽车防盗钥匙的合理使用

学习目标

1）掌握汽车防盗钥匙的结构原理。
2）掌握汽车防盗钥匙的合理使用。
3）掌握汽车防盗钥匙故障的检修思路。

一、任务分析

一款 2003 款别克 GS 轿车，发动机无法起动，且仪表板上的"SECURITY（安全）"指示灯始终闪亮。

二、相关知识

1. 防盗钥匙的结构原理

汽车防盗钥匙不是普通的机械钥匙，而是柄部带有芯片（该芯片具有特定的密码或者电阻）的特殊钥匙。防盗钥匙是输出密码的载体，是构成电子防盗系统的重要组成部分，它通过磁、电等形式与主控电路联系。防盗控制模块通过点火钥匙验明持有者的身份，若合法，就输出许可信号，允许发动机起动。

电子防盗钥匙大致分为以下两大类：

（1）电阻式点火钥匙　这种钥匙内置了特殊的电阻片，而在点火锁芯上加有弹簧的接触片。当钥匙插入并转动点火开关时，两者产生实体接触，点火锁芯上的触点能够读出钥匙芯片的电阻值，并与预先设定在防盗控制模块内的电阻值比较，只有两个电阻值相吻合，才能起动发动机。但是这种固定电阻值的选取范围是有限的，所以它的安全性能较差。

上海通用别克君威轿车采用 PASS-KEY Ⅲ 电子防盗系统，其特点是以点火钥匙柄部镶嵌的固定电阻晶片（电阻值 380～12300Ω）作为防盗识别标志。当钥匙插入点火开关时，防盗控制模块将此电阻与其内存记忆的电阻值比较，确认数值相符后，便触发一定频率的脉冲方波，解除 PCM 的断油程序，否则会自动切断起动继电器绕组的接地回路，使起动机无法起动，同时 PCM 不控制喷油。

（2）转发器式防盗钥匙　以大众车系桑塔纳 2000GSi 时代超人轿车装备的第二代电子防盗系统（IMMO Ⅱ）为例，该系统由带有脉冲转发器（它可以拆卸）的点火钥匙、识读绕组、防盗控制模块、发动机 ECU 及防盗报警灯等组成。转发器式防盗钥匙的外观虽然与普通的机械钥匙相似，但是在其塑胶柄部内置有转发器，带有特定的密码，脉冲转发器不需要干电池的驱动（所以又称为"无源发射器"），而是依靠镶嵌在点火开关锁芯外面的识读绕组把能量用感应的方式传递，执行变码处理。当钥匙插入点火开关并转至 ON 位置时，防盗控制模块通过识读绕组（其电阻为 21Ω 左右）感应的方式把能量传送给脉冲转发器，脉冲转发器接收到感应能量后被激活。

2. 防盗钥匙的合理使用

1）在正常情况下，使用合法的钥匙插入点火开关，防盗指示灯会点亮大约 2s 后熄灭；如果使用不合法的钥匙，防盗控制模块未接收到或者未识别密码，则防盗指示灯在点亮大约 2s 后持续闪烁，直至点火开关转至 OFF 位。

2）有的轿车（例如 2003 款广州本田雅阁）在使用主钥匙起动发动机并行驶一定里程后，主钥匙会发热，这是正常现象，对车辆没有损害。

3）正确使用识别卡。新款奔驰轿车采用 Keyless go 卡代替点火钥匙，注意不要将这种卡片放在天线的盲区（中央扶手的杂物箱内、仪表板的上面），以免 Keyless go 天线无法激活卡片；卡片不能与金属（如硬币）、电话、MP3 等物件放置在一起，因为这些物件会影响卡片的电磁兼容性；不要把 2 张卡片同时放在车内，使用卡片时确保只使用一张，不可以 2 张卡片同时使用，否则会导致 HASH CODE 的反馈记忆错误，卡片无法识别，无法对中控门锁进行开锁和上锁操作，Keyless go 控制模块死机，系统失效，并且在仪表板的多功能显示屏上出现"CARD NOT RECOGNIZED"字样。

3. 防盗钥匙的常见故障

1）防盗钥匙上的电阻球与点火开关锁芯上的两个感应触点接触不良。

2）防盗钥匙在使用过程中受到敲击、强力碰撞或跌落在坚硬的地面上，造成防盗钥匙中的电阻断裂或者被消磁。

3）防盗钥匙芯片受潮或脏污，造成断路或短路，从而导致发动机不能起动。

三、任务实施

1. 分析故障车辆的防盗原理

2003 款别克 GS 轿车的防盗起动控制系统是能够防止他人使用私自配制的点火钥匙起动车辆的安全防盗装置。它主要由含有电阻晶片的钥匙、点火钥匙信号接收器（也称应答器）、车身控制模块（BCM）、防盗起动控制系统指示灯和发动机控制模块（ECM）、仪表控制模块（IPC）等组成，整个系统由车身控制模块和发动机控制模块进行控制。防盗起动控制系统原理如图 1-12 所示。

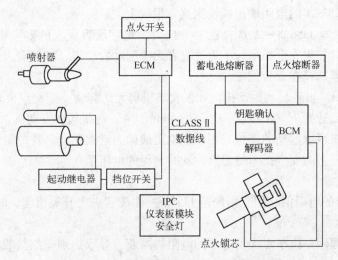

图 1-12 别克 GS 轿车防盗起动控制系统原理图

别克 GS 轿车采用具有防盗功能的遥控钥匙（PASS-KEY Ⅱ），当点火开关钥匙内的电阻与点火开关锁芯内的传感器触点接触时，即当钥匙和锁芯一起转动时，车身控制模块通过点火锁芯读取点火钥匙的晶片电阻，然后将电阻片的电阻值与防盗组件或车身控制模块内预置的电阻值进行比较。

若电阻值与设定值相同，位于仪表板上的防盗起动控制系统指示灯亮约 2s 后熄灭，表明防盗起动控制系统已经完成对点火钥匙信号接收器发送密码的识别。然后车身控制模块串行数据线给发动机控制模块输送起动信号，发动机控制模块根据此信号向喷油器提供工作信号，同时将起动继电器控制绕组正常接地，起动机和喷油器开始工作。

若电阻值与设定值不同，位于仪表板上的防盗起动控制系统指示灯点亮约 2s 后转为闪烁，直到将点火开关关闭（将点火开关转到 OFF 位置）指示灯才会熄灭。此时，车身控制模块会通知发动机控制模块将起动继电器锁止，并且停止喷油器工作，从而防止汽车被盗。

2. 检测故障

根据任务分析中的故障现象，首先进行起动试验。起动发动机，发动机没有反应。测量蓄电池电压，电压值为 12.5V，符合要求。用 TECH2 故障诊断仪读取发动机控制模块和车身控制模块故障码，发动机控制模块没有故障码输出，车身控制模块输出了 2 个故障码，分别为 B2960 和 B2961。故障码 B2960 的含义为"无效的钥匙代码被提供"，故障码 B2961 的含义为"点火钥匙电路故障"。从而说明该车的防盗起动控制系统有故障。

根据别克 GS 轿车的防盗起动控制系统电路图（图 1-13），将一根导线的一端接起动继电器的 86 号端子，另一端接地，然后将点火开关转到起动挡，发动机顺利转动，说明起动机不能运转的主要原因是发动机控制模块不能控制起动继电器控制绕组正常接地。

经询问驾驶人得知，几天前点火钥匙掉在水泥地面上，怀疑故障原因是点火钥匙失效。于是，用专用仪器 J35628—A 检测该车的系统防盗电阻值码，具体步骤如下：

1）将一只新的没有电阻值的钥匙插入点火开关中。

2）拆下转向盘下盖，将一个 2 根线（白/黑色线和紫/白色线）的点火开关线束拆开，将专用仪器 J35628—A 的电阻输出线接到这 2 根线上。

3）将专用仪器 J35628—A 选择在 1 号位置，观察仪表板上的安全指示灯是否熄灭，然后起动发动机。如果安全指示灯不熄灭或者无法起动发动机，则将点火开关置于 OFF 位置，并将专用仪器选择在 2 号位置。

4）等待 4min，重新起动发动机，如果发动机仍无法起动，则将点火开关置于 OFF 位置。再将专用仪器选择下一个位置，并等待 4min，然后重新起动发动机，直到选到安全指示灯熄灭且发动机可以起动的挡位，则该组电阻值即为点火钥匙芯片的阻值。测试至第 14 组时，该车仪表板上的安全指示灯熄灭，此时测得的电阻值为 9687Ω。起动发动机，发动机也能顺利起动。

5）根据测得的电阻值，用专用仪器 J35628—A 配置点火开关钥匙，故障排除。

3. 结论

该车故障的原因是由于点火钥匙中的电阻被跌断，导致识别模组接收不到信号，因此发动机无法起动。

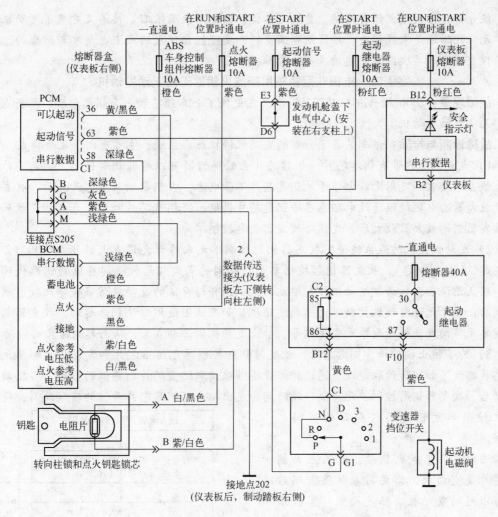

图1-13 别克GS轿车防盗起动控制系统电路图

别克GS轿车防盗起动控制系统最常见的故障部位就是点火开关锁芯的两个触点和点火钥匙上的电阻。若点火开关锁芯两个触点的接线断开，触点会因弹簧力不足而与点火钥匙晶片接触不良。点火钥匙在使用过程中受到强力碰撞、敲击或跌落在坚硬的地面上，其中的电阻就可能会跌断。点火钥匙表面不清洁或受潮，还会使点火钥匙的电路短路，从而导致发动机不能起动。

四、相关案例分析

案例一 奥迪A6 2.4L轿车不能正常起动

故障现象：奥迪A6 2.4L轿车搭载APS发动机。起动时组合仪表防盗指示灯一直亮，车辆不能正常起动。有时车辆放置一段时间后可以起动。

故障诊断与排除：用VAG5052检测仪读取故障码，显示发动机控制单元锁死。对该车的钥匙进行防盗匹配后，车辆能正常起动，但在使用一段时间后故障重现。由于该车是第3代防盗系统，组合仪表参与防盗工作，因此先将组合仪表更换后试车，故障未能排除。经分析，怀疑点火锁有问题。更换全车锁，匹配后故障依旧。接着又更换了发动机控制单元，故障还是未能解决。经仔细查阅资料，发现组合仪表的线束也是参与防盗的。更换了仪表线束。再次匹配，起动成功，故障排除。

案例二　丰田花冠轿车用新点火钥匙无法起动发动机

故障现象：2006 款一汽丰田花冠轿车，在更换了全车锁芯和全套钥匙之后，用新点火钥匙无法起动发动机。

故障诊断与排除：该车装备了新型的发动机停机防盗系统，主要有以下几个特点。

1) 点火钥匙内带有钥匙芯片，钥匙芯片上的存储器可以存储钥匙代码，钥匙芯片上的天线可以接收和发射无线电信号。钥匙芯片不带电池，当钥匙插入点火开关后，收发器钥匙放大器的电磁绕组通过电磁感应给钥匙芯片供电，将钥匙芯片激活。点火钥匙代码经过收发器钥匙放大器放大后，发送给收发器钥匙控制单元。

2) 发动机停机防盗系统使用收发器钥匙控制单元来存储允许点火的钥匙代码（2 把主钥匙，1 把副钥匙），收发器钥匙控制单元将收到的点火钥匙代码同存储的钥匙代码比较，确认无误后，再读取发动机控制单元的代码，并与存储的发动机防盗代码比较，确认无误后，这才允许发动机控制单元起动发动机。如果试图使用非法钥匙起动，收发器钥匙控制单元将向发动机控制单元发送信号，禁止发动机供油和点火，从而起到防盗的作用。

3) 为了防止被破译，钥匙芯片、收发器钥匙控制单元防盗芯片和发动机控制单元防盗芯片都做了加密防读取处理，通过外部设备很难读取防盗芯片内存储的数据。当发动机起动后，收发器钥匙控制单元每隔一段时间会发出指令将钥匙芯片存储的密码改写，将发动机控制单元钥匙芯片存储的密码也改写。

由于更换了点火钥匙，新的点火钥匙芯片是空白的，需要写入防盗密码后才可以起动发动机。但是按照厂家提供的钥匙注册步骤（图 1-14）注册了多次，新钥匙仍注册不上。这里需要说明的是，图 1-14 所示的钥匙注册方法需要用到原来的钥匙和锁芯，并不适用于钥匙已丢失的情况。在图中所示的第 4 步骤中，拔出原车钥匙后需要立即将收发器钥匙放大器（识读绕组）安装到新的点火锁芯上，然后再进行下一步，也就是通过这种方式"骗过"收发器钥匙控制单元。

结合图 1-14 并参考发动机停机防盗系统电路图，现分析钥匙注册步骤中每一操作步骤的含义，以便查找钥匙无法注册的原因。

1) 注册步骤中需要将钥匙插入、拔出点火开关，以及反复开关点火开关，

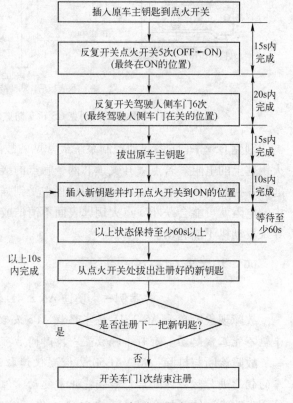

图 1-14　钥匙注册步骤

需要对应检查的部位是钥匙解锁开关和点火起动开关。查阅钥匙解锁蜂鸣器电路图，得知钥匙解锁开关除了提供给收发器钥匙控制单元一个接地信号之外，还控制着钥匙未拔警告蜂鸣的鸣响。打开驾驶人侧车门，将钥匙插入点火开关，钥匙未拔警告蜂鸣器停止鸣响，这说明钥匙解锁开关良好。插入钥匙到点火开关，反复开关点火开关，检查确认点火开关良好（点火开关锁芯已经更换）。

2）注册步骤中需要开关驾驶人侧车门，需要对应检查的部位是驾驶人侧门控灯开关。查阅门控灯电路图，得知驾驶人侧车门的门控灯开关除了提供给收发器钥匙控制单元一个接地信号外，还控制着门控灯的亮灭。打开驾驶人侧车门，门控灯正常亮起。用手活动一下驾驶人侧车门的门控灯开关，门控灯熄灭。将驾驶人侧车门的门控灯开关用手按下大约一半的位置，门控灯有时会亮。反复开关驾驶人侧车门多次后，打开车门有时门控灯不亮。拆下驾驶人侧车门的门控灯开关用万用表检测，发现门控开关已损坏。

由于4个车门上的门控灯开关都是一样的，选择一个正常的门控灯开关替换驾驶人侧车门的门控灯开关，重新注册新钥匙。3把新钥匙可以顺利注册，注册后均能起动发动机。更换驾驶人侧车门的门控灯开关后，故障排除。

维修小结：由于驾驶人侧车门的门控灯开关有故障，造成新钥匙注册时，收发器钥匙控制单元得不到驾驶人侧车门的门控灯开关的正确接地信号，从而造成新钥匙无法起动发动机。

案例三　桑塔纳3000轿车正常熄火后，再次起动时起动3s后即熄火

故障现象：该轿车正常熄火，再次起动时起动3s后即熄火。

故障诊断与排除：

1）打开点火开关，发现防盗指示灯不停止闪烁，说明防盗系统触发故障。

2）用亿科600诊断电脑进入发动机系统，读取故障码为17978，其含义为发动机控制单元锁死。再进入防盗系统读取故障码为01176，其含义为钥匙信号电压太低，消除故障码后故障依旧。

3）重新对点火钥匙进行匹配，匹配后防盗指示灯熄灭，起动正常，但关闭点火开关后经过5min再次起动时故障重现，并且防盗指示灯不停止闪烁。

4）再次进入防盗系统，又出现故障码01176，怀疑识读绕组或钥匙芯片损坏。

5）将仪表台下的饰板拆下，从防盗电脑盒处把识读绕组的两线插头拔下，测量识读绕组的电阻为30Ω，正常。检查识读绕组，在点火开关上安装到位无松动，说明故障并非识读绕组引起。

6）将点火钥匙外壳抠开，小心取出芯片并将新的芯片装入，进入防盗系统进行钥匙匹配后，防盗指示灯熄灭并正常起动，故障排除。

维修小结：该车是因芯片失效而触发防盗系统工作的。大众车系防盗系统使用的防盗芯片是一种小型的玻璃管，很容易因跌落、摔打或电磁辐射等造成失效，所以在使用完毕后一定要妥善保管，尽量不要拿着玩耍或与手机等电磁发射物品放在一起，否则将造成不必要的损坏。

案例四　奔驰S350用钥匙可以遥控开锁车门，但不能起动发动机。

故障现象：奔驰S350用钥匙可以遥控开锁车门，但用防盗遥控卡则无法执行中控功能，变速杆的起动/停止开关操纵也不能起动发动机。

故障诊断与排除： 奔驰 W220 车系的防盗遥控卡不但可以手控中控锁，还可以控制发动机起动和熄火。具体操作如下：

把卡放在身上（每次只能放一张），踩住制动踏板，按压变速杆上的起动/停止开关，发动机应可以起动。经测试两样功能都没有。按压卡上的按键，LED 灯亮起，表示卡电池电量足够。

连接原厂诊断仪 STAR，进入 DAS 系统，进行快速测试，在栏目中没有找到无钥匙起动控制系统。其他控制系统都能够通信，怀疑是卡（无钥匙）起动系统供电电源中断，查找位于后座椅前方的小熔丝座，其中第 58 号（7.5A）熔丝控制 keyless go 系统（无钥匙起动系统），经检查熔丝没有烧断，拆掉行李箱右侧绒板，拔掉 KG 控制插头，由资料得知，灰色线为电源供电，实际检查无电源供应，在行李箱段未见该线束有异常之处。拆开后排座椅查找该线，发现有进水被腐蚀的痕迹。仔细地对线束插头进行清洗、吹干，再测量灰色线已有电源供应，插回 keyless go 系统插头，故障依旧。

连接原厂诊断仪 STAR 进行诊断，发现能与 keyless go 系统进行通信，进入该系统读取故障码，为后保险杆天线作动器故障。拆下后保险杆发现，天线作动器线束有被挤压的痕迹，线束也被人为包扎过，估计是事故后处理不当引起的。重新进行包扎并固定好线束，再测试 keyless go 遥控中控和起动功能，仍然无效。不过此时系统已无故障码。

在多次试验中发现，卡距离车门近时操纵，中控便起作用，离开较远便不太灵敏。查阅相关资料得知：keyless go 卡必须在车外才可把汽车上锁或开锁，而且还必须在上锁或开锁的车门或行李箱附近 1m 以内，在 1m 以外操作中控是不起作用的。认定卡遥控功能不正常后，更换了卡内电池，故障排除。

维修小结： 奔驰 W220 装备了新一代的 DASX-keyless go 系统，该系统在各车门及后保险杠均安装了天线，此天线作动信号是由 keyless go 控制模块将"侦测信号"传送至天线作动器上，使天线产生所谓的"电磁波效应"，从而使防盗卡传送"识别码"到天线放大器模块（后窗），再经车顶控制面板接收此信号，之后传回到 keyless go 控制模块。Keyless go 控制模块接收信号后再送到点火开关（EIS）控制模块进行"信号"核对，若正确则经由 CAN 资料传输线送到 PSE 控制模块及综合控制模块（SAM）。

Keyless go 控制模块会在下列情况时发射"电磁波"到各车门天线：

1）接收车门把手传感器信号（有人触碰车门把手时），即车门把手传感器送出信号。

2）其中一个车门被开启。

3）其中一个车门把手开关位于锁住位置。

4）行李箱释放开关拨到开启位置。

5）行李箱盖锁住开关位于开启位置。

6）行李箱开关位于锁住位置。

7）在变速杆上的起动/停止键压下到起动发动机功能之中。

在 keyless go 卡中只发射无线电信号，而遥控器钥匙除了发射无线电信号外，还发射红外线信号，具体传送路径是这样的：首先遥控器钥匙发送信号至各车门把手上的红外线接收器，接收器把此信号传送给车门模块（即门板上的调整开关总成），然后车门模块把此信息通过 CAN 传给电子点火开关（EIS）。如果电子点火开关检查此信息授权合法有效，将会发送一个指令，通过 CAN 传送到气动控制模块，气动控制模块接收到指令之后来控制中控锁。

习　题

1. 电子防盗钥匙有几种类型？
2. 防盗钥匙常见的故障有哪些？

任务四　汽车防盗系统锁死的解码技巧

 学习目标

1）了解汽车电子防盗系统锁死的原因。

2）掌握汽车防盗系统解锁的方法。

一、任务分析

一辆奥迪 A6 轿车无法起动，经检查该车的故障原因是车辆的电子防盗系统锁死。

二、相关知识

现代电控轿车装备的电子防盗系统和音响系统，若因蓄电池电源中断或其他原因造成防盗系统锁死而不能正常使用时，需要采用专用仪器或特殊程序才能恢复其工作性能，即必须输入密码才能解锁。比如，2000 款欧宝威达轿车的音响防盗系统允许输入 10 次错误的密码，从第 11 次开始，音响系统将进入永久锁死状态，此时只能更换整个音响系统。因此，采取快捷的解锁方法和技巧，是保证汽车电子防盗系统正常使用和维修的基本条件。

在使用中有时更换了损坏的点火开关，或者驾驶人拿原车钥匙配几把具有正确的齿形但是没有芯片的钥匙备用。这种钥匙虽然可以打开车门和接通点火开关，但是一旦起动发动机，就会造成电子防盗系统锁死（这种锁死的实质，是在多次起动无效后造成钥匙转发器的密码与防盗控制模块的密码不同步，即产生了跳码）。有时过几天原装钥匙又失而复得，再用原装钥匙去开门，车门能够打开，但是起动时发动机发出"突突"声，响几声就熄火，同时仪表板上的防盗报警灯闪烁不止，说明防盗状态无法解除，此时需采用故障诊断仪解除防盗状态。现在大多数故障诊断仪在执行此项功能时需要先登录，登录之后还要输入防盗密码，对于不知道防盗密码的车就不好处理。因此，可以采用以下解码方法和技巧进行应急处理（指基本不改变防盗系统的硬件）。

1. 使钥匙在点火挡停留 0.5 ~ 1.0h

对于采用识读绕组式第 2 代电子防盗系统的汽车，如桑塔纳 2000GSi、99 新秀、桑塔纳 3000、帕萨特 B4 等轿车，当发生防盗系统锁死、发动机一起动就熄火之类的故障时，如果不知道防盗密码，但是有原车钥匙，可以用钥匙将点火开关接通（ON），使钥匙停留在点火挡 0.5 ~ 1.0h 之后，发动机就有可能起动。这一等待过程的实质是让防盗控制模块和发动机电控单元（ECU）对钥匙重新进行识别。在等待期间，不要关闭点火开关，也不要起动发动机。一段时间后，防盗状态即可解除。

2. 采用密码解读设备读码

由于电子防盗系统锁死的根本目的在于防止发动机被非法起动，因此发动机 ECU 的密码与防盗芯片的密码应该是一致的。可以将发动机 ECU 的芯片拆下来，用密码解读设备读取发动机 ECU 的密码，然后按照更换仪表的程序将发动机 ECU 的密码输入，接着起动发动机，被锁死的发动机一般能够起动。

3. 互换芯片

宝来 1.6L 轿车更换仪表板总成后，起动发动机运转 2s 后便熄火，防盗报警灯点亮。

该车型采用第 3 代电子防盗系统，防盗控制模块嵌入在组合仪表中。车辆进入防盗状态，是由于没有对新组合仪表中的防盗控制模块进行匹配的缘故，但是按照维修资料介绍的方法输入密码"13861"后依然不能起动。既然使用原装组合仪表时可以起动，说明原来的防盗控制模块没有损坏，因此可以在原组合仪表上找到一块型号为 93C86 的 8 脚芯片，并进行切割，将新旧仪表板上这两块芯片互换，装复后起动正常。由于使用的是原来的芯片，所以防盗密码没有改变，而且里程数还是原来的数字。

除此以外，奥迪 A6、帕萨特 B5 等车型在不知道防盗密码的情况下，也可以采用类似的方法破解防盗系统锁死。

4. 互换柱状转发器

对于帕萨特、捷达等大众车系，在更换损坏的点火开关后，用新钥匙试着起动发动机，如果防盗器锁死发动机（具体表现是防盗报警灯闪烁），可以用小号一字螺钉旋具撬开原车钥匙的塑料柄部，取出其中的送码芯片（即柱状转发器，长约 13mm，直径 3mm）安装到新钥匙（非原厂件）的塑胶柄上，再用新钥匙起动发动机，然后将汽车开到特约修理站，用故障诊断仪清除故障记忆，并进行新钥匙匹配。如果需要应急，也可以把上述柱状转发器用胶带直接粘在识读绕组上，就可以使发动机运转。

5. 在反馈信号线中串联一个电阻

对于通用车系采用的 PASS-KEY 防盗系统，可以将点火开关至防盗控制模块的反馈信号线断开，在中间串联一个电阻值为 5kΩ 左右的可变电阻，然后将点火开关转至起动位置，缓慢地调节可变电阻，直到发动机能够起动为止。再拆下这个可变电阻，换上一个同阻值电阻即可解锁。

6. 将遥控器贴近点火开关

对于因电磁干扰引起的锁死，可以将遥控器贴近点火开关。例如，雷克萨斯 GS430 轿车发动机熄火后不能用遥控方式打开和关闭车门，只能使用机械方式开锁。按下点火开关没有任何反应，踩下制动踏板并按住点火开关，发动机不转动。

原因可能是环境中存在电磁干扰，导致遥控器与接收器之间不能进行正常的无线通信。这种电磁干扰的半径一般为 15 ~ 100m（与地形及干扰信号的强度有关），当汽车离开这个范围后，故障现象自动消失。对于这种电磁干扰，就雷克萨斯轿车而言，解决的办法是：在踩下制动踏板的同时，将遥控器（被称为"智能钥匙"）的 LEXUS 标志面贴近点火开关（这样做的实质是使钥匙中的芯片靠近点火开关的识读绕组以作感应），距离应小于 22mm，保持 3s 以上，当点火开关指示灯变为绿色，在保持上述状态的同时按住点火开关，发动机就可以起动了。此法也适用于雷克萨斯 GS300 轿车及遥控器的内置电池电量快耗尽时的应急处理。

7. 反复开锁

本田里程 3.2L 轿车，当用钥匙开门时，车门还没有打开车灯就闪烁，而且喇叭报警，说明触发了电子防盗报警系统，这种故障现象在本田里程轿车上时有发生。若采用钥匙反复开、关门锁的方法（需要转动多次），有时可以解除锁死状态。究其原因，是门锁总成内的触发开关磨损、线路接触不良，或者是在反复开、关门锁的过程中，中控门锁系统的真空管路的泄漏程度有所减轻，系统内的压力有时可以满足"门吸"（即开关门锁）的需要而导致的。

8. 因蓄电池亏电造成锁死的处理方法

若发生因蓄电池亏电造成车门不能正常开启、遥控器不起作用的故障，对于奔驰 S600 轿车，可以将尾灯拆开，用 12V 蓄电池的正极接尾灯，负极接地，此时尾灯应该发亮，再按动遥控器的开锁按钮，一般可以将车门打开。对于 1996 款宝马轿车，可以将车钥匙插入驾驶人侧车门，顺时针转动 30°～45°，再将门把手提起，使钥匙再转动 90°，即可打开车门。

9. 划动螺纹模拟脉冲信号

对于美国产雪佛兰跑车，可以拆下防盗控制模块，在线束插接器中找到 A3 端子（它连接到 PCM 的数据传输线，为深蓝色线），从 A3 端子引出一根备用线，再找一个螺栓，螺栓的一端接地，将备用线划过该螺栓的螺纹区域，以模拟出一串 5V 的脉冲方波，反复调整备用线划过螺纹区的速率，直到发动机可以起动。

10. 用导线短接断路继电器触点

本田雅阁 2.3L 轿车在行驶中因路面不平造成发动机锁死而熄火时，可以将防盗控制模块的插接器拔下，或者将防盗系统的断路继电器拔下，然后用导线短接该继电器触点的接头，发动机可能会起动，此方法作为应急使用。

11. 使遥控器与接收器的距离尽量靠近

对于新款通用欧美佳轿车，若因某种原因造成遥控系统发射、接收双方的信号数码不统一时，就不能打开车门和起动发动机。这时可以将遥控器尽量靠近车门，按住遥控器上的开门按键 5s 以上，就可以建立起防盗系统发射、接收双方的确认关系。

12. 正确使用钥匙识别卡

新款奔驰轿车采用 Keyless go 卡代替点火钥匙，如果该卡无法识别，将在仪表板的多功能显示屏上出现 "CARD NOT RECOGNIZED" 字样。处理方法是：不要将卡片放在盲区，卡片不能与金属（如硬币）、手机、MP3 等物体放置在一起，不要把两个卡片同时放在车内。

13. 输入通用码

对于防盗密码存储在单片机 ROM 的汽车音响系统，若因电源中断而被锁死，可以输入该车系统的通用密码，音响就可能会开机。例如，本田车系音响系统，若切断音响系统的电源，就会造成锁死。当音响显示屏上出现 "CODE" 字样后，等待锁机结束，如果没有输入错误的密码，可以直接输入通用密码 "34443"，音响即可开机。

注意：输入通用码解锁的方法只能使用 1 次。

14. 先接通收放机开关，再接通点火开关

有些帕萨特轿车采用便捷型收放机密码系统，制造商首次将密码输入收放机后，密码就永久存储在车辆中。例如，帕萨特 B5 轿车的蓄电池断电后，收放机锁死不能打开使用，如果是短时间断电，可以在接通点火开关之前，先将收放机的开关接通，再接通点火开关，只要收放机没有装到另外一辆车上，收放机就能解锁。

三、任务实施

1. 奥迪 A6 轿车解除防盗系统锁死的具体方法

1）刮开钥匙标牌上的涂层，使密码露出（例如密码为 5678）。打开点火开关，拉出组合仪表上的时钟调节按钮，同时压下日行驶里程表"复位"按钮。日行驶里程表上将显示"0000"且第 1 位数字在闪烁。这时可用日行驶里程表上的复位按钮将第 1 位数字设成 0~9 之间的任意数字。

2）按住日行驶里程表的"复位"按钮，直到第 1 位数字变为密码值，如 5，里程表显示"5000"。

3）拉出时钟调节按钮。里程表显示"5000"且第 2 位数字闪烁。按住里程表"复位"按钮，设置第 2 位密码，如 6，里程表显示"5600"。

4）拉出时钟调节按钮。里程表显示"5600"且第 3 位数字闪烁。按住里程表"复位"按钮，设置第 3 位密码，如 7，里程表显示"5670"。

5）拉出时钟调节按钮。里程表显示"5670"且第 4 位数字闪烁。按住里程表"复位"按钮，设置密码第 4 位，如 8，里程表显示"5678"。

6）拉出时钟调节按钮，同时压下日行驶里程表"复位"按钮。此时日行驶里程表又显示日行驶里程。在输入密码期间，防盗器警报灯一直亮着。

7）关闭点火开关，然后起动发动机。

2. 注意事项

如果连续 3 次将密码输错，防盗器将被锁止，组合仪表上日行驶里程表将显示"FAIL"（失效）字样。如想再次输入密码，至少需要等 10min，在此期间应打开点火开关。如果在输入过程中超过 30s 未操作按钮，那么应急起动将被中止。当应急起动顺利完成后，只要点火钥匙 S 触点闭合，在 45min 内可随意起动发动机。如果点火钥匙 S 触点断开，那么只能在 5min 内起动发动机。

四、相关案例分析

案例 桑塔纳时代超人轿车，起动后即刻熄火

故障现象：桑塔纳时代超人轿车，重新配了一把钥匙，起动和行驶正常，行驶一个月后突然熄火，再起动还是熄火，用原车的主钥匙也无法起动。

故障诊断与排除：根据上述故障现象，起动后即刻熄火，说明防盗器控制单元锁死。桑塔纳时代超人轿车的钥匙有脉冲转发器，它是一种不需要电池驱动的感应发射的元器件。当点火开关打开时，识读绕组（位于点火锁周围）把能量用感应的方式传送给脉冲转发器，脉冲转发器接收到感应能量后立即发射出程控代码，通过识读绕组把程控代码输送给防盗器控制单元。这时，脉冲转发器被激活，防盗器控制单元将输入的程控代码与先前存储的钥匙代码进行比较，然后，防盗器控制单元再核对发动机控制单元的代码是否正确，该代码是由发动机控制单元存储在防盗器控制单元中。每次起动发动机时，控制单元中的随机代码发生器都会产生一个可变的代码。如果核对后代码不一致，发动机在起动后2s内就会熄火。

新桑塔纳钥匙的密码在钥匙牌上，上面被黑胶纸封住，剥去黑胶纸后可显示4位数密码。维修人员可用VAG1552输入地址后，从仪器显示屏上读出14位字符的识别码。

重新将原配钥匙密码输入到VAG1552之前，必须先输入一个0，否则防盗器的控制单元会锁死。

在输入密码后，防盗器控制单元可编制新的钥匙代码，如果不小心输错了密码，还可允许输入两次，连续三次输错后，即刻死机。但在点火开关打开的状态下，大约30min后，可以再试两次。

<h2 style="text-align:center">习　　题</h2>

1. 防盗系统解码方法有哪些？
2. 汽车防盗系统锁死的原因是什么？

任务五　汽车中央控制门锁系统的检修

 学习目标

1）了解汽车中央控制门锁的分类及发展趋势。
2）理解汽车中央控制门锁系统的结构及工作原理。
3）掌握汽车中央控制门锁系统的检修。
4）了解与汽车中央控制门锁系统相关的案例。

一、任务分析

2004款广本雅阁（2.4L），用遥控器进行开门、锁门均能响应，但用钥匙开门、锁门时，其他3个门锁均没有反应。

二、相关知识

1. 汽车中央控制门锁的分类及发展趋势

（1）汽车中央控制门锁的分类　汽车电子锁的分类方法有很多，既可以按照控制部分中主要元器件的异同进行分类，也可以按照编码方式的异同进行分类。本书按照输入密码方式的异同对汽车电子控制门锁进行分类。

1）按键式电子锁。按键式电子锁采用键盘或组合按钮输入开锁密码，操作方便。内部控制电路常采用电子密码专用集成电路ASIC。如具有四位密码的LS7220和LS7225。这种产品包括按键式电子锁和按键式汽车点火锁。

2）拨盘式电子锁。拨盘式电子锁采用机械拨盘开关输入开锁密码。很多按键式电子锁可以改造成拨盘式电子锁。20世纪80年代初，英国几种轿车采用过这类电子门锁。

3）电子钥匙式电子锁。电子钥匙式电子锁使用电子钥匙输入或作为开锁密码。电子钥匙是构成控制电路的重要组成部分。它可以由元器件搭成的单元电路组成，做成小型手持单元 GAE 形式。它与主控电路的联系，可以是光、声、电或磁等多种形式。这种产品包括各种遥控汽车门锁、转向锁和点火锁以及电子密码点火钥匙。

4）触摸式电子锁。触摸式电子锁采用触摸方式输入开锁密码，操作简单。相对于按键开关，使用寿命长，造价低，优化了电子控制门锁控制电路。装有这种门锁的车上没有一般的门把手，代之以电子锁和触摸传感器。

5）生物特征式电子锁。生物特征式电子锁是将声音、指纹等人体生物特征作为密码输入，由计算机进行模式识别，控制开锁。因此，生物特征式电子锁的智能化程度相当高。

（2）汽车中央控制门锁的发展趋势　世界上最早运用汽车电子点火锁的例子是 1949 年美国克莱斯勒公司使用的联合按键操作汽车点火。从 20 世纪 70 年代开始，国外一些中高级轿车陆续采用了电控、电子门锁和电子密码点火开关。20 世纪 70～80 年代，世界上汽车电子锁多采用按键式和拨盘式；80～90 年代，汽车电控门锁大多采用钥匙式；近年来触摸式汽车电子控制门锁开始应用，它是汽车电控门锁值得注意的一个发展方向。由于声控电话已在国外汽车上进入实用阶段，生物特征式电子控制门锁技术逐渐成熟，有理由认为，生物特征式电控门锁和声控门锁必将加入汽车电子控制门锁的行列。

2. 汽车中央控制门锁的功能

汽车中央控制门锁系统具有钥匙联动开闭车门和钥匙占用预防功能。根据不同车型、等级和使用地区，门锁装置具有不同的功能。

（1）中央控制　当驾驶人锁住其身边的车门时，其他车门均同时锁住；当打开车门时，驾驶人可通过门锁开关同时打开各个车门，也可单独打开某个车门。

（2）单独控制　除驾驶人身边车门以外，还在其他门设置了单独的弹簧锁开关，可独立地控制一个车门的打开和锁住。

（3）速度控制　当车速达到一定速度时，能自动将所有的车门锁锁定（有的车型无此功能）。

（4）两级开锁功能　在钥匙联动开锁功能中，一级开锁操作只能以机械方法打开钥匙插入的门，两级开锁操作则可同时打开其他车门。一般来说，所有车门都可以通过右前或左前侧门上的钥匙同时关闭和打开。

（5）钥匙占用预防功能　可防止钥匙插入点火开关时，在车外没有钥匙而将车门锁住。若已经执行了锁门操作，而钥匙仍然插在点火开关内，则所有的车门会自动打开，以防止钥匙遗忘在汽车内。

（6）安全功能　当钥匙已经从点火开关中拔出而且车门也锁住时，车门都不能用门锁控制开关打开。

（7）电动车窗不用钥匙的动作功能　驾驶人和乘客的车门都关上，点火开关断开后，电动车窗仍可以动作约 60s。

（8）自动功能　在用钥匙或遥控器将门锁打开或锁上时，电动车窗会自动打开或关闭。

（9）寻车功能　按一下遥控器上的寻车按键，车上的喇叭会间断地鸣响，车内灯点亮，同时前照灯闪烁10s，以便车主发现车辆。直到再次按压寻车按键，或者点火开关转到 RUN 位，上述报警才会停止。

3. 汽车中央控制门锁的结构与工作原理

中央控制门锁系统有普通中央控制电动门锁、电子式电动门锁、车速感应式电动门锁及遥控电动门锁等4种类型。目前应用较为广泛的是电子式电动门锁，下面以电子式电动门锁为例介绍汽车中央控制门锁系统的结构与工作原理。

汽车电子式中央控制门锁通常由控制部分和执行机构组成。

（1）结构

1）控制部分。控制部分由输入器、存储器、鉴别器、编码器、驱动级、抗干扰电路、显示装置、保险装置和电源等部件组成。其中，编码器和鉴别器是整个控制部分的核心，而电源则是电子控制部件和执行机构工作必不可少的条件。

① 编码器。编码器实质上是人为设定的一组二进制或十进制数的密码。设定的原则是所编的密码不易被别人识破。对密码电路的要求是容量大，换码率高，保密性、可靠性好，换码操作简单。

② 输入器和存储器。它们的作用是经输入器输入一组密码，由存储器记忆后送到鉴别器。

③ 鉴别器。鉴别器的作用是对来自输入器和编码器的两组密码进行比较，仅当两组密码完全相同时，鉴别器才输出电信号，经抗干扰处理后送至驱动级和显示装置。若用户有特殊要求，鉴别器还可以输出报警和锁车所需的电信号。

④ 驱动级。由于鉴别器送出的电信号通常很微弱，为了能带动执行机构的电磁铁产生动作，故设置驱动级。

⑤ 抗干扰电路。为了抑制来自汽车内外的电磁波的干扰，保证电子门锁不会自行误动作而设置了抗干扰电路，由此提高汽车电子门锁的可靠性和安全性。通常采用延时、限幅和定相等手段来达到抗干扰的目的。

⑥ 显示器和报警器。该部分为电子门锁控制部分的附加电路，用于显示鉴别结果和报警，从而扩大了电子门锁的功能。

⑦ 保险装置。速度传感器和车门锁止器是汽车电子门锁的独特组成单元。当汽车运行超过一定时速时，车门锁止器根据来自速度传感器的信号将锁体锁止。若控制电路失灵，可通过紧急开启接口直接控制锁体的开启。

⑧ 电源。用以向电子门锁不间断地供电。

2）执行机构。汽车电子门锁的执行机构一般采用电磁铁或微型电动机控制。

① 电磁铁式车门锁。这种汽车电子控制门锁的开启和锁闭均由电磁铁驱动。它内设两个绕组，分别用来开启、锁闭门锁。门锁集中操作按钮平时处于中间位置，用手按压即可开启或锁闭车门。这种车门锁的优点是结构简单，内部摩擦力小，动作敏捷，操作方便；缺点是耗电量大，电磁铁质量大且动作时有撞击声。

② 电动机式车门锁。这种电子控制门锁由可逆式电动机、传动装置及锁体总成构成。其工作原理为：由电动机带动齿轮齿条副或螺杆螺母副进而驱动锁体总成，以驱动车门闭锁或开启，其传动装置如图 1-15 所示。这种锁的优点是体积小、耗电少且动作较迅速。不足之处是打开或关闭车门之后，若因疏忽通电，易把电动机烧损。

（2）工作原理　电控门锁的作用是通过电磁铁机构锁止或打开车门锁。它由门锁电磁铁及联动机构、门锁控制开关、门锁控制继电器等主要部分组成。按其功能不同，分为有自动门锁和无自动门锁两种，前者在可以手动控制门锁开闭的基础上，还可以根据汽车车速自动锁死车门。

电控门锁的布置如图 1-15 所示，其控制电路如图 1-16 所示。当门锁开关置于锁止（LOCK）位置时，门锁继电器绕组通电，触点闭合，门锁电磁铁中门锁绕组通电，电磁铁心杆缩回，操纵门锁锁止车门。当门锁开关置于开启（UNLOCK）位置时，开启继电器绕组通电，触点闭合，门锁电磁铁中开启绕组通电，电磁铁心杆伸

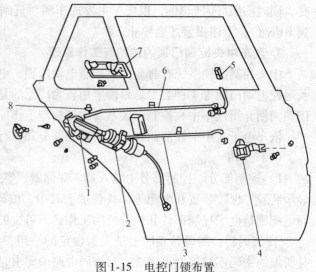

图 1-15　电控门锁布置

1—车门锁　2—电磁铁机构　3—内开锁拉杆　4—内拉手
5—锁止柄　6—锁止杆　7—外拉手　8—外开锁拉杆

出，操纵门锁开启。在带有自动门锁的汽车上，设有速度传感器和电子控制线路，当汽车车速达到设定数值时，电子控制电路使门锁继电器绕组通电，自动锁止车门。

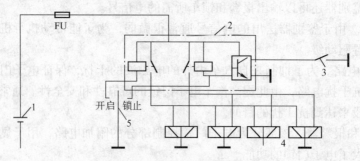

图 1-16　电控门锁电路

1—蓄电池　2—门锁控制继电器　3—开关　4—门锁电磁铁　5—门锁开关

门锁电磁铁的检查如图 1-17 所示，将电压为 12V 的蓄电池接入门锁电磁铁的电路，当在"锁"位置与接地接线柱之间加额定电压时，电磁铁心杆应缩回，其收缩值为 9mm；当在"开锁"位置与接地接线柱之间加额定电压时，电磁铁心杆应伸出。如果是磁铁心杆不能相应伸出或缩回，表明电磁铁有损坏，应进行修理或更换。

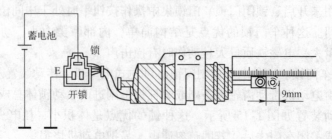

图 1-17　门锁电磁铁的检查

在车门开启和闭锁的操纵机构中，通常采用动力车门锁定装置，即采用电动机或电磁绕组进行电气操作控制。

1）门锁机构。门锁的闭锁机构有多种设计方案，而且机构复杂。图1-18a所示为门锁的零部件构造图，图1-18b为门锁机构操作说明图。在门锁总成中（要装在车门侧）由锁止杆控制转动，决定门锁开/关状态。"位置开关"用于测定锁止杆是否进行门锁开/关。"门锁开关"则是用于检测锁止机构是否进行门锁的开/关。此外，锁止杆随着门锁电动机的通电，作正向/逆向旋转。

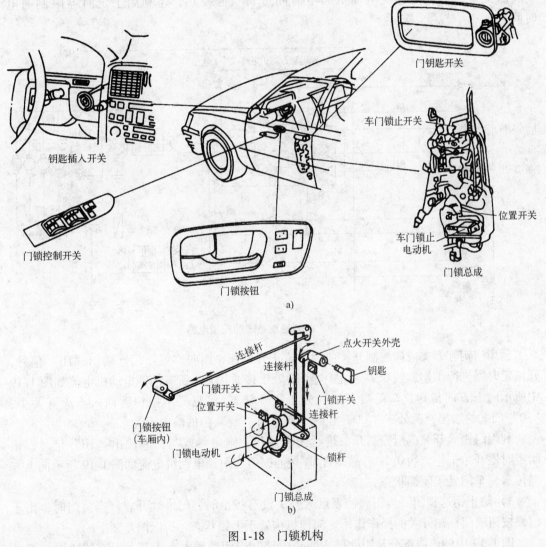

图1-18 门锁机构

a）零部件 b）操作说明

各开关的工作状况如下：

① 门钥匙开关：当锁门或开门时分别给出"ON"信号，其他时间为"OFF"信号。

② 门锁开关：当门打开时给出"ON"信号，关闭时给出"OFF"信号。作为检测车门开闭的开关，有直接检测车门开闭的"车门开关"，但是"门锁开关"更具有可靠性，

能检测锁止的接合状态。

③ 位置开关：锁止杆位于锁闭位置为"OFF"信号，在开启位置时为"ON"信号。

④ 钥匙插入开关：当钥匙插入发动机钥匙锁芯时为"ON"信号，如拔出钥匙则为"OFF"信号。

⑤ 门锁控制开关：在车厢内利用手操作的开关，与车门钥匙开关具有相同的开关工况。

2）闭/开锁动作。图1-19是门锁控制系统的控制电路图，进行门锁电动机的正转、反转的交替控制。为避免电动机通电时间过长引起发热，还利用了定时器限制通电时间。

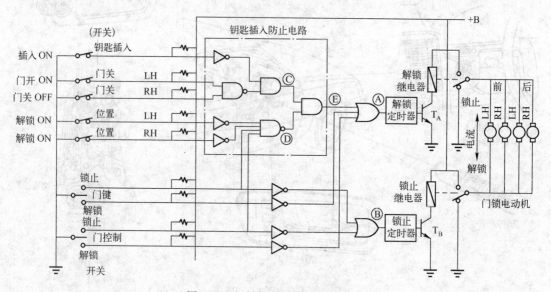

图1-19 门锁控制系统的控制电路

利用门钥匙开关或门控制开关使触点位于开锁侧，则向"或"门Ⓐ输出"Hi"信号，开锁定时器进行工作，约0.2s后晶体管 T_A 处于接通状态，所有门锁电动机电流如图1-19中所示向下方向传送，车门被开锁（处于脱开状态）。只要不把钥匙插入点火开关中，"和"门Ⓔ的输出，就处于"LO"位置，所以与"或"门的输出无关。

利用门钥匙开关或门控制开关进行闭锁操作，则向"或"门Ⓑ输出"Hi"信号，锁闭定时器开始工作，约0.2s后晶体管 T_B 接通，所有门锁电动机电流如图1-19所示向上方向传送，车门处于闭锁状态。

3）防止钥匙锁闭。当钥匙插入点火开关没有拔出时，门继续开着。当关门时，由于门锁按钮或门控制开关的操作作用，门锁机构处于上锁状态，所以门是锁上的。

图1-19中的虚线部分是钥匙插入防止电路。当钥匙插入点火开关没有拔出时，驾驶座或副驾驶座的门开着，"和"门Ⓒ输出"Hi"信号，这时操作门锁按钮，使门锁机构处于上锁状态，则位置开关处于断开状态，Ⓓ门输出"Hi"信号。此外，即使利用门控制开关操作上锁，开关的"LO"信号向Ⓓ门输出，Ⓓ门输出"Hi"信号。所以，从Ⓔ门仍输出"Hi"信号，使解锁定时器工作电动机向开锁一侧驱动，使其不形成闭锁状态。这时，驾驶人必须把钥匙从点火开关中拔出。

（3）遥控车门的闭锁与开锁

1）车门闭锁或开锁。遥控车门系统不需要把钥匙插入点火开关中，它可以远距离操纵车门。在夜间或黑暗中，可以方便的开门或关上车门。

2）工作原理。遥控车门系统可以由车辆天线接收从身边发出的微弱电波信号，ECU识别代码，使闭锁/开锁的应答执行元器件（电磁绕组或电动机）进行工作。

图1-20为发射器和接收器动作框图。从发射器利用次载波的频率，按照数字识别代码信号进行频率偏移调制（FSK），再进行FM调制和发射，所以不易受到外来杂波的影响，FM波由汽车无线电的FM天线进行接收，利用分配器进入接收器的ECU的FM高频增幅处理器进行调解，并与被调解的识别代码互相对比，如果是正确的代码，就输入控制电路并使执行元器件工作。

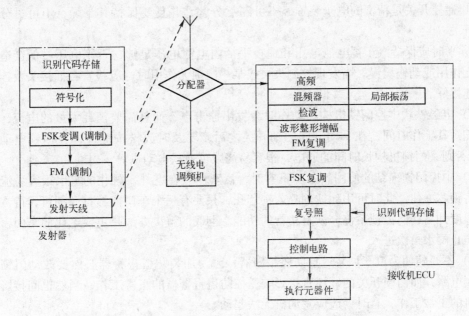

图1-20　由微弱电波控制门锁用的发射器和接收器信号处理电路

3）发射器。如图1-21所示，发射器在钥匙板上与信号电路组成一体，在电路板的相反一侧装有一般市场上出售的纽扣形电池。发射开关每按一次就进行一次发送，在接收器一侧，就会接收到一次闭锁或开锁指令。发射频率按照使用国家的电波状况进行选择，可使用27、40、62MHz频带。电池寿命以通常频率使用可在二年以上。

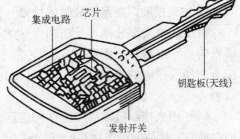

图1-21　发射器（与钥匙板组成一体）

4）保险装置。用于防止误动作或防盗，它具有下述安全措施：

① 采用次载波方式的FM调制，由于外来噪声，识别代码被模拟的概率极低。

② 识别代码数由数十位的串行代码构成，所以码数有千万种，因此出现同一代码的概率极低。

③ 对本车专用的代码以外的代码在一定的时间中接收数次以后，就不能再接收所有的代码，这时只有利用正确的手动操作开锁后，才能消除这种情况。

④ 操作发射开关进行开锁后，在一定时间内如不打开车门，则又自动恢复到闭锁状态。

4. 中央控制门锁系统的使用

1）遥控器的使用注意事项。

① 如果按下遥控开关，30s 内未将车门打开，则车门会自动上锁。

② 遥控开关的操作距离大约是距车 6m 左右，但是如果在靠近电视发射站、发电厂或电台的地方，则会影响遥控开关的操作范围，甚至遥控失效。

③ 切勿将遥控开关放在阳光直接照射的地方，以免受热而发生故障。

④ 遥控开关是精密的电子装置，不可随意分解，并且要保持其干燥，不可过分振动遥控开关。

⑤ 平时应保持汽车蓄电池电压和遥控手柄内电池电压足够，否则电压过低会造成中控锁无作用或动作缓慢。当发现控制失灵或某一门锁无作用时，应检查各插接头及连接线是否连接好。

2）电磁铁式中控门锁机构在动作时会发出撞击声，而且需要消耗大量的电流，所以尽量缩短其工作时间，在手动开闭门锁开关之后，要及时放松按键（即让门锁电动机断电），否则，门锁机构长时间的通电，很容易烧毁可逆式电动机。

3）中控门锁冻结的使用。冬季下雪时，汽车停放在室外，融化的雪水很容易流入锁芯孔将锁芯冻住。此时可用除锈剂喷入锁芯孔，只要有一个车门能够打开即可，待汽车行驶后温度升高，门控锁系统会恢复正常的功能。彻底的解决办法是更换老化的车门密封胶条，防止雨水再次进入。

4）不要随便为汽车加装遥控防盗报警器，因为加装防盗报警器必然要改动门锁系统的控制电路，而门锁开关的好坏直接影响遥控防盗报警器的正常工作，当然也间接影响着发动机的正常工作，有时会造成发动机无法起动。

5）中控门锁系统断电后需要做基本设定。蓄电池长时间的断电，遥控器电池的电量长时间不足或拔下了电动车窗的熔丝，门锁遥控功能就会消失。中央控制门锁系统的设定应按规定的程序进行。

5. 中央控制门锁系统故障的检修

目前，绝大部分汽车的防盗系统主要由中央控制电动门锁、防盗控制系统和汽车零部件防盗等组成。不同车型的防盗系统的结构及原理存在较大的差异，因此在检修之前应查阅制造厂家的维修手册，准确找到故障部位和产生故障的原因，然后进行必要的修理。

（1）中央控制门锁故障检查的注意事项　无论中央控制门锁系统出现什么故障，应先通过检查，使故障可能存在的部位缩小到一定范围以内，然后再拆下车门内饰，露出门锁机构。最好先将拨动门锁开关后的情况列出图表，然后和维修手册中的故障诊断图表相对照，以便分析故障的原因和部位。

在测试电路前，应结合故障诊断图表，先弄清线路图，然后再试加蓄电池电压或用万用表测量。如果盲目地测试，很可能会损坏昂贵的电子元器件。

（2）中央控制门锁常见故障的检修

1）故障原因分析见图 1-22。遥控电动中央控制门锁常见故障现象及原因见表 1-2。

2）电动中央控制门锁故障的检修思路。电动中央控制门锁系统的常见故障有：操作门锁控制开关，所有门锁均不动作；操作门锁控制开关，不能开门（或锁门）；操作门锁控制开关，个别车门锁不能动作；速度控制失灵（如果有速度控制）。

① 操作门锁控制开关，所有门锁均不动作。这种故障一般发生在电源电路中。首先检查熔断器是否熔断，如熔断应予更换。若更换熔断器后又立即熔断，说明电源与门锁执行器之间的线路有接地或短路故障，用万用表查找出故障部位，即可排除。

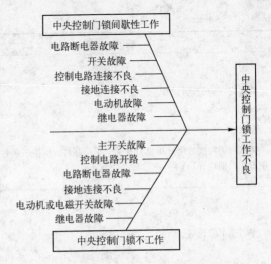

图 1-22 中央控制门锁工作不良故障分析图

表 1-2 遥控电动中央控制门锁常见故障现象及原因

故 障 现 象	故 障 原 因
所有门锁只按一个开关工作	配线有故障 开关有故障
门锁只有一种工作方式	继电器有故障 配线有故障 接地电路断路
每个车门都打开时，无线门锁功能起作用；在所有车门开启 30s 内打开任一车门，无线门锁控制系统自动锁止功能起作用	门控灯开关有故障 无线门锁控制接收器有故障 配线有故障
仅有一个车门锁不工作	门锁电动机有故障 配线有故障 连杆有故障
车门锁锁止/开启故障（使用自动开关和钥匙）	电动车窗主开关有故障 继电器有故障 配线有故障
车门锁锁止/开启故障（使用钥匙）	驾驶人侧车门锁有故障 继电器有故障 配线有故障 门锁拉线断开
门锁控制不工作（全部）	门锁熔丝有故障 继电器有故障 配线有故障

（续）

故障现象	故障原因
钥匙封闭防护运行故障	继电器有故障 车门开启检测开关有故障 门控开关有故障 配线有故障
无线门锁功能故障（虽然只有一个车门开启，但按下遥控器开关时，所有车门锁均开启）	钥匙开启警告开关有故障 无线门锁控制接收器有故障 配线有故障
车门锁不能开启	车门钥匙锁止和开启开关有故障 钥匙开启警告开关有故障 无线门锁控制接收器有故障 车身控制系统有故障 配线有故障
车门锁不能锁止	车门钥匙锁止和开启开关有故障 无线门锁控制接收器有故障 配线有故障
无线门锁控制系统失效	门控灯开关有故障 车门钥匙锁止和开启开关有故障 钥匙开启警告开关有故障 无线门锁控制接收器有故障 车身控制系统有故障 配线有故障
只有钥匙封闭防护功能失效	钥匙开启警告开关有故障 无线门锁控制接收器有故障 配线有故障
即使按下紧急手柄，警告操作系统也不运行	无线门锁控制接收器有故障 配线有故障
门锁间歇工作	连接点松动 继电器有故障 开关有故障
门锁只在发动机运转时工作	连杆有故障 蓄电池电压低

若熔断器良好，检查线路接头是否松脱、接地是否可靠、导线是否折断。可在门锁控制开关电源接线柱和定时器或门锁继电器电源接线柱上测量该处的电压，判断输入电动门锁系统的电源线路是否良好。

②操作门锁控制开关，不能开门（或锁门）。这种故障是由于开门（或锁门）继电器、门锁控制开关损坏所致，可能是继电器绕组烧断、触点接触不良、开关触点烧坏或导线接头松脱。

③操作门锁控制开关，个别车门锁不能动作。这种故障仅出在相应车门上，可能是连接线路断路或松脱、门锁电动机（或电磁铁式执行器）损坏、门锁连杆操纵机构

损坏等。

④ 速度控制失灵。当车速高于规定速度时，门锁不能自动锁定。故障原因是由于车速传感器损坏或车速控制电路出现故障。首先应检查电路中各接头是否接触良好，接地是否良好，电源线路是否有故障，然后检查车速传感器。车速传感器的检查可采用试验的方法进行，也可采用代换法，即以新传感器代换被检传感器。采用代换法时若故障消除，则说明旧传感器损坏。若故障仍存在，则应进一步检查速度控制电路中各个元器件是否损坏。

三、任务实施

1. 检验车辆

手持 2004 款广本雅阁（2.4L）轿车遥控器，按主钥匙上的遥控器 LOCK 键，4 个车门上锁，按 1 次 UNLOCK 键，驾驶人侧车门打开，再按 1 次，4 个车门全部打开，遥控控制正常。用钥匙在驾驶人侧锁门、开门时，除了驾驶人侧门锁之外，其他 3 个车门门锁全部不工作，同时还发现当环境灯（即前顶灯）处于 DOOR 位置、车顶灯处于中间位置时，无论是用遥控器还是用钥匙锁门，均不能马上熄灭，而正常情况下，两灯在锁门之后的 2s 内熄灭。

该车采用了多路集成控制系统（MICS），车门多路控制装置（即左前门玻璃升降主开关）接收开门、锁门信号，传递给多路集成控制装置（MICU）（与驾驶人侧熔断器盒集成一体），并由多路集成控制装置控制 4 个门锁电动机的工作以及环境灯、车顶灯的亮灭。

2. 检修思路

故障的维修思路有 2 种：从环境灯、车顶灯不能立刻熄灭着手，从在驾驶人侧车门用钥匙不能开门、锁门入手。先从第 1 种方法开始检查，查看电路。

如图 1-23 所示，环境灯、车顶灯由 No. 22、No. 15、No. 6 熔断器提供常电源，均由车身多路控制装置提供接地，从而控制其亮灭。检查与其相关的输入信号，将点火开关置于 ON 位置，开、关 4 个车门和行李箱时，仪表板上的显示器均能准确显示它们的开关状态，由此判断车门开关、行李箱开关工作正常。

除了这些开关之外，与其相关的还有驾驶人侧门锁把手开关、音响—HVAC—显示模块、发动机舱盖开关。音响—HVAC—显示模块为多路集成控制装置提供零电平输入，故障概率极小，发动机舱盖开关测量不是很方便，暂且不管它，剩下的只有驾驶人侧门锁把手开关了。该开关在锁门之后为车门多路控制装置提供零电平（即接地）输入，并且与驾驶人侧车门钥匙芯开关都是装在左前门内，这似乎与用钥匙不能锁门、开门相互呼应。于是拆下左前门内饰，分别对这两个开关进行测量。

先测量车门门锁把手开关，关上车门然后拔下插头，当门锁处于闭锁状态时，用万用表测得开关侧 YEL/RED（黄/红）与 BLK（黑）导线之间导通；开锁状态时，WHT/BLK（白/黑）与 BLK 导线之间导通，YEL/RED 与 WHT/BLK 之间在任何状态下都不导通。由此判断，车门门锁把手开关正常。再测量车门钥匙锁芯开关，拔下插头，锁芯开关位于中间位置时，测得开关侧 3 条导线之间均不导通；用钥匙保持闭锁状态时，测得 BLU/WHT（蓝/白）与 BLK 导线之间导通；开门状态保持不变时，BLK/WHT 与 BLK 导线之间导通，可见车门钥匙锁芯开关也是正常的。

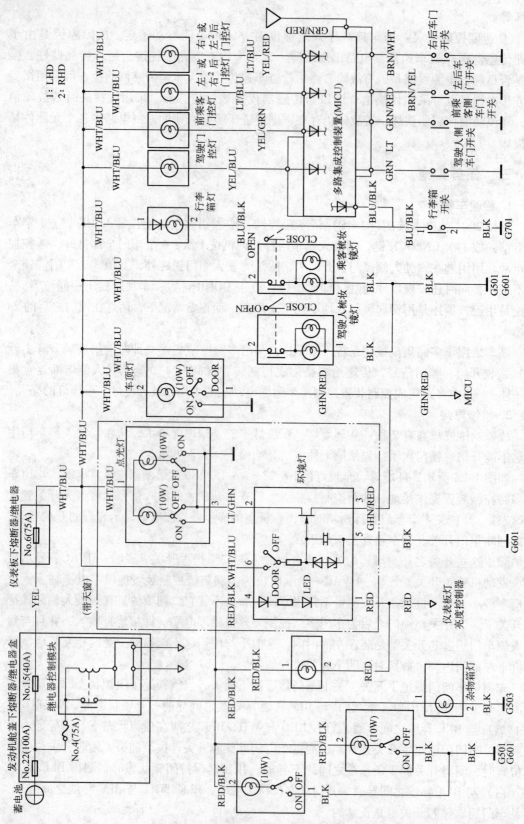

图1-23　广本雅阁轿车环境灯、车顶灯电路图

如图 1-24 所示，在 2 个插头都断开时，测得 WHT/BLK、YEL/RED、WHT、WHT/RED 对地电压均为 4.8V。与这 2 个开关直接相连的是车门多路控制装置，想更换后再试，但考虑到它本身也是一个遥控接收器，而遥控方面又正常，故障可能性也不是很大，暂且不换。除了车门多路控制装置之外，与这 2 个开关相关联的还有一根接地线，如果这根线接地不良，开关即使正常，车门多路控制装置也检测不到信号，从而导致多路集成控制装置无法接收，而安全报警系统投入工作。环境灯、车顶灯熄灭的条件是车门门锁把手开关在锁门之后必须提供接地信号给车门多路控制装置。怀疑是车门门锁把手开关、车门钥匙芯开关共用的接地线有了问题，该接地线独自安装在驾驶人侧下挡板处，拆下挡板，却发现这根接地线正常。

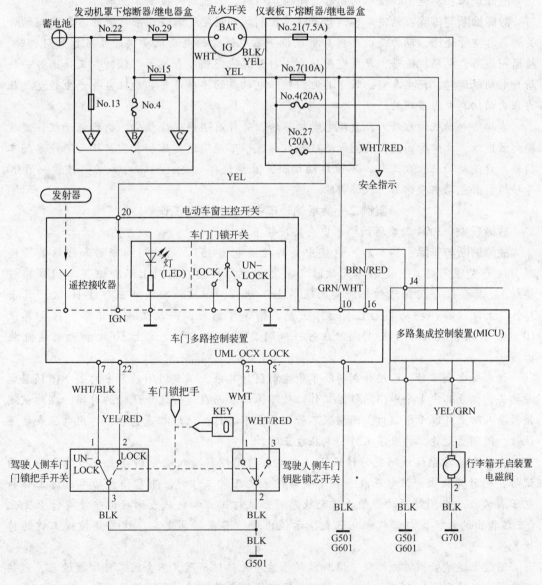

图 1-24　广本雅阁轿车遥控起动/安全报警系统电路

接着测量车门钥匙锁芯开关的接地线与该接地点之间的电阻，为几十欧姆，检查车门线束处的2个插接器，发现位于下面的白色插接器没有插到位。因该车更换过音响喇叭，同时另外加装2根较粗的音频线，导致插接器没能插到位。因为插接器外面有橡胶皮包着，所以并不是一直都处于接触不良的状态，故障没有在安装后马上出现，但却遗留下了隐患。重新处理后，门锁有反应，环境灯、车顶灯都能熄灭，用本田专用诊断仪 HDS 进入车身电气系统清除故障码后，故障排除。

四、相关案例分析

案例一　奥迪200轿车用钥匙启闭前车门时，不能同时控制其他车门

故障现象：奥迪200轿车用钥匙启闭前车门时，不能同时控制其他车门。

故障诊断与排除：该轿车各门锁是通过控制阀利用空气的吸压来控制的。各门锁的开关都与真空管连通，动力是由车内后排座椅下蓄电池旁的电动机提供的。当打开门锁时，接通一线路，电动机运转，产生空气压力，打开其他门锁。当关闭门锁时，又接通另一线路，电动机运转，产生真空，吸下其他门锁。电动机的停转是靠电动机自身产生的空气压力来自动切断电源实现的。

直接给电动机输入动力，发现电动机不转，并伴有明显的烧焦味。拆检电动机，发现换向器烧蚀。故障原因是：真空管路破损、漏气，不能输送气压和真空，从而不能启闭车门锁，致使电动机长期工作，不能自动切断，直至烧坏。更换损坏的真空塑料管，用00号砂纸打磨电动机换向器，故障排除。

案例二　桑塔纳轿车中央集控锁不工作

故障现象：2004款桑塔纳轿车中央集控锁不工作。

故障诊断与排除：接车后，更换中央集控继电器J53，后又对熔断器和线路做了检测，没有发现问题，可是第二天故障又重复出现。按拉左前门上保险钮（车门锁锁杆按钮），其余3个门保险钮都能同时跟着上下动作，但按拉次数一旦超过10次，其余3个门上仅仅有些抖动而无上下动作出现。稍等片刻后，一切又恢复正常。只要再试10次，抖动情况又重复发生。但在另一辆同类型车上，即使试上30次也无上述症状出现。

该车发生故障时，已经分别拆除了除左前门外其余3个车门闭锁器中的2个闭锁器电源插头，仅让其中1个车门闭锁器工作，故障依旧。而在进行这个试验的时候，在被试闭锁器输入脚上并联1个试灯，闭锁器不管工作或不工作，试灯都是亮的，再用电压表换下试灯，闭锁器无论工作或不工作，电压也正常。

在中央集控系统线路完好情况下，在左后门闭锁器输入端分别接上一个功率稍大的试灯，同时并联上一只电压表。在中央集控系统正常工作时，测定稍大功率试灯工作和电压表读数。当闭锁器动作趋于僵死状态时，试灯工作和电压表读数似乎没有什么变化（应该指出的是，试灯工作和电压表指示值出现，都在瞬间发生，这是集控锁工作的特性）。

通过上述试验，首先排除了熔断器（系统中无热熔断器，不会因工作次数过多、散热不良发生断路现象）和J53中央集控继电器可能带来的故障，也排除了后续电能（如自我保护功能发生等）跟不上以及线路方面的原因。

换了左后门闭锁器后试车，没有出现抖动或卡滞现象。因为在左后门闭锁器表现正常情况下，右后门和右前门上保险钮依旧有抖动和卡滞的现象，于是又把它们一起更换，故障排除。

习　题

1. 汽车中央控制门锁的分类有哪些？
2. 汽车中央控制门锁系统的结构及工作原理是什么？
3. 汽车中央控制门锁系统的检修方法有哪些？

第二章　汽车防盗器的选择、加装及检修

任务一　汽车防盗器的选择

 **学习目标**

1) 了解汽车防盗系统的类型。
2) 了解汽车防盗器及服务厂家的选择方法。
3) 掌握汽车防盗器的选择方法。

一、任务分析

中国汽车市场的持续热销带动了汽车用品市场的长期繁荣，作为车辆必备的防盗器自然也受到了极大关注，这点从市场竞争的激烈程度上就可以看出，目前市场上汽车防盗器的品牌繁多，消费者自是应接不暇。本任务主要介绍汽车防盗器及服务厂家的选择。

二、相关知识

1. 防盗器及服务厂家的选择

虽然防盗器对于车辆的安全功不可没，但是，近年来车辆失窃的数量仍在逐年上升，这表明有些防盗器已丧失了应有的防范作用，还有一些防盗器影响了车辆的正常使用，使车主在使用中感到不便或受到惊吓，甚至发生险情。

一般情况下，车辆防盗器需要通过规范、良好的安装才能发挥出应有的作用，它与车辆的性能、状态紧密关联，其安装工作应该专业化、规范化，这样才能使产品最大限度地发挥自身的防范性能，防止其被轻易破坏或解除，良好的安装与服务能够将防盗器对车辆性能的影响降至最低。实践证明，车辆安装了防盗产品，但仍然有被盗的现象，除了产品本身的不足与缺陷外，安装不规范、服务不到位是最大的原因，有些甚至影响了车辆的性能。

（1）防盗器厂家的选择

1) 生产与经销防盗器的厂家应该是独立法人，有工商行政管理部门核发的、与生产经销车辆防盗产品业务相关的营业执照，具备与生产经营相适应的场地、设施和设备条件，有企业自己的标准和质量保证体系，对产品质量和售后服务有明确的承诺。担任安装的人员应当经过培训并且合格，还要为安装的产品填写翔实的安装单。

2) 车辆防盗器应按照国家和行业的相关标准通过有关检测中心的型式检测并合格，在检测报告上要标明产品品牌、型号、检测项目与结果、检测日期等，检测的有效期为两年。目前相关的检测中心是我国公安部的安全与警用电子产品质量检测中心（位于北京市）和安全防范报警系统产品质量检测中心（位于上海市）。

3) 符合以上条件的单位和产品还应申报当地安全技术防范管理部门批准，获得生产、

销售某合格品牌、型号的车辆防盗产品许可证。

4）经销的车辆防盗产品如果不是自己生产的，还应有经销单位与生产厂家的经销合同或协议。如果是外埠生产的产品，还应有生产厂家所在地的公安厅（局）安全技术防范管理部门的推荐函以及生产、销售许可证；如果是进口产品，也应按照上述国家和行业的相关标准通过有关检测中心的型式检测合格。

（2）选择防盗器的注意事项

1）如果选择机械防盗器，主要关注其结构与强度和锁定车辆的相关部位是否适应，还有锁芯的抗开启能力要高，并且钥匙不能随便就配得上。

2）选择电子（机电）防盗器时，建议选择符合"车辆防盗报警系统"标准的防盗器，目前我国实施的是强制性 GA2—1999（车辆防盗报警系统小客车）标准，只有按照该强制性标准生产并经公安部的两个检测中心检测合格的产品，才有资格称为"车辆防盗报警系统"。其次，防盗器的产品说明书中指明的适用车型应与要安装的车型相符合，标明的工作温度范围必须是 −40 ~ 85℃（在车厢内的部分）和 −40 ~ 125℃（在发动机舱内的部分），无线遥控的密码必须有一定防破译方式（如密码应该是变化的、没有规律的），不是遥控的密码则应该限制输入密码的操作时间或次数。

3）如果自己不能安装选定的防盗器，那就要仔细确认安装单位的资质与条件（有当地安全技术防范管理部门的批准认可，有固定的工作场所和专职安装人员，有安装规范，有详尽的安装单，有质量保证和技术保密的承诺，安装细节与资料不公开，能持续服务等），安装过程对车辆的影响应尽可能小，使用的接线材质应该达到汽车专用线缆的水平，接线上不能省略应有的保险装置，安装的所有部件应避开车辆的高温、高压、易受挤压、易受摩擦的位置，安装好的防盗器应该隐蔽、连接牢靠、固定良好，并与车辆部件混为一体，即使在车外利用工具也难以接触到。对完成安装的防盗器要全面试验，至少要实现：

①　解除警戒时，车辆完全正常；如果报警时解除警戒，则停止报警。

②　设置警戒后，打开任何车门、车盖都能触发报警。

③　发出报警的声响、闪光明显，每次报警时间 25 ~ 30s，并且除了报警发出声响外不得发出其他声响（比如所谓的"寻车"声），以防止扰民。

④　设置警戒后，应无法起动车辆，并且至少有两路控制。

⑤　起动车辆后，无论怎样随意操作，比如设置警戒或解除警戒，或者干脆拔去报警系统的保险装置（模拟报警系统故障），都不会影响车辆的正常驾驶。

⑥　如果有附加功能，如增加应急报警，增加额外的传感器/探测器监视车内空间等，也应做实际试验。

⑦　设置警戒后，车外的活动（如发生撞击、振动、巨响、流水、刮风等）不会引起误报警，增加的传感器/探测器应由厂家单独提供经公安部两个检测中心之一给出的误报警试验合格证书。

⑧　和防盗无关的功能，如"寻车"、"遥控中央门锁"、"车门未关灯光提示"、"遥控起动/开空调"等不得影响防盗功能（建议慎用"遥控起动"功能，此功能对车辆以及报警系统本身的设计与制造水平、安装水平和用户使用要求都比较高，稍有不慎或发生故障，容易出现意外）。

最后，还应当要求安装人员完整、正确地填写安装单，并且保存好。在使用过程中，要按照使用说明书要求正确操作使用，不要随意改动已安装好的部件或增加其他的部件，并且继续观察报警系统的性能，特别注意报警系统不应影响车辆及其部件的性能。

2. 汽车防盗器的类型及选择

（1）汽车防盗器选用时的注意事项

1）根据实际需要选用。不同的防盗器价位相差很大，选用时应根据汽车的档次，本着实用、安全、方便的原则选择合适的防盗器。

2）注意产品质量。选购时应注意检查产品设计工艺是否先进，是否通过了公安部的检测（须通过公安部安全与警用电子产品质量检测中心检测，检测有效期为 2 年）。

3）注意产品的环保性。我国部分城市对防盗器的环保性有具体要求，如北京市公安局技防办每年都要审批发放防盗器生产经营许可证，选购防盗器应注意此问题。

4）注意产品的售后服务。购买防盗器应选择具有高质量的安装技术和良好的售后服务的商家，确保防盗器在使用过程中无后顾之忧。

（2）汽车防盗器的选用

1）机械类防盗锁。机械类防盗锁是靠坚固的金属结构锁住汽车的操纵部位，如转向盘、离合器踏板、制动踏板、变速杆等。它的优点是价格适中，在 300 ~ 1000 元；缺点是使用起来不隐蔽，占驾驶室空间，每次开停车都要用钥匙开启，此外，由于优质的机械防盗锁用材非常坚硬不易被锯断，而汽车的转向盘及变速杆则是普通钢材，因此盗贼多数都在转向盘上锯一个缺口，把转向盘扭曲后，将锁从转向盘上取下来。

2）电子防盗报警器。电子防盗报警器也称微电脑汽车防盗器，它共有四种功能：一是服务功能，包括遥控车门、遥控起动、寻车和吓阻等；二是警惕提示功能，即触发报警记录（提示车辆曾被人打开过车门）；三是报警提示功能，即当有人动车时发出警报；四是防盗功能，即当防盗器处于警戒状态时，切断汽车上的起动电路。电子防盗器安装隐蔽、功能齐全、无线遥控、操作简便，但需要靠良好的安装技术和完善的售后服务来保证。此外，由于电子防盗报警器的使用频率普遍被限定在 300 ~ 350MHz 的频段上，而这个频段的电子波干扰源较多，电波、雷电、工业电焊等都会干扰它而产生误报警。

3）电子跟踪定位监控防盗系统。电子跟踪定位防盗系统分为卫星定位跟踪系统（简称 GPS）和利用车载台（对讲机）通过中央控制中心定位的监控系统。它从技术上讲完全可靠，但效果却不尽如人意，原因是这些系统投入很大，不仅要构成网络，还要消除盲区（少数收不到信号的地方），而且要政府配合，公安部门设立监控中心。此外，还需要安装的车主按月缴纳服务费用。

4）机电结合类防盗锁。机电结合类防盗锁将机械性锁车的坚固性和无线遥控操作的方便性结合起来，使机械性与电子（微电脑）编程密码技术合二为一。这类锁的侧重点是防盗，而且必须使用专用工具安装，因此破除难度很大。但价格较贵，在 600 ~ 4500 元之间。市场目前以"无人油路锁"和"强中强制动锁"为代表。前者为机械式锁断汽车燃油供给油路；后者为机械式锁住制动油泵，使汽车的四个车轮处于制动状态。

5）更换电子式汽车门锁。为了安全防盗、便于操纵，汽车门锁正在由机械式向电子式转变。汽车电子门锁是采用电子控制，以电磁铁、微型电动机和锁体或继电器作为执行机构的机电一体化保险装置。电子门锁在设计上通常突出方便性和安全性。方便性是指驾驶人打开（或锁上）前车门时，其余门锁应能自动开锁（或锁上）；安全性包括防止乘坐人员误开车门、防止外来人员侵入等。

习　　题

1. 如何选择汽车防盗器？
2. 汽车防盗器选择的注意事项有哪些？

任务二　防盗器的加装和检修

 学习目标

1）掌握普通防盗器的安装方法。

2）了解普通防盗器的检修方法。

3）了解普通防盗器相关的案例。

一、任务分析

汽车数量增多，车辆被盗的数量也在逐年上升，这给社会带来极大的不安定因素，担心车辆被盗，成为困扰每一位汽车用户的难题。

汽车防盗器是一种安装在车上，用来增加盗车难度，延长盗车时间的装置，是汽车的保护神。它通过将防盗器与汽车电路配接在一起，从而达到防止车辆被盗，被侵犯，保护汽车并实现防盗器各种功能的目的。本任务主要介绍汽车防盗器的安装及检修。

二、相关知识

1. 安装汽车防盗器的注意事项

1）拆装车辆时要认真仔细，对各种车型结构要了解清楚，在没有把握的情况下不可拆装，以免给客户造成损失。

2）对各种车型的电路要按规定方式科学查找，不可凭经验。只查找与安装防盗器有关的线路，严禁测试电脑线路和安全气囊、ABS 线路。

3）很多车型切断点火线路会造成电脑故障。对于制动、转向盘带助力的车型，在设定防抢时切断点火线路，发动机会在 30s 左右熄火，如果此时车辆在高速行驶，熄火后车辆的制动以及转向将变得沉重甚至失效，会给第三者造成重大伤害。因此，建议断接起动机线路，不要断接点火线路。

4）当安装可断接点火线路的车型时（如化油器、柴油车类不带电脑的），车辆上 30A 断电器的白线要接在点火线路上，防盗器上输出负电的黄线要与断电器上的黄线相接。

2. 安装汽车防盗器的程序

1）先查验车辆的状况。如蓄电池电压、冷却液温度表、机油表、前照灯、小灯、转向灯、制动灯、室内灯、气囊灯、ABS 灯、天窗等。

2）安装。安装要找的线路有 12V 电源线、接地线、转向灯线、门边线、制动线、起动机线、中控线、开/关信号线等。

3）安装后必须要自检车辆的全部功能是否正常，之后再把拆下的饰板件装回原样。

4）交车给车主。将遥控器上按键使用方法、功能等介绍给用户，并做演示，让用户掌握使用方法，并向用户强调如果车辆被借出，归还后，要把遥控器清码再重新学习一次（查看说明书）。

3. 安装汽车防盗器的技术要求

（1）特别情况　某些车辆的门及行李箱，发动机舱盖没有保护，对于这类车辆要特别加装保护，加门开关。

（2）布线要求　先找好主机固定的位置，然后将线路分成两路，一路往转向盘底盖，包括电源（红色）、点火线（白色）、控制 30A 断电器线（黄色）、转向灯线（两条棕色），其余的线往熔丝盒及左前方、前盖，包括喇叭线（米红色）、车门开关线（蓝色）、中控锁线、仪表台 LED 灯线和天线。

（3）注意事项

1）安装前，先将线全部接上，自检线路正确无误后，再分别把电源、振动器、LED灯插上主机，主机及振动感应器的位置应避免安装在音响扬声器等高磁场的地方。

2）主机、振动感应器应避免安装在产生高温的电器部位附近，还要注意防水（漏水）。

3）防盗器安装的好坏，主要表现在查找线路是否正确，接线质量是否过关等方面。线路的查找必须正确，线不能虚接，不该接地的地方不能接地，接地的地方必须接实。接线处必须紧固、绝缘，否则极易造成烧毁防盗器主机，或烧损车辆电路的严重后果。安装时，如果认为防盗器主机、遥控器或其他元器件有问题，请将有问题的主机元器件原封不动地退回经销商，请勿擅自拆卸主机、遥控器等任何元器件。

（4）查找线路　首先把转向盘下面的护板和脚踏板去掉，然后先找个地方把防盗器主机固定好，主机不要离车辆电脑板太近，以免影响电脑板和主机信号。

1）查找要接的 +12V 电源线。先把车钥匙拔掉，把试电笔一头接到接地，也就是原车 12V 负极线，车上任何金属部分即可，电笔另一头去点要查找的 12V 电源线。点到试电笔会亮的线即是（不要接太细的电源线）。12V 电源线一般在转向盘下面和通往驾驶人侧车门处。

2）查找转向灯线。首先把钥匙插上并将点火开关打开到 ON 位置，打开转向灯，然后用电笔一头接地另一头查找转向灯线，查找线时发现电笔灯和转向灯同步闪烁又同步熄灭的即是转向灯线，转向灯线一般在转向盘下面和门边踏板处。

3）查找行李箱控制线。如果原车有开行李箱的开关，直接在开关处找就可以了，行李箱控制线为 12V 正极或 12V 负极，查找时可自行确认。查找方法：

电笔一端接地，然后去点行李箱开关上的线，点线的同时如果行李箱自动打开，那么这根线就是行李箱控制线 12V 负极。如果把开关上的线找了一遍也没反应就说明控制线可能为 12V 正极控制和低电位控制。还是电笔一端接地，在点线的同时按一下行李箱开关，如果电笔灯会亮就说明行李箱控制线为 12V 正极。行李箱控制线的控制开关一般安装在脚踏板及 A 柱处。防盗器主机上的行李箱控制线一般都是 12V 正极线，如果查的线也是正极那么直接接上就可以，如果是 12V 负极线就需要加一个继电器来转换。

4）查找门边负触发和正触发线。打开驾驶人侧车门并关闭其他车门，电笔一头接12V 电源线，另一头找门边线，电笔点到线灯会亮而且关闭门边开关灯会灭的即是门边开关负触发线。查找门边正触发线时，把电笔接地去点线。点到线灯会亮而且关闭车门开关灯会灭的就是门边正触发线。门边线一般在通往驾驶人侧车门处和脚踏板及 A 柱处。

5）查找 ACC 线。ACC 就是将点火开关打开到 ACC 的位置，ACC 线就是打到 ACC 处才会通电的 12V 正极线。查找方法：

首先把点火开关打开到 ACC 位置，然后将电笔接地并点线，点到线电笔灯会亮而且关闭钥匙灯会灭的就是 ACC 线 12V 正极。ACC 线一般在转向盘下面和脚踏板或熔断器盒处。

6）查找发动机断电负极线。也就是加断电器控制的起动机。首先找到起动机线。查找方法：

电笔接地点线，点线的同时用钥匙起动一下车，在起动车时电笔会亮，而使车起动后熄火的线就是起动机线，确认之后把线剪断加断电器。断电器白色线和绿色线接到打开点火开关有电的一头，另一根绿色线接在剪断的线的另一头，然后把防盗器发动机断电负极线（黄）接在断电器的黄色线上就可以了，起动机线一般在点火开关下面。

7）查找油路控制负极线。电笔接地，点火开关打开到 ON 位置的同时点到一根（大约 1s 油压检测）在起动车时带电的线就是油路控制线，有些车不带油压检测，要把后部座椅拆下，下面有线，此线也要剪断并加断电器，和上面发动机断电一样接法，此线一般在后门脚踏板处和后座下面。

8）查找制动踏板线。踩下制动踏板，电笔接地并点线，点到线灯会亮而松开制动踏板车灯会灭的线就是制动踏板线，此线一般在制动踏板上面有个开关。

9）查找行李箱负触发线。电笔接 12V 正极并点线，点到打开行李箱灯会亮关闭行李箱灯会灭的线就是行李箱线，此线在行李箱处可以找到。

10）查找中央门锁线。门锁线因车型的不同其接法也不一样，关键是要知道锁线是由什么触发的，然后再根据锁线触发的原理开始找线。

① 首先判断负触发，用电笔接地后去点线，点到一线能开，点另一线能关，说明是负触发。

② 接好负触发后遥控不动作，在保证线接好没脱落的情况下可判断是开关串联负触发。接需要找三根线，再找一下接地线，就是找主机里面的接地线（或主门电动机的接地线）上的接地线而不是自己接的接地，可理解为控制需要特定的电压。

③ 如果只能找到一根线，用试笔接地给一个负极信号门锁能开也能关，在给信号也不会在反方向动作，用剪刀剪开会动作，这就是单线串联。

④ 只能找到一根线，给负信号时门锁能开也能关就是单线负触发。

⑤ 如果只能找到一根线，在给信号还是不能反方向动作的话就要在开锁线上加个电阻（一般是 300~1500Ω）再去查看是否有动作，如果有就是双电位负触发。

⑥ 正电回路：电笔接地推动中控开关的关或开并测到电笔与推动动作同步闪烁的就是主机信号线。

⑦ 正触发：电笔接地推动中控开关点线，当点到中控锁开的时候这根线有电，关的时候就没电。测另一根线的时候是关的时候有电而开的时候没电，那这就是正触发。

⑧ 正负触发：一般驾驶人侧车门能控制另外三个门，但是没有动力（没有电动机，只是一个双向开关），在加装一个两线电动机。在保证所有线都接好无误的时候就把防盗器负极接上。可以接到车上任何金属部分，可以用螺钉固定以免以后脱落。

4. 典型汽车防盗器的安装

现以 PCI—3000 型防盗器为例，介绍防盗器的安装方法。

（1）防盗主机的安装　主机的安装位置在仪表板下方的隐蔽处。PCI—3000型防盗器主机的安装线路如图2-1所示。将全部线束安装完毕后，进行简单的功能测试，如果准确无误，再将拆卸的装饰板等部件装复。

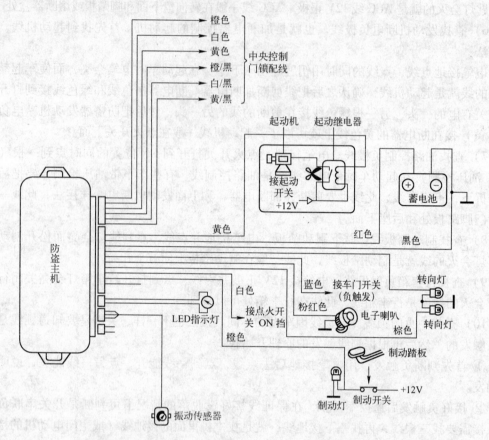

图2-1　PCI—3000型防盗器主机的安装线路

（2）振动传感器的安装及调整

1）振动传感器的安装。当主机安装完毕后，将振动传感器固定于车体上。振动传感器应尽量紧贴车体或靠近仪表板附近安装，以确保振动传感器的工作可靠性。如图2-2所示，振动传感器与防盗主机通过4根导线相连，其中2根连接LED指示灯，另外2根传送振动传感器信号。有的振动传感器采用3根导线，即信号线、接地线和LED指示灯电源线各1根。

2）振动传感器的调整。振动传感器的敏感度在出厂前均已按适中程度进行了调整，无须再调。若确实需要，可根据车辆的大小和所需敏感度进行适当调整，具体方法如下：当防盗器被触发时，振动传感器上的LED指示灯会点亮，此时可用小号一字形螺钉旋具转动其调节旋钮，向右旋转敏感度增高，向左旋转敏感度降低。

注意：调整时勿直接敲击振动传感器本体，以免损坏。

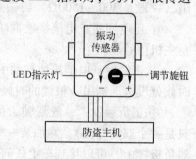

图2-2　振动传感器

3）LED 指示灯的安装。LED 指示灯应安装在仪表板正面容易观察的适当位置上。

（3）中央控制门锁的安装　首先卸下车门装饰板，在车门内手动开关拉杆附近找一处容易固定门锁执行器（电动机或电磁铁执行器）的地方，然后用防盗器配备的固定配件把手动开关拉杆与门锁执行器拉杆固定在一起，当门锁执行器动作时，就会带动车门锁拉杆，达到中央控制门锁的作用。防盗主机中央控制门锁控制电路如图 2-3 所示，其外部接线方法有以下几种。

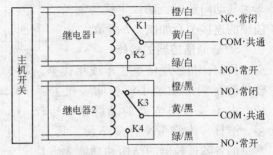

图 2-3　防盗主机中央控制门锁控制电路

1）原车无电动门锁。当原车无电动门锁时，需加装 4 个门锁电动机，门锁电动机采用并联方法，与防盗主机的连接关系如图 2-4 所示。当防盗主机接收到开锁信号时，继电器 1 通电工作，K1 打开，K2 闭合，此时电动机的电流路径为：蓄电池正极→K2→白色导线→电动机→白/黑色导线→K3→橙/黑色导线→接地→蓄电池负极；当防盗主机接收到锁定信号时，继电器 2 通电工作，K3 打开，K4 闭合，此时电动机反转，其电流路径为：蓄电池正极→黄/黑色导线→K4→白/黑色导线→电动机→白色导线→K1→橙色导线→接地→蓄电池负极。

2）原车采用电磁铁门锁执行器。当原车采用电磁铁门锁执行器时，主机控制电磁铁门锁执行器的方式有两种，一种是正触发，即控制电磁铁门锁执行器的电源线；另一种是负触发，即控制电磁铁门锁执行器的接地线。

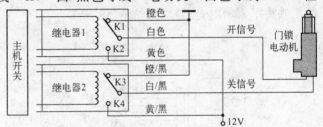

图 2-4　门锁电动机与防盗主机的连接关系

① 当控制方式为正触发时，主机与电磁铁门锁执行器的连接关系如图 2-5 所示。当防盗主机接收到开锁信号时，继电器 1 通电工作，K1 打开，K2 闭合，此时绕组 L1 通电，其电流路径为：蓄电池正极→黄色导线→K2→白色导线→绕组 L1→接地→蓄电池负极；当防盗主机接收到锁定信号时，继电器 2 通电工作，K3 打开，K4 闭合，此

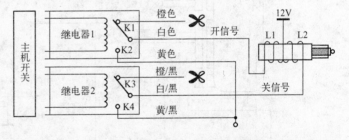

图 2-5　正触发时主机与电磁铁门锁执行器的连接关系

时绕组 L2 通电，电磁铁门锁执行器反向移动，其电流路径为：蓄电池正极→白/黑色导线→K4→白/黑色导线→绕组 L2→接地→蓄电池负极。

② 当控制方式为负触发时，主机与电磁铁门锁执行器的连接关系如图 2-6 所示。当防盗主机接收到开锁信号时，继电器 1 通电工作，K1 打开，K2 闭合，此时绕组 L1 通电，其电流路径为：蓄电池正极→绕组 L1→白色导线→K2→黄色导线→接地→蓄电池负极；当防盗主机接收到锁定信号时，继电器 2 通电工作，K3 打开，K4 闭合，此时绕组 L2 通电，电磁铁门锁执行器反向移动，其电流路径为：蓄电池正极→绕组 L2→白/黑色导线→

K4→黄/黑色导线→接地→蓄电池
负极。

3）原车采用气动门锁。当原
车为气动门锁时，防盗主机与气动
门锁的连接关系如图2-7所示。

5. 普通遥控器的检修

目前，很多经济型轿车或年代
较早的车辆都加装了遥控防盗报警系
统，由于遥控防盗器的品牌、型号较
多，给日常维修带来许多不便。其实，
常见的各款遥控器的结构和功能大致是
相同的，只要通过检测其接口上的各种
输入信号和输出控制信号，就可以大致
确定故障原因，从而加以排除。现以铁将
军（Steel Mate）838D 防盗器为例，介绍
其检测维修方法。

铁将军 838D 防盗器电路如图 2-8 所示。

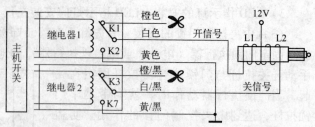

图 2-6　负触发时主机与电磁铁门锁执行器的连接关系

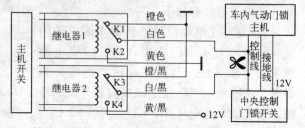

图 2-7　防盗主机与气动门锁的连接关系

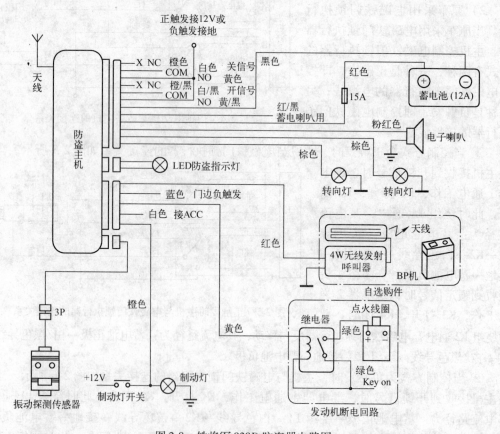

图 2-8　铁将军 838D 防盗器电路图

（1）防盗门锁的控制方式　根据电磁铁门锁结构的不同，防盗门锁通常可分为正触发

和负触发 2 种接线方式，如图 2-9 所示。

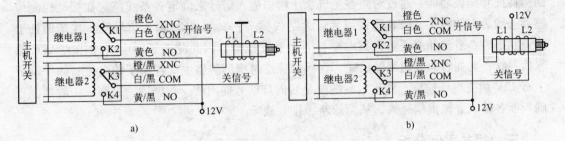

图 2-9 防盗门锁的两种控制方式

a）正触发控制方式电路图 b）负触发控制方式电路图

从图 2-9 中可以看出，防盗主机通过内部的 2 个继电器来控制电磁铁门锁的电源线或接地线，其中，通过控制电源线来达到开、关门锁的目的，称为正触发方式；而通过控制接地线来开、关门锁的，则称为负触发方式。

（2）防盗器的检修

1）查看各线路上的熔断器是否完好，重点检查防盗主机的正极、负极电源线，通常为最粗的红色或黑色导线。

2）查看输入信号。

① 遥控发射器。检查电源是否正常，如电源正常，则换上备用的遥控发射器对照比较，若均无动作，说明遥控发射器正常。

② 振动探测传感器输入信号。机械振动传感器通常为单根线，通过一端接地来输出低电平信号。电子振动传感器通常有 3 根线，1 根为 12V 电源线，1 根为信号线，1 根为接地线。检测时，可人为输入振动信号，即用手触动传感器，此时信号输出端应从高电平（11V 左右）瞬间变为低电平（1V 左右），表明传感器工作正常；如电平无任何变化，则说明传感器存在故障。

③ ACC 输入信号。当点火开关在 ACC 位置时，应有 12V 电源电压。

④ 门边负触发信号。检查驾驶人侧车门接地信号是否正常。

⑤ 制动灯信号。根据正触发或负触发两种不同的接线方式，对应检测其 12V 电源电压或接地信号。

3）确认上述外围电路输入信号正常后，再检测防盗主机各输出端子信号是否正常。

① LED 防盗指示灯。在防盗状态时，应有 12V 跳变电压输出，也可直接检查灯泡电阻。

② 转向灯。在报警状态时，应有 12V 跳变电压输出。

③ 电子喇叭。在报警状态时，应有 12V 电源电压输出。

④ 发动机断电回路。在防盗状态时，应为接地信号。

⑤ 中控门输出信号。在开启或解除防盗状态时，根据正触发或负触发两种不同的控制方式，开、关信号输出线上应对应有 12V 电压或接地信号。

若上述防盗器主机输出信号正常，则故障出在外围输出电路上；若输出信号不正常，则为防盗器主机故障，必须维修或更换。

如果没有电路图，又不能确定外围输入、输出电路是否有故障时，也可以根据其线路结构特征和防盗功能，通过对防盗主机端子模拟输入信号来确定各条线路。如振动探测传感器一般为三线插头，LED 防盗指示灯为二线插头；又如 ACC 输入信号线，在车辆处于防盗状态时，若给此端子输入高电平，则会触发报警，因此此端子对应的连接为 ACC 输入信号线；再如转向灯信号输出线，在报警状态时检测防盗主机各端子的电压，如果端子上有 12V 跳变电压输出，则它对应的便是转向灯信号输出线。根据这一思路，一般都能正确判断各输入、输出信号线，从而诊断、排除故障。

三、相关案例分析

案例一　红旗 CA7200E3 轿车发动机无法起动

故障现象： 红旗 CA7200E3 轿车停放一晚上后，第二天早上发动机无法起动。

故障诊断与排除： 首先用 431 综合故障分析仪查询故障存储器，未发现故障码。拆下主高压线进行"跳火"试验，发现没有高压电。

经分析认为，造成没有高压电的可能原因有：分电器故障、点火线圈故障、点火模块故障、相关线路故障。

用万用表测试点火模块引脚之间的导通状态（图 2-10），1 号脚与 3 号脚、1 号脚与 2 号脚之间单向导通，说明点火模块工作正常。测量点火线圈 3 个接线端子之间的电阻（图 2-11），阻值也在正常范围之内（标准阻值：1、2 号引脚间为 0.8 ~ 1.2Ω，1、3 号引脚间为 7.0 ~ 12.0Ω）。

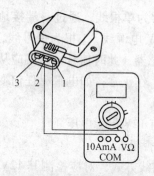

图 2-10　测试点火模块性能

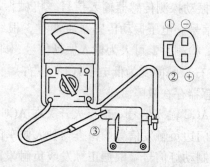

图 2-11　测试点火线圈性能

于是，将点火模块上的 3 线插头分别连接来自点火线圈的 15 号线、31 号接地线和电脑的信号线（图 2-12），测量 15 号线与 31 号线均正常。由于没有示波器，只好将信号线从插头中挑出，插入一根临时跨接线，以模拟电脑传来的信号。打开点火开关，将主高压线对准缸体，用临时跨接线间断接地，无高压电；又用跨接线间断地与电源线接触，此时有高压电产生，说明信号线传来的是正脉冲信号，点火线圈和点火模块均正常。经分析，怀疑是电脑的信号没有传递过来，可能是相关电路有故障。

经仔细检查，发现该车后加装了防盗器。用遥控器锁门、开门和防盗控制，一切都正常。打开点火开关，仪表灯显示也很正常，不像是防盗器有故障。拆掉防盗器主熔断器，使防盗器不起作用，再次进行"跳火"试验，仍没有高压电，说明防盗器工作正常。

经仔细分析认为，如果是防盗继电器损坏，且它所控制的线路比较隐蔽，也会造成无高压电且不易被发现。于是拆下驾驶人侧仪表板下护板，找到防盗继电器，将防盗继电器控制的两根线跨接，打开点火开关，起动发动机，发动机能顺利起动，说明防盗继电器有故障。更换防盗继电器后，故障排除。

维修小结：自行加装的防盗器，一般都改变了原车的线路。在这种情况下，一旦防盗器出现问题，就会使车辆出现各种故障，其中最常见的就是导致发动机熄火或不能起动。

一般后加装的防盗继电器控制的都是从点火开关出来的正极线，当它出现问题时，不会影响仪表灯正常闪亮。该车防盗继电器控制的是从熔断器盒后面引出来的一根正极线，这根线是给发动机电脑供电的，所以当防盗继电器出现故障时，电脑没有供电，发动机也就不能起动。

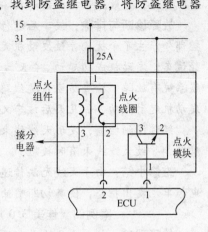

图2-12 点火组件电路

案例二 红旗CA7200E3轿车车门窗不能正常工作

故障现象：红旗CA7200E3轿车，用点火钥匙或者人为拉动锁杆开、闭车门锁均正常，但用遥控器控制闭锁时不正常，瞬间开启后马上又闭锁。

故障诊断与排除：经检查，发现该车原来只有中控门锁装置，没有安装防盗系统，后来加装了遥控控制装置。经分析，怀疑是遥控器送给中控锁控制器的输入信号不良，但经检测，开锁和闭锁时的输入信号电压分别为12V和0V，均正常。

于是拔下主门锁的电器插头，再用遥控器开锁和闭锁，一切正常，从而说明故障在主门锁上。更换一个新的气动门锁控制器，故障依旧。

重新拆下主门锁控制器，脱离拉杆负荷再试，工作正常。用手轻压门锁控制器的伸缩端，用遥控器开锁时明显感觉伸出力量不足，当行程过半时又感觉力量很大，若用手稍微加压，伸出行程不过半时便又回位至闭锁状态。调整拉杆及门锁控制器位置并加注适量润滑油，选择一个最佳位置固定好，再试车，故障排除。

维修小结：该车采用气动门锁，由控制电动机的正、反转来实现对门锁控制器的充气（开锁）和吸气（闭锁）。当用点火钥匙或手动拉杆开、闭车门锁时，是机械力使门锁控制器伸出或缩回，同时使门锁控制器内的触点上下移动，完成中控装置信号的输入过程，从而实现电动机的正、反转。

当用遥控器控制门锁时，遥控器给中控装置的输入信号是一个短暂的瞬间信号。在电动机开始转动并进行充气时，需要一定的时间才能将气充足，这就是前半行程气量不足而后半行程气量较大的原因。由于遥控器的信号短暂，再加上门锁控制器的安装位置不合适，门锁控制器内的开关在刚刚断开下触点时，由于输入的控制信号已中断，导致在电动机停转的瞬间开关触点又回到下触点，使电动机又反转（门锁控制器吸气），锁芯的弹簧力达不到开启力时便又弹压回位，门锁控制器就会开启后马上又回到闭锁的位置，从而出现上述故障。

案例三 红旗CA7200AE轿车发动机无法起动

故障现象：红旗CA7200AE轿车，原装有西门子变换码式防盗系统，后来又加装了一套防盗器，导致发动机无法起动。

故障诊断与排除： 接车后进行验证，怀疑是加装的防盗器破坏了原车线路或对原车电控部分产生了干扰，导致发动机无法起动，于是拆除了加装的防盗器，并恢复原车线路。经试车，发动机成功起动。4天后该车故障重现，经检查发动机各系统正常，怀疑仍是防盗系统有故障。检查防盗系统线路，未发现异常，更换防盗系统控制单元并重新匹配后，发动机起动成功，但几天后该车又不能起动了。

经过仔细检查，发现天线线束未固定好，在汽车行驶中与转向柱相摩擦，造成绝缘层磨破，导致天线线束有时接地。

维修小结： 由于天线无法传递信息，所以防盗功能起动，防盗系统控制单元向发动机电控单元发出指令，使其切断喷油和点火，致使发动机无法起动。

案例四　佳美3.0加装防盗器后，机油压力警告灯有时闪亮

故障现象： 佳美3.0轿车前段时间加装了防盗器，近期出现了机油压力警告灯有时闪亮的故障。

故障诊断与排除： 机油压力警告灯亮的原因有：

1）机油压力方面。机油量不足、机油过脏或变质、机油滤清器堵塞、机油泵损坏、曲轴主轴承和连杆轴承间隙过大等都会造成机油压力不正常。

2）机油压力开关失效。

3）仪表板内控制单元故障。

4）线路故障。

安装防盗器可能涉及的部位是仪表板和线路。检查仪表板，发现下面有不少线插头，但主要是电源线、门控开关线等。再检查机油压力传感器附近的线路，发现在传感器附近的线路有一线头，用手轻轻活动导线，发现导线可与发动机机体相碰，导线与机体相碰时，机油压力警告灯就闪亮。做相应处理后，故障排除。

维修小结： 加装防盗器时一定要仔细认真，否则会造成许多意想不到的故障。

习　　题

1. 安装汽车防盗器有哪些注意事项？
2. 安装汽车防盗器有哪些程序？
3. 安装汽车防盗器有哪些技术要求？

第三章 典型轿车防盗系统的检修

任务一 雷克萨斯 LS430 轿车防盗系统的结构与检修

 学习目标

1）了解雷克萨斯 LS430 轿车防盗系统电控元器件的位置。
2）掌握雷克萨斯 LS430 轿车防盗系统的设置与解除方法。
2）掌握雷克萨斯 LS430 轿车防盗系统的检修方法。

一、任务分析

作为雷克萨斯的旗舰产品，LS430 可以说是世界上最宁静的豪华车之一，它曾在 J. D. Power "新车质量调查"中被评为顶级豪华车类的第一名，并且连续 7 年被评为故障最少车型，是最受公众喜爱的进口轿车之一。本任务主要介绍雷克萨斯 LS430 轿车防盗系统的结构与检修。

二、相关知识

1. 防盗系统电控元器件的位置
防盗系统电控元器件的位置见图 3-1。

2. 防盗系统简介
（1）防盗系统　防盗系统有 4 种状态：防盗解除状态、防盗准备状态、防盗状态和报警状态。
1）防盗解除状态。
① 警报功能不起作用。
② 防盗功能不起作用。
2）防盗准备状态。
① 时间从开始设定防盗至防盗系统起作用时。
② 防盗功能不起作用。
3）防盗状态。当防盗功能存在时。
4）报警状态。在防盗状态下，一旦检测到盗窃，喇叭、前照灯、尾灯、危险警告灯、室内灯和警报器同时闪烁或报警，报警时间约 60s，频率为 0.4s 接通，0.4s 断开。
（2）主动式进入防盗模式
1）防盗解除状态（钥匙未插入点火开关）。
① 防盗解除状态 1。进行下列任一项操作，系统将进入到"防盗准备状态"。
a. 在所有的车门、发动机舱盖、行李箱门关闭时，用钥匙锁上所有车门。
b. 在所有的车门、发动机舱盖、行李箱门关闭时，用遥控器或智能钥匙系统锁止所有车门。

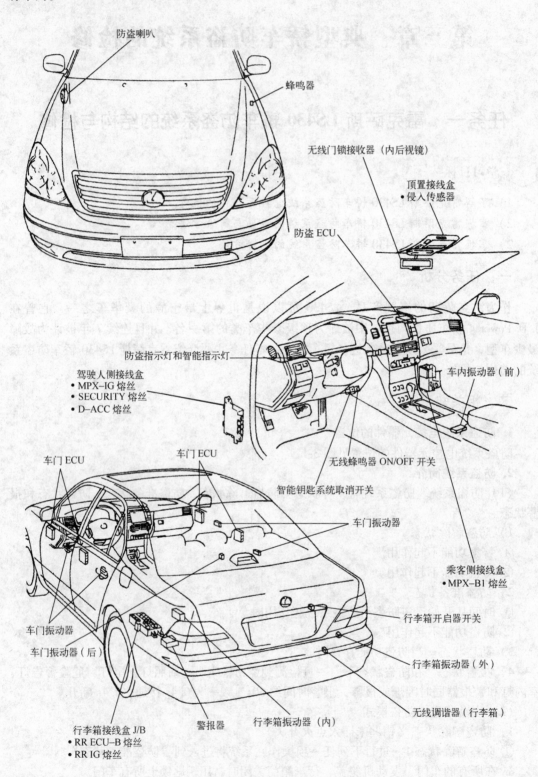

图 3-1　防盗系统电控元器件的位置

c. 在所有的车门、发动机舱盖、行李箱门被锁止时，打开和关闭任何一个车门、发动机舱盖或行李箱门，然后关闭并锁止所有的车门、发动机舱盖和行李箱门。

② 防盗解除状态2。进行下列任一项操作，系统将进入到"防盗解除状态1"。

a. 开启任何一个车门。

b. 打开任何一个车门或发动机舱盖。

c. 钥匙已经插入点火开关锁芯。

d. 重新连接蓄电池。

e. 将点火开关从 OFF 位置移到 ON 位置。

关闭行李箱门，系统将进入到"防盗准备状态"。

2）防盗准备状态。进行下列任何一项操作，系统将进入到"防盗状态"。

在所有的车门、发动机舱盖、行李箱门关闭和锁止时30s后。

用遥控器或智能钥匙系统打开行李箱门/检测到来自行李箱锁芯的开启输入信号，系统将返回到"防盗解除状态"。

3）防盗状态。

① 进行下列任何一项操作，系统将返回到"防盗解除状态"。

a. 用遥控器或智能钥匙系统开启任何一个车门。

b. 用钥匙开启车门。

c. 在550r/min 的转速下运转发动机至少 10s。

② 进行下列任何一项操作，系统将进入到"报警状态"。

a. 打开任何一个车门。

b. 除了用钥匙或遥控器或智能钥匙系统外，用任何方法开启任何一个车门。

c. 除了用钥匙或遥控器或智能钥匙系统外，用任何方法开启行李箱门。

d. 打开发动机舱盖。

e. 重新安装蓄电池。

f. 点火开关被连接。

用遥控器或智能钥匙系统打开行李箱门；检测到来自行李箱锁芯的开启输入信号，系统将返回到"防盗解除状态2"。

4）报警状态。

① 进行下列任何一项操作，系统将返回到"防盗解除状态"。

a. 用遥控器或智能钥匙系统开启任何一个车门。

b. 用钥匙开启车门。

c. 将钥匙插入点火开关并转至 ON 位置。

d. 让发动机在550r/min 的转速下运转超过10s。

② 在报警状态下，车辆喇叭、防盗喇叭会发出响声，危险警告灯、车门灯、尾灯和前照灯闪亮，车内灯一直亮至少60s。报警结束后，系统将返回到"防盗状态"。

（3）指示灯输出

1）在"解除警报状态"、"防盗状态"下指示灯不亮，在"防盗状态"下指示灯会亮，闪亮频率为亮0.2s，灭1.8s。

注意：即使在"解除警报状态"下，指示灯有时也会闪亮（取决于来自停机系统信号输出），在防盗状态，任何时间收到来自停机系统的信号，指示灯会闪亮。

2）应答回复。在下列条件下作为应答回复，危险警告灯将闪亮。

① 系统被设定时。当用遥控器或智能钥匙从解除警报状态设定进入防盗准备状态时，危险警告灯闪亮一次。

② 系统被解除时。当用遥控器或智能钥匙从防盗解除状态、防盗状态或报警状态设定进入解除防盗状态时，危险警告灯闪亮二次。

（4）被动式防盗

1）防盗解除状态1。进行下列任一项操作，系统将进入到"防盗解除状态2"。

① 从点火开关中拔出钥匙。

② 打开驾驶人侧车门。

2）防盗解除状态2。

① 进行下列任一项操作，系统将返回到"防盗解除状态1"。

a. 按下遥控器或智能钥匙系统上的开启开关。

b. 将钥匙插入点火开关。

c. 重新安装蓄电池。

d. 将点火开关从 OFF 位置转到 ON 位置。

e. 用钥匙开启车门。

② 进行下列任一项操作，系统将进入到"防盗准备状态"。

关闭所有车门、发动机舱盖和行李箱门。

3）防盗准备状态。

① 进行下列任一项操作，系统将返回到"防盗解除状态2"。

a. 打开任一车门、发动机舱盖或行李箱门。

b. 检测到来自行李箱锁芯的开启输入信号。

c. 用遥控器或智能钥匙系统打开行李箱门。

② 进行下列任一项操作，系统将返回到"防盗解除状态1"。

a. 按下遥控器或智能钥匙系统上的开启开关。

b. 将钥匙插入点火开关。

c. 重新安装蓄电池。

d. 将点火开关从 OFF 位置转到 ON 位置。

e. 用钥匙开启车门。

③ 进行下列任一项操作，系统将进入"防盗状态"。

在所有车门、发动机舱盖和行李箱门关闭30s后。

4）防盗状态。

① 进行下列任一项操作，系统将返回到"防盗解除状态1"。

a. 按下遥控器或智能钥匙系统上的开启开关。

b. 打开发动机舱盖。

c. 用钥匙、遥控器或智能钥匙系统打开行李箱门。

d. 让发动机以 550r/min 的转速运转超过 10s。

② 进行下列任一项操作，系统将进入"警报状态"。

a. 打开任一车门允许进入延时。

b. 打开发动机舱盖。

c. 用钥匙或遥控器或智能钥匙系统以外的方法打开行李箱门。

d. 重新安装蓄电池。

e. 点火开关被连接。

③ 进行下列任一项操作，系统将返回到"防盗解除状态2"。

a. 用遥控器或智能钥匙系统打开行李箱门。

b. 用钥匙打开行李箱门。

5）警报状态。

① 进行下列任一项操作，系统将返回到"防盗状态"。

警报声周期性地响后。

② 进行下列任一项操作，系统将返回到"防盗解除状态1"。

a. 按下遥控器或智能钥匙系统上的开启开关。

b. 将钥匙插入点火开关并转至 ON 位置。

c. 用钥匙开启车门。

d. 让发动机在 550r/min 的转速下运转超过 10s。

③ 进行下列任一项操作，系统将返回到"防盗解除状态2"。

a. 用遥控器或智能钥匙系统打开行李箱门。

b. 用钥匙打开行李箱门。

（5）强制门锁控制　强制门锁控制是防止非法侵入车内，当一车门被开启（警报起作用时），强制门锁将瞬间执行。

1）启动强制门锁的条件。检测到下列任一条件时将启动强制门锁。

① 防盗系统在主动模式下。

② 钥匙开启/行李箱开启开关不接通。

③ 没有钥匙在点火开关锁芯上。

④ 某个车门被开启。

⑤ 所有的双重锁止位置开关在 OFF（双重锁止未设定）状态。

2）停止强制门锁的条件。

① 所有的车门被锁止。

② 停止警报。

③ 将钥匙插入点火开关锁芯。

（6）防盗存储器控制　驾驶人离开车辆，如果防盗系统已启动，则驾驶人返回车辆并重新设定防盗系统时，尾灯将亮至少2s。

3. 故障码

（1）故障码的读取　将故障诊断仪接至3号故障诊断插接器，打开点火开关并接通故障诊断仪，按故障仪上提示操作即可读取故障码。

（2）故障码的清除　当输出的故障码所代表的故障恢复正常后，故障码将被清除。

（3）故障码表　故障码表见表3-1。

表 3-1　故障码表

故障码	故障诊断	故障原因
B1242	遥控门锁接收器电路故障	1）配线有故障 2）遥控门锁接收器有故障 3）行李箱接收器有故障
B2761	侵入传感器内部电路故障	1）侵入传感器有故障 2）防盗 ECU 有故障
B2762	侵入传感器信号电路故障	1）侵入传感器有故障 2）配线有故障 3）防盗 ECU 有故障
B2763	侵入传感器电路故障（与车身短路）	1）侵入传感器有故障 2）配线有故障 3）防盗 ECU 有故障

4. 故障码的检查

（1）故障码 B1242 的检查　故障码 B1242 检查电路如图 3-2 所示，检查步骤如下。

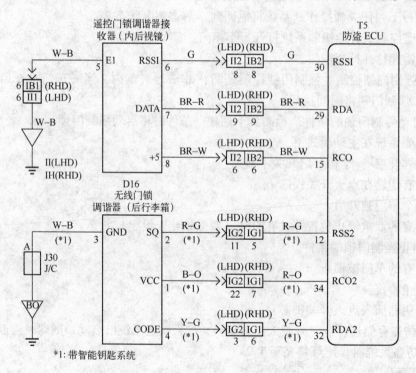

图 3-2　故障码 B1242 检查电路

1）检查配线。脱开插接器和防盗 ECU 插接器，检查插接器端子 DATA 与防盗 ECU 端子 RDA 间的导通性，应导通。若正常，则进行下一步检查；若不正常，则检修或更换插接器。

2）读取故障码。插回防盗 ECU 插接器，读取故障码，应没有故障码 B1242 输出。若正常，则更换接收器（行李箱接收器）；若不正常，则更换防盗 ECU。

（2）故障码 B2761 的检查　故障码 B2761 检查电路如图 3-3 所示，检查步骤如下。

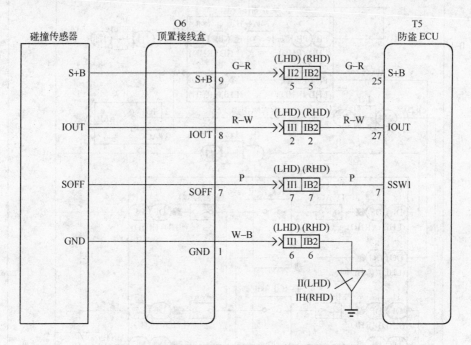

图 3-3　故障码 B2761、B2762、B2763 检查电路

1）设定防盗系统之后，检查是否有故障码 B2761 输出。若没有故障码 B2761，则无故障；若有故障码 B2761，则进行下一步检查。

2）读取故障码。更换侵入传感器并读取故障码，应没有故障码 B2761 输出。若正常，则更换侵入传感器；若不正常，则更换防盗 ECU。

（3）故障码 B2762 的检查　故障码 B2762 检查电路如图 3-3 所示，检查步骤如下。

1）检查传感器与防盗 ECU 间的配线和插接器。若正常，则进行下一步检查；若不正常，则检修或更换配线和插接器。

2）读取故障码。更换侵入传感器并读取故障码，应没有故障码 B2762 输出。若正常，则更换侵入传感器；若不正常，则更换防盗 ECU。

（4）故障码 B2763 的检查　故障码 B2763 检查电路如图 3-3 所示，检查步骤如下。

1）检查配线。松开侵入传感器插接器和顶置接线盒，检测顶置插线盒插接器端子 S＋B 与车身间的导通性，应不导通。若正常，则进行下一步检查；若不正常，则检修或更换配线和插接器或顶置接线盒。

2）读取故障码。更换侵入传感器并读取故障码，应没有故障码 B2763 输出。若正常，则更换侵入传感器；若不正常，则更换防盗 ECU。

（5）电源电路的检查　电源电路如图 3-4 所示，检查步骤如下。

1）检查 MPX-B1 和 D-ACC 熔丝。若正常，则进行下一步检查；若不正常，则应更换有故障的熔丝。

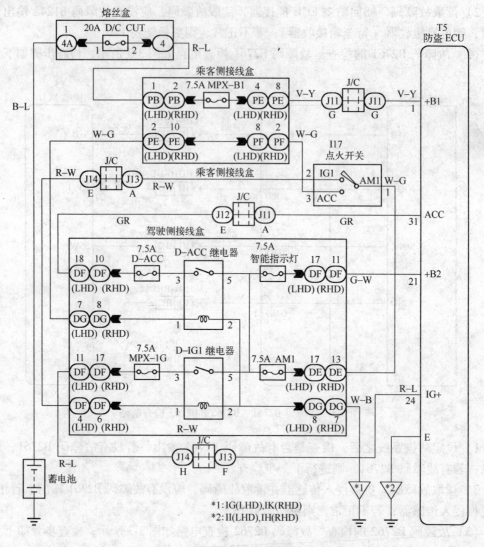

图 3-4　电源电路

2）检查防盗 ECU 插接器端子 + B1 与 E 间、端子 + B2 与 E 间、端子 ACC 与 E 间及端子 IG + 与 E 间的电压。关闭点火开关，松开防盗 ECU 插接器，检测防盗 ECU 插接器端子 + B1 与 E 间及端子 + B2 与 E 间的电压，应为 10 ~ 14V。打开点火开关，松开防盗 ECU 插接器，检测防盗 ECU 插接器端子 ACC 与 E 间的电压，应为 10 ~ 14V。若正常，则按故障症状表进行其他电路检查；若不正常，则进行下一步检查。

3）检查防盗 ECU 与车身间的配线和插接器。若正常，则检修防盗 ECU 与蓄电池间的配线和插接器；若不正常，则检修或更换配线和插接器。

（6）遥控门锁蜂鸣器电路的检查　遥控门锁蜂鸣器电路如图 3-5 所示，检查步骤如下。

1）检查遥控门锁蜂鸣器。若正常，则进行下一步检查；若不正常，则更换遥控门锁蜂鸣器。

2）检查遥控门锁蜂鸣器与防盗 ECU 间的配线和插接器。若正常，则按故障症状表进行其他电路检查；若不正常，则检修或更换配线和插接器。

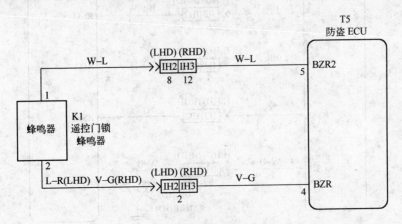

图 3-5　遥控门锁蜂鸣器电路

（7）遥控门锁蜂鸣器音量和 ON/OFF 开关电路检查　遥控门锁蜂鸣器音量和 ON/OFF 开关电路如图 3-6 所示，检查步骤如下。

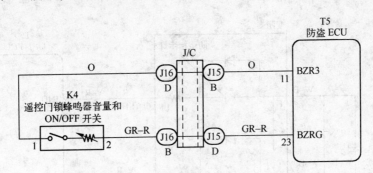

图 3-6　遥控门锁蜂鸣器音量和 ON/OFF 开关电路

1）检查遥控门锁蜂鸣器音量。若正常，则进行下一步检查；若不正常，则更换遥控门锁、蜂鸣器音量和 ON/OFF 开关。

2）检查遥控门锁蜂鸣器和 ON/OFF 开关与防盗 ECU 间的配线和插接器。若正常，则按故障症状表进行其他电路检查；若不正常，则检修或更换配线和插接器。

（8）遥控门锁接收器（内后视镜）电路检查　遥控门锁接收器（内后视镜）电路如图 3-7 所示，检查步骤如下。

1）应没有故障码 B0242 输出。若不正常，则检查防盗 ECU 插接器端子 RDA 和 RSSI 所在的电路；若正常，则进行下一步检查。

2）检查配线。松开遥控门锁接收器插接器和防盗 ECU 插接器，检测遥控门锁接收器端子 RCO 与防盗 ECU 端子 RCO 间的导通性，应导通。若正常，则进行下一步检查；若不正常，则检修或更换配线。

3）检查遥控门锁接收器。若正常，则按故障症状表进行其他电路检查；若不正常，则更换遥控门锁接收器。

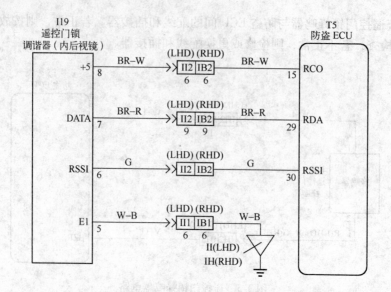

图 3-7 遥控门锁接收器（内后视镜）电路

（9）**防盗指示灯电路检查** 防盗指示灯电路如图 3-8 所示，检查步骤如下。

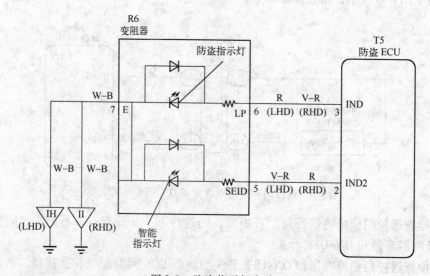

图 3-8 防盗指示灯电路

1）检查防盗接收器。将蓄电池正极与变阻器端子 6 相连，负极与端子 7 相连，防盗指示灯应亮。若正常，则进行下一步检查；若不正常，则更换变阻器（带防盗指示灯）。

2）检查防盗 ECU 与防盗指示灯间、防盗指示灯与车身间的配线和插接器。若正常，则按故障症状表进行其他电路检查；若不正常，则检修或更换配线和插接器。

（10）**防盗喇叭电路检查** 防盗喇叭电路如图 3-9 所示，检查步骤如下。

1）检查防盗喇叭。将蓄电池正极接至防盗喇叭，防盗喇叭应响。若正常，则进行下一步检查；若不正常，则更换防盗喇叭。

2）检查防盗 ECU 与防盗喇叭间的配线和插接器。若正常，则按故障症状表进行其他电路检查；若不正常，则检修或更换配线和插接器。

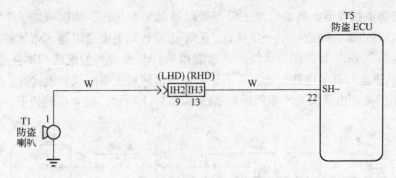

图 3-9 防盗喇叭电路

（11）防盗警报器电路检查 防盗警报器电路如图 3-10 所示，检查步骤如下。

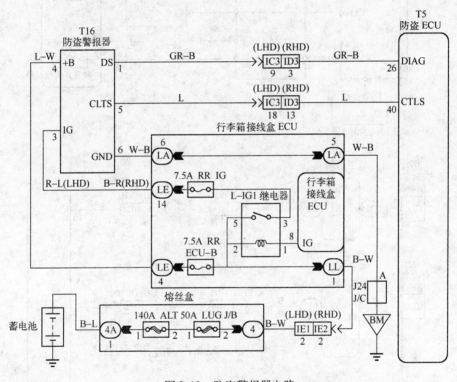

图 3-10 防盗警报器电路

1）检查防盗 ECU 与防盗警报器间的配线和插接器。若正常，则进行下一步检查；若不正常，则更换防盗喇叭。

2）检查防盗警报器（带熔丝）的电源和车身接地电路的配线和插接器。松开防盗警报器插接器，打开点火开关，检测防盗警报器端子 4 与车身及端子 3 与车身间的电压，应为 10～14V。检测防盗警报器端子 6 与车身间的导通性，应导通。若正常，则进行下一步检查；若不正常，则检修或更换配线和插接器。

3）检查防盗警报器。若正常，则按故障症状表进行其他电路检查；若不正常，则更换防盗报警器。

（12）智能指示灯电路检查 智能指示灯电路如图 3-8 所示，检查步骤如下。

1) 检查防盗接收器。将蓄电池正极与变阻器端子 5 相连，负极与端子 7 相连，智能指示灯应亮。若正常，则进行下一步检查；若不正常，则更换变阻器（带智能指示灯）。

2) 检查防盗 ECU 与智能指示灯间、智能指示灯与车身间的配线和插接器。若正常，则按故障症状表进行其他电路检查；若不正常，则检修或更换配线和插接器。

（13）车门振动电路检查　车门振动电路如图 3-11 所示，检查步骤如下。

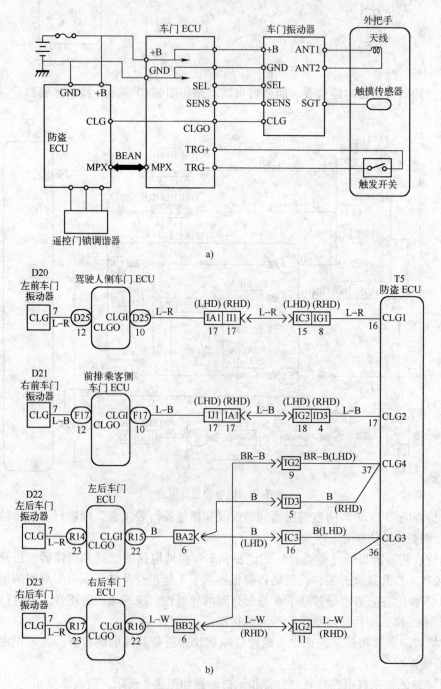

图 3-11　车门振动电路

1）检查车门振动器和防盗 ECU 间的配线和插接器。若正常，则进行下一步检查；若不正常，则检修或更换配线和插接器。

2）检查天线与车门振动器间的配线和插接器。若正常，则进行下一步检查；若不正常，则检修或更换配线和插接器。

3）检查车门振动器。若正常，则进行下一步检查；若不正常，则更换车门振动器。

4）检查天线。若正常，则按故障症状表进行其他电路检查；若不正常，则更换外把手。

（14）车内振动器电路的检查 车内振动器电路如图 3-12 所示，检查步骤如下。

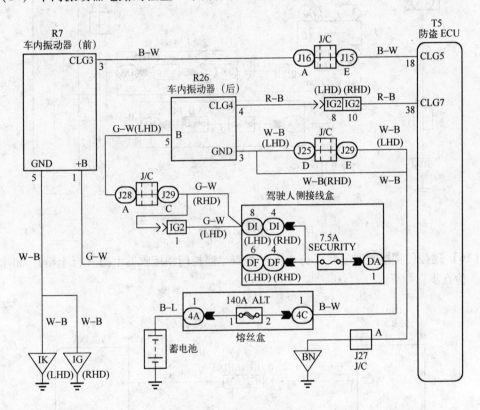

图 3-12 车内振动器电路

1）检查车内振动器和防盗 ECU 间的配线和插接器。若正常，则进行下一步检查；若不正常，则检修或更换配线和插接器。

2）检查车内振动器。若正常，则按故障症状表进行其他电路检查；若不正常，则更换车内振动器。

（15）行李箱振动器电路（内、外）检查 行李箱振动器电路（内、外）如图 3-13 所示，检查步骤如下。

1）检查行李箱振动器和防盗 ECU 间的配线和插接器。若正常，则进行下一步检查；若不正常，则检修或更换配线和插接器。

2）检查行李箱振动器。若正常，则按故障症状表进行其他电路检查；若不正常，则更换行李箱振动器。

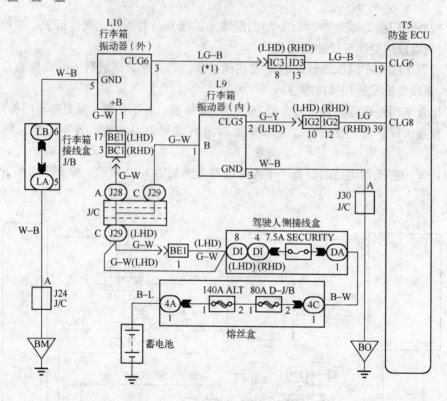

图 3-13　行李箱振动器电路（内、外）

（16）遥控门锁接收器电路（行李箱）检查　遥控门锁接收器电路（行李箱）如图 3-14 所示，检查步骤如下。

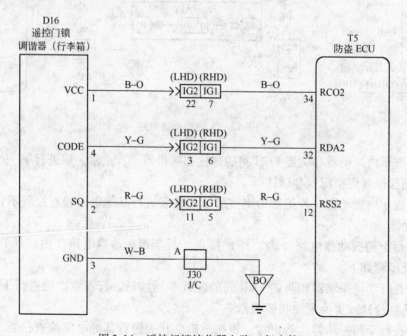

图 3-14　遥控门锁接收器电路（行李箱）

1）读取故障码。若正常，则进行下一步检查；若不正常，则检查防盗 ECU 端子 RDA2 与 RSS2 所在电路。

2）检查配线。松开行李箱门锁插接器和防盗 ECU，检测遥控门锁接收器（行李箱）端子 RCO2 与防盗 ECU 端子 RCO2 间的导通性，应导通。若正常，则进行下一步检查；若不正常，则检修或更换配线。

3）检查遥控门锁接收器（行李箱）。若正常，则按故障症状表进行其他电路检查；若不正常，则更换遥控门锁接收器（行李箱）。

（17）智能钥匙系统取消开关电路检查 智能钥匙系统取消开关电路如图 3-15 所示，检查步骤如下。

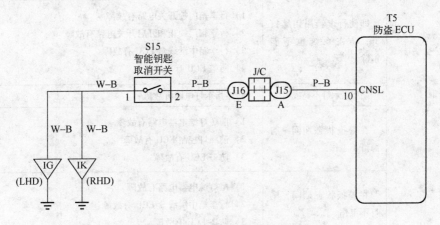

图 3-15　智能钥匙系统取消开关电路

1）检查智能钥匙系统取消开关。若正常，则进行下一步检查；若不正常，则更换智能钥匙系统取消开关。

2）检查智能钥匙系统取消开关与防盗 ECU 间的配线和插接器。若正常，则按故障症状进行其他电路检查；若不正常，则检修或更换配线和插接器。

5. 故障症状表

故障症状表见表 3-2。

表 3-2　故障症状表

相关系统	故障症状	故障原因
防盗系统	防盗系统不能被设定	1）防盗指示灯电路有故障 2）钥匙开启警告开关有故障 3）门控开关电路有故障 4）门开启检测开关电路有故障 5）发动机舱盖控制开关电路有故障 6）行李箱门控开关电路有故障 7）电源电路有故障 8）门 ECU 有故障 9）防盗 ECU 有故障

（续）

相关系统	故障症状	故障原因
防盗系统	即使点火开关在 ON 位置防盗系统也不能解除	1）钥匙开启警告开关电路有故障 2）点火开关电路有故障 3）防盗 ECU 有故障
	即使车门用钥匙开启，防盗系统也不能解除	1）门钥匙锁止和开启开关电路有故障 2）门开启检测开关电路有故障 3）驾驶人侧门 ECU 有故障 4）防盗 ECU 有故障
	即使行李箱用钥匙打开，防盗系统也不能解除	1）行李箱门控开关电路有故障 2）行李箱门锁止和开启开关电路有故障 3）行李箱中继线盒 ECU 有故障 4）防盗 ECU 有故障
	防盗指示灯不亮或闪亮	防盗指示灯电路有故障
	在警报状态期间，前照灯不工作	1）前照灯继电器电路有故障 2）前照灯控制 ECU 有故障 3）防盗 ECU 有故障
	在警报状态期间，尾灯不工作	1）尾灯继电器电路有故障 2）行李箱中继线盒 ECU 有故障 3）防盗 ECU 有故障
	在警报状态期间，防盗喇叭不工作	1）防盗喇叭电路有故障 2）防盗 ECU 有故障
	在警报状态期间，危险警告灯不工作	1）转向信号开关电路有故障 2）防盗 ECU 有故障
	在警报状态期间，喇叭不工作	1）喇叭电路有故障 2）前照灯控制 ECU 有故障 3）防盗 ECU 有故障
	在警报状态期间，即使门用遥控器开启，警报也不能停止	1）遥控器有故障 2）门开启检测开关电路有故障 3）遥控接收器电路（内后视镜）有故障 4）防盗 ECU 有故障
	在警报状态期间，即使点火开关在 ACC 或 ON 位置，警报也不能停止	1）钥匙开启警告开关电路有故障 2）点火开关电路有故障 3）防盗 ECU 有故障
电动门锁控制系统	用门锁控制开关时，锁止或开启不起作用	1）门锁控制开关电路有故障 2）驾驶人侧车门 ECU 有故障 3）前排乘客侧车门 ECU 有故障 4）防盗 ECU 有故障

（续）

相关系统	故障症状	故障原因
电动门锁控制系统	车门钥匙互锁功能不起作用	1）门锁控制开关电路有故障 2）驾驶人侧车门 ECU 有故障 3）防盗 ECU 有故障
	钥匙限制功能不起作用	1）钥匙开启警告开关电路有故障 2）门控开关电路有故障 3）门开启检测开关电路有故障 4）驾驶人侧车门 ECU/前排乘客侧车门 ECU 有故障 5）防盗 ECU 有故障
	仅一车门不工作	1）门锁电动机电路有故障 2）门 ECU 有故障
遥控门锁控制系统	遥控门锁控制系统的所有功能不起作用	1）智能钥匙（遥控器）有故障 2）遥控接收器电路（内后视镜）有故障 3）钥匙开启警告开关电路有故障 4）电源电路有故障 5）门钥匙锁止和开启开关电路有故障 6）驾驶人侧车门 ECU 有故障 7）防盗 ECU 有故障
	锁止或开启功能不起作用	1）门开启检测开关电路有故障 2）门钥匙锁止和开启开关电路有故障 3）电源电路有故障 4）门 ECU 有故障 5）防盗 ECU 有故障
	门开启后在 30s 内如果打开任一车门，自动门锁功能起作用	1）门控开关电路有故障 2）车门 ECU 有故障 3）防盗 ECU 有故障
	遥控门锁工作，但蜂鸣器不响	1）遥控门锁蜂鸣器音量电路有故障 2）遥控门锁蜂鸣器电路有故障 3）门开启检测开关电路有故障 4）车门 ECU 有故障 5）防盗 ECU 有故障
	蜂鸣器响但门锁功能不起作用	防盗 ECU 有故障
	行李箱门不能打开	1）行李箱门开启器电动机电路有故障 2）电源电路有故障 3）行李箱中继线盒 ECU 有故障 4）防盗 ECU 有故障

（续）

相关系统	故障症状	故障原因
双重锁止控制系统	所有的门都没有双重锁止系统	1）主开关电路（驾驶人侧车门）有故障 2）门锁控制开关电路（前排乘客侧门）有故障 3）防盗 ECU 有故障
	仅一侧双重锁止控制起作用	1）双重锁止电动机电路有故障 2）双重锁止开关电路有故障 3）防盗 ECU 有故障
智能钥匙系统	智能开启功能不起作用	1）智能钥匙（遥控器）有故障 2）遥控接收器电路（内后视镜）有故障 3）车门振动器电路有故障 4）门 ECU 有故障 5）防盗 ECU 有故障
	智能锁止功能不起作用	1）智能钥匙（遥控器）有故障 2）触发开关电路有故障 3）遥控接收器电路（内后视镜）有故障 4）车门振动器电路有故障 5）门 ECU 有故障 6）防盗 ECU 有故障
	智能点火功能不起作用	1）智能钥匙（遥控器）有故障 2）遥控接收器电路（内后视镜）有故障 3）车门振动器电路有故障 4）触摸传感器电路有故障 5）防盗 ECU 有故障 6）转向锁止 ECU 有故障
	智能行李箱开启功能不起作用	1）智能钥匙（遥控器）有故障 2）行李箱门开启开关电路有故障 3）行李箱振动器电路（外）有故障 4）遥控接收器电路（内后视镜）有故障 5）遥控接收器电路（行李箱）有故障 6）行李箱中继线盒 ECU 有故障 7）防盗 ECU 有故障
	智能指示灯不亮或闪亮	1）防盗指示灯电路有故障 2）门开启检测开关电路有故障 3）门 ECU 有故障 4）防盗 ECU 有故障
	智能车窗（上升）功能不起作用	1）电动车窗电动机电路有故障 2）触发开关电路有故障 3）驾驶人侧车门 ECU 有故障 4）防盗 ECU 有故障
	智能钥匙系统不能被取消	1）智能取消开关电路有故障 2）防盗 ECU 有故障

1. 雷克萨斯 LS430 防盗系统有哪几种工作状态？
2. 如何读取雷克萨斯 LS430 防盗系统的故障码？
3. 故障码 B1242 的检查思路是什么？
4. 防盗指示灯的电路检查步骤是什么？

任务二　通用车系防盗系统的工作原理

 学习目标

1）掌握 PASS-KEY 防盗系统的工作原理及故障的检修。
2）掌握 PASS-KEY Ⅱ 防盗系统的工作原理及故障的检修。
3）掌握 PASS-LOCK 防盗系统的工作原理及故障的检修。
4）掌握 PASS-KEY Ⅲ 防盗系统的工作原理及故障的检修。
5）掌握通用欧宝 IMO 防盗系统的工作原理及故障的检修。

一、任务分析

美国通用公司一直以全球最大的汽车制造商而著称，其旗下的凯迪拉克、别克、雪佛兰、欧宝等几大车系装备的车载防盗系统从 1985 年以来也各不相同，其中常见的防盗系统包括 PASS-KEY、PASS-KEY Ⅱ、PASS-LOCK、PASS-KEY Ⅲ 以及欧宝 IMO 等五种。本任务主要介绍这五种防盗系统的工作原理及常见故障的检修。

二、相关知识

1. PASS-KEY 防盗系统

（1）应用　在 1992 年之前生产的带有防盗系统的通用车辆基本都采用了这种防盗系统，如 1985~1992 款凯迪拉克帝威、赛威，别克皇朝、世纪等车辆。

（2）组成　该防盗系统主要由带有阻值的点火钥匙、发动机控制模块（ECM）、PASS-KEY 防盗控制模块 TDM（Theft Deterrent Module）、点火开关及相关线路等组成。

（3）工作原理　当打开点火开关时，PASS-KEY 防盗控制模块 TDM 和发动机控制模块（ECM）接收到点火开关打开的信号，然后进行点火钥匙检测。如果插入点火开关的点火钥匙的电阻值与 PASS-KEY 模块的设定值相对应，则自检通过，防盗灯熄灭；如果实际阻值与设定值不同，一般情况下会产生故障码，并点亮防盗灯，同时 TDM 传输给 ECM 一个禁止起动信号（切断燃油喷射）并控制起动线路断路，禁止发动机起动。PASS-KEY 防盗系统的故障灯（SECURITY）状态只有两种，点亮（存在故障）或者熄灭（系统正常），但是在发动机运行中，防盗控制模块并不监视点火钥匙的阻值（即不进行防盗控制），只在每次打开点火开关后检测一次。

对于点火钥匙的判定，实际上防盗控制模块并不直接检测点火钥匙的电阻，而是先由防盗模块提供一个基准 5V 电源线，再根据串接在信号线上点火钥匙的电阻而产生的电压信号（注意：不同的电阻会产生不同的电压信号）与标准的电压相比较（注意：该电压可以不是一个固定值而是能在一个较小的范围内变动，即允许电阻因磨损有一定的误差），通过比较之后防盗控制模块判断出该点火钥匙是否为合法的钥匙，并且作出不同的反应。若通过检测则提供给起动继电器一个低电位，并为发动机控制模块提供喷油信号同时断开仪表板上的防盗指示。

PASS-KEY 防盗系统的典型控制电路如图 3-16 所示。

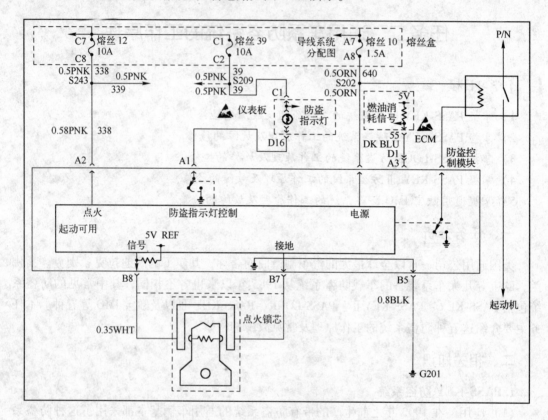

图 3-16　PASS-KEY 防盗系统电路

2. PASS-KEY Ⅱ 防盗系统

PASS-KEY Ⅱ 防盗系统是在 PASS-KEY 防盗系统的基础上改进、延伸的防盗系统，所以又可以称为第二代车载防盗系统。

（1）应用与分类　1992～1993 年以后装有防盗系统的通用车辆，开始采用 PASS-KEY Ⅱ 防盗方式。该防盗系统又可以分为两种：一种是由防盗控制模块（TDM）来控制的防盗系统 PASS-KEY Ⅱ；另一种则是直接由车身控制模块控制的防盗系统 PASS-KEY Ⅱ。

由防盗控制模块（TDM）进行控制的 PASS-KEY Ⅱ 防盗系统，主要应用在 1993 年以后的通用车辆上，如凯迪拉克弗利伍德、赛威以及别克路霸等车辆；用车身控制模块（BCM）进行防盗控制的 PASS-KEY Ⅱ + 防盗系统则多应用在 1997 款以后的通用车系，如凯迪拉克帝威、别克皇朝以及上海别克新世纪等车辆。

（2）组成　PASS-KEY Ⅱ 防盗系统的组成与第一代防盗系统基本相同，主要由带有阻值的点火钥匙、动力控制模块（PCM）、PASS-KEY II 防盗控制模块（TDM）或车身控制模块（BCM）、点火开关以及相关线路等组成。

（3）工作原理　由于第二代 PASS-KEY 防盗系统是在第一代的基础上改进、延伸的新型防盗系统，所以工作原理基本相同，而第二代防盗系统又有两种形式，下面分别加以介绍。

1）由防盗控制模块（TDM）进行防盗控制的 PASS-KEY II 防盗系统。该类型的 PASS-KEY II 防盗系统是原 PASS-KEY 防盗系统的升级替代版本，其防盗原理中的信号接收、判断基本相同，但是防盗控制模块输送给动力控制模块（PCM）的燃油喷射信号由原来的简单接地信号变为现在的变化的数字脉冲信号，从而达到更加安全的防盗效果。而且 PASS-KEY II 防盗系统的自检状态也不仅在点火开关打开时进行自检，还能在发动机运行期间进行自检，所以故障灯的状态有三种，即点亮、熄灭和闪烁。其中，熄灭代表系统正常，起动时点亮则代表禁止起动，而在行驶中自检时出现故障，防盗系统指示灯则以闪烁的方式提醒驾驶者应尽快维修，但是此时仍然可以继续行驶。

另外 PASS-KEY II 防盗系统具有诊断功能，能够在点亮故障灯的同时记录相应的故障码，方便使用诊断工具进行诊断。由防盗控制模块进行防盗控制的 PASS-KEY II 防盗系统，典型控制电路如图 3-17 所示。

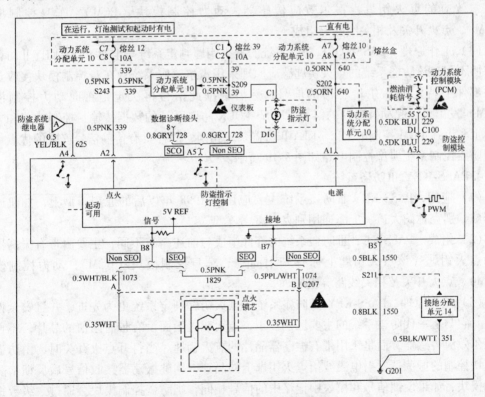

图 3-17　PASS-KEY II 防盗系统电路

2）由车身控制模块（BCM）进行防盗控制的 PASS-KEY II + 防盗系统。该防盗系统的点火钥匙判定方法与上述原理是一致的，但是之后车身控制模块（BCM）对判定结果的传输更为先进，防盗性能更佳。车身控制模块判定结果不再采用以前系统中每一个信号单独使用一根导线传输的做法，而是与车载的二级数据传输总线相连，通过一根信号传输线同时将起动信号、喷油信号传输给动力控制模块（PCM），并将故障指示灯的状态传输给仪表板。这样使得防盗系统的数据传输更为复杂，所以安全防盗性能更佳。

采用由 PASS-KEY Ⅱ 防盗控制模块（TDM）控制的防盗系统，点火钥匙的阻值没有再学习的功能，无法改变原设定的阻值。采用由车身控制模块（BCM）控制的防盗系统，除了具备上述 PASS-KEY Ⅱ 防盗系统的所有功能外，还能够进行 10min（诊断仪操作）或 30min（手动操作）的再学习，它能改变原设定的阻值，这样就达到了节省成本的目的。如果丢失一把钥匙，就不必更换整个防盗系统，而只需要通过改变阻值的方法来达到防盗功能。由车身控制模块（BCM）进行防盗控制的 PASS-KEY Ⅱ + 防盗系统，典型控制电路如图 3-18 所示。

3. PASS-LOCK 防盗系统

（1）应用　PASS-LOCK 防盗系统主要应用在自 1996 年以后的通用车型上，如别克云雀、奥兹莫比尔、GMC 和雪佛兰等车型。

（2）组成　PASS-LOCK 防盗系统的部件组成较前两代防盗系统有所不同，主要由带有霍尔效应的点火钥匙、霍尔效应传感器、动力控制模块（PCM）、车身控制模块（BCM）、点火开关及相关线路等组成。

（3）工作原理　PASS-LOCK 防盗系统的点火钥匙判定系统与上述 PASS-KEY Ⅱ 防盗系统有所不同，该防盗系统的点火钥匙感应原理采用霍尔感应系统。车身控制模块接收点火开关部件上特定的霍尔传感器的信号，然后根据此信号再决定是否向动力控制模块（PCM）发出可以起动及喷油的信号。PASS-LOCK 防盗系统的数据传输、控制功能和方法基本上和上述 BCM 控制的 PASS-KEY Ⅱ 防盗系统相同，同样具有传输信号安全的优点。该类型防盗控制系统典型控制电路如图 3-19 所示。

4. PASS-KEY Ⅲ 防盗系统

（1）应用　PASS-KEY Ⅲ 防盗系统主要应用在 1998 年以后的通用车型上，如凯迪拉克赛威、别克林荫大道、上海通用别克 GL8 等车型。

（2）组成　PASS-KEY Ⅲ 防盗系统的部件组成与前述略有不同，主要由带有振荡器晶片的点火钥匙（该点火钥匙上标有 PK 标记）、车身控制模块（BCM）、动力控制模块（PCM）、点火开关及相关线路等组成。

（3）工作原理　PASS-KEY Ⅲ 防盗系统的点火钥匙判定系统更为先进，并且安全性能更佳。它与上一代防盗系统的主要区别在于，点火钥匙上面没有带有阻值的晶片，不再采用霍尔效应传感器，而是采用带有振荡器晶片的点火钥匙。当打开点火开关时，由防盗控制模块控制的振荡器发射电磁波给点火钥匙上的晶片，钥匙振荡器接收信号后反馈给防盗控制模块，如果反馈信号和模块中记忆中的信号相同，则防盗控制模块会通过二级数据总线向 PCM、BCM 等控制模块发出钥匙正确的信息，车辆便会正常起动。点火钥匙不再带有电阻值，它的重复概率非常小（可达到几百万分之一）。同时，该系统具有 PASS-KEY Ⅱ 的所有功能（包括防盗钥匙的再学习功能）。

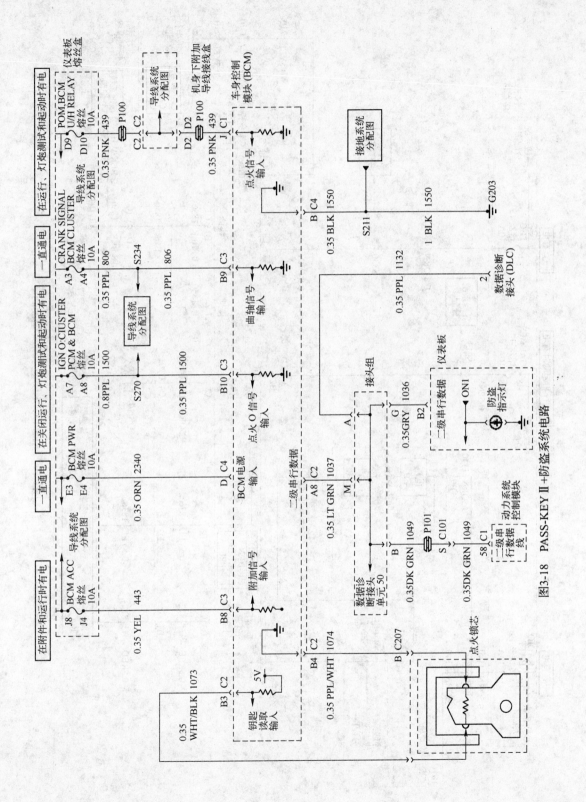

图3-18 PASS-KEY Ⅱ+防盗系统电路

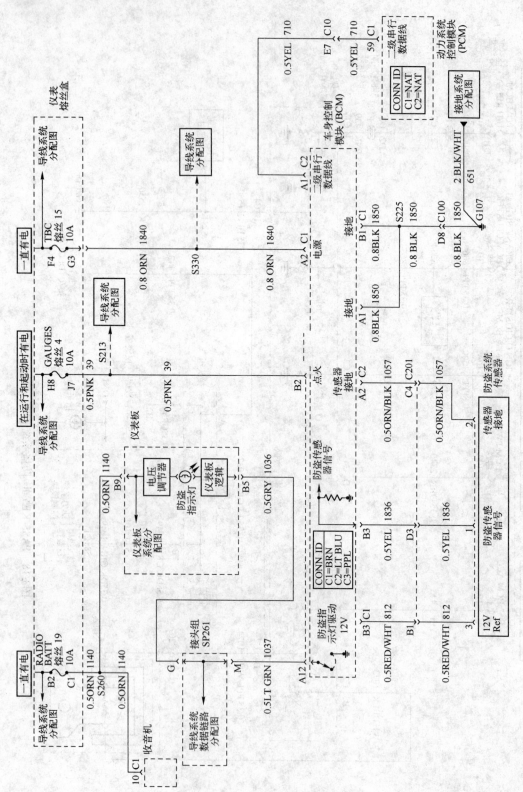

图3-19 PASS-LOCK防盗系统典型控制电路

PASS-KEY Ⅲ防盗系统的数据传输仍采用二级串行数据总线的方法传输防盗信号，所以同样具有 BCM 控制的 PASS-KEY Ⅱ +防盗系统数据传输的安全性能。该类型防盗控制系统典型控制电路如图 3-20 所示。

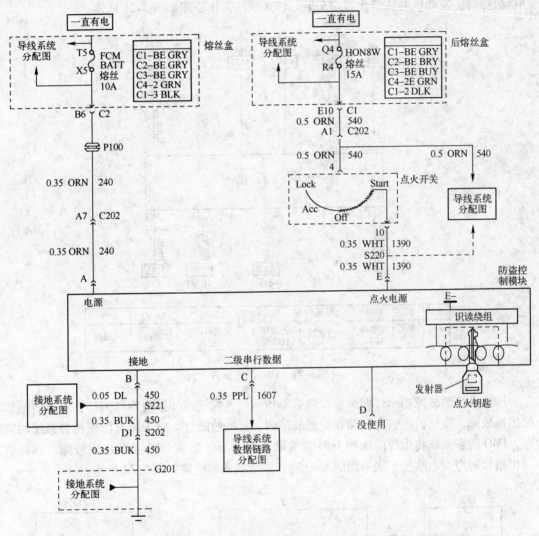

图 3-20　PASS-KEY Ⅲ防盗系统典型控制电路

5. 通用欧宝 IMO 防盗系统简介

（1）应用与组成　通用欧宝车系采用欧洲车系上常用的电子阻动 IMO 系统。IMO 防盗系统从 1995 年以来被部分欧宝车型陆续采用，它主要由点火钥匙（带有转发器）、点火开关（带有收发天线绕组）、防盗控制模块 IMO（信号处理器）、发动机控制模块（ECM）等组成。

（2）工作原理　点火钥匙上带有特定的晶片，晶片中包含设定的代码及计算程序，该固定代码还存储在防盗控制模块 IMO 中（即必须是授权的转发器）。在点火期间，防盗控制模块通过点火开关上的天线发射随机的代码，点火钥匙上的转发器收到代码后经过计算，再将计算结果和转发器的固定代码一同发回给防盗控制模块，防盗控制模块分析转发回来的随机计算的结果验证是否正确，如果正确，则可以起动车辆；反之，如果转发器的固定码未授权，控制模块则马上点亮仪表板上的发动机故障灯，同时发信号给发动机电脑，禁止起动车辆；如果固定码正确，但是发回的计算结果错误，同样点亮仪表板上的发动机故障灯，发动机电脑禁止起动车辆。该系统的工作原理如图3-21所示。

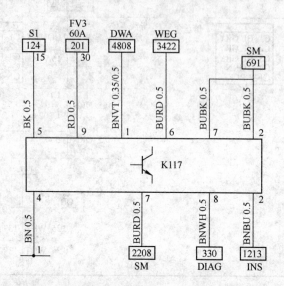

符号	S1	FV3	DWA	WEG	SM	DIAG	INS
含义	点火开关	常电源熔丝	防盗系统	距离信号（ABS提供）	发动机控制模块	诊断接头	仪表板

图3-21　IMO工作原理

IMO系统的故障指示灯即为发动机故障指示灯，起动前如果故障灯闪烁，则说明该系统出现故障，发动机电脑会存储相应的故障码，点亮故障灯。对于装有门锁报警系统的轿车，IMO防盗系统将中控门锁和IMO系统联系在一起，如果IMO系统出现故障，同样会发出报警的声音。欧宝车辆采用的IMO防盗系统的典型电路如图3-22所示。

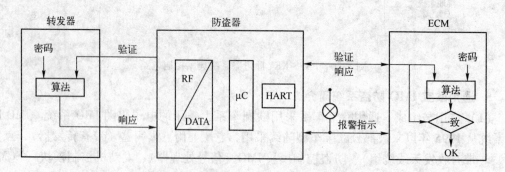

图3-22　IMO防盗系统的典型电路

6. 防盗系统的常见故障与检修

以上介绍的几种防盗系统可以分为三类：一是PASS-KEY、PASS-KEY Ⅱ，称为阻值式点火钥匙防盗；二是PASS-LOCK、PASS-KEY Ⅲ，称为无线式点火钥匙防盗系统；三是欧宝车采用的 IMO 防盗系统。下面分别介绍各防盗系统的常见故障与检修。

（1）阻值式点火钥匙防盗系统

1）相关数据。前两代 PASS-KEY 防盗系统的点火钥匙阻值标号，一共有 15 对，可以利用防盗系统专用测试仪或万用表直接测得，其不同阻值对应标号（注意：该阻值可以有 10% 的波动）见表 3-3。

表 3-3　阻值和标号对应表

标号	电阻值/Ω	标号	电阻值/Ω
1	402	9	3010
2	523	10	3740
3	681	11	4750
4	887	12	6040
5	1130	13	7500
6	1470	14	9530
7	1870	15	11800
8	2370		

2）常见故障与排除。前两代 PASS-KEY 防盗系统均采用阻值式点火钥匙系统，其主要故障有：点火开关上的触点接触不良、防盗信号线束磨损造成短路或断路、点火钥匙阻值变化超出范围（一般随着使用磨损阻值逐渐减少）。此外，防盗控制模块与发动机控制模块、起动继电器之间的线路短路或断路也是常见的故障。

若防盗系统出现故障，首先应借助防盗钥匙测试仪与适配器 J—35628 进行点火钥匙阻值测试。断开仪表板下护板内的阻值传输线束，将它接到专用仪器的两个端口上（将仪器串入信号线路），将钥匙插入点火开关后应该显示 1～15 之间的数字。若显示 E，则说明读不出钥匙号，可以将钥匙直接插入专用仪器上，应能显示 1～15 之间的数字。如果还显示 E，用万用表检查信号线有无短路、断路之处；如果显示某个数字，则将未用仪器拨到相应的挡位，应该能起动车辆，否则检查防盗、发动机控制、起动等系统及其线路。但要特别注意，若控制线都正常，则有可能是点火钥匙的阻值因磨损减少到下一个阻值的级别或因触点虚接而增加到另一级别，所以应该转换到其他挡位再测试控制系统。如果没有专用诊断仪器，可以利用万用表完成上述测试。

利用通用专用诊断仪 TECH2 对防盗系统进行检测，可以省略上述某些常规检查步骤。

（2）无线式点火钥匙防盗系统

1）常见故障。无线式点火钥匙防盗系统常见故障有：点火钥匙芯片损坏、防盗控制模块损坏、信号的电磁干扰、数据传输线路故障等。控制系统出现故障比较少见，一般为控制线路短路、断路等线束故障。

2）故障检修。由于该防盗系统的故障监测系统比较完备，所以检修主要靠通用专用诊断仪 TECH2 来进行。如果出现防盗故障指示灯点亮或闪亮的现象，首先应该进行电脑检测，然后根据读取的故障码对防盗系统的判定系统和控制系统分别加以测试。

若出现点火钥匙芯片或防盗模块相关的故障码，首先应该进行编程（芯片重设定），然后检查相关线路，若故障依旧，则一般利用部件替代法进行诊断，继而判定哪个部分出现故障。若出现控制系统的故障码，则应该先对数据传输电路进行检查，然后再对控制部分进行检查与测试。

（3）欧宝车系 IMO 防盗系统

1）常见故障。欧宝车系的防盗系统保密性更佳，但其故障现象也比较复杂，常见的故障有：点火钥匙内转发器损坏或丢失、IMO 模块损坏、信号的电磁干扰等。同样，其控制系统出现故障比较少见，一般为控制线路短路、断路等线束故障。

2）故障检修。IMO 防盗系统的检测与维修主要也是靠通用专用诊断仪 TECH2 来进行的，其检测方法与无线式点火钥匙防盗系统基本一致，但是检修防盗系统时需要特别注意以下事项：

① 采用部件规范地测试防盗系统时，应该注意部件之间都要有重编程的步骤（即匹配，让各个部件之间重新建立对话的密码），并需要通用专用维修软件 TIS 的编程许可（必须带有加密狗）。

② 对于 2000 年以后采用 IMO +（第二代 IMO 系统）的欧宝车辆，为使保密性更佳，IMO 模块不再允许采用替代法测试部件的好坏（防止采用更换部件而盗窃车辆），所以必须作出确切的判断后才能更换防盗系统控制模块（IMO 模块只能编程一次，并凭购车发票通过特定的渠道购买）。

习　　题

1. PASS-KEY 防盗系统的组成及工作原理是什么？
2. PASS-KEY Ⅱ 防盗系统的组成及工作原理是什么？
3. PASS-LOCK 防盗系统的组成及工作原理是什么？
4. PASS-KEY Ⅲ 防盗系统的组成及工作原理是什么？

任务三　桑塔纳 2000GSi 轿车防盗系统的结构与检修

 学习目标

1）掌握桑塔纳 2000GSi 轿车防盗系统的组成及工作原理。
2）掌握桑塔纳 2000GSi 轿车防盗系统的检修。

一、任务分析

桑塔纳 2000GSi 是上海大众生产的一款畅销车型，它在国内的保有量相当大，本任务主要介绍桑塔纳 2000GSi 轿车防盗系统的结构与检修。

二、相关知识

1. 防盗系统的组成及工作原理

（1）防盗系统的组成　桑塔纳 2000GSi 的防盗系统由带转发器的钥匙、收发绕组和防盗控制器三部分组成，并由一个指示灯表示系统的工作状态，其电路图如图 3-23 所示。

1）带转发器的钥匙。桑塔纳 2000GSi 的钥匙中有一只棒状转发器，它长约 13.3mm，直径约 3.1mm，在玻璃壳体内含有运算芯片和一个细小的电磁绕组。在系统工作期间，它与收发绕组一起完成防盗控制器与转发器中运算芯片的信号及能量传递工作。在点火开关打开后，受防盗控制器的驱动，收发绕组在转发器周围建立起电磁场，在这个电磁场的激励下，转发器中的电磁绕组就可以提供转发器中运算芯片工作所需的能量，还可以提供时钟同步信号，并在运算芯片与控制器之间传递各种信息。

2）收发绕组。收发绕组安装在点火开关上，通过一根导线与防盗控制器相连，作为防盗控制器的负载，担负着防盗控制器与转发器之间信号及能量的传递任务。

3）防盗控制器。防盗控制器是一个包含微处理器的电子控制器，只有在点火开关打开时才工作，它进行系统密码运算和比较的过程，并控制整个系统的通信过程（包括与转发器的通信、与发动机控制器的通信），同时它还负责完成与 VAG 诊断仪的通信工作。

（2）防盗系统的基本原理桑塔纳 2000GSi 的防盗系统用钥匙中的转发器与收发绕组之间的电磁感应并通过无线电波识别技术来阻止非法盗用汽车。

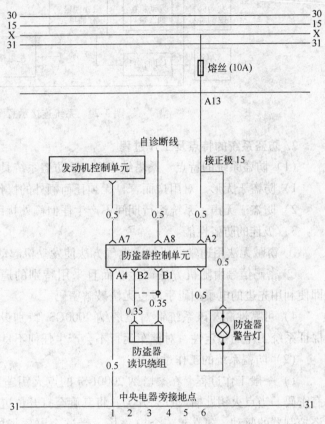

图 3-23　桑塔纳 2000GSi 防盗器电路图

桑塔纳 2000GSi 的防盗控制器存储了本车发动机控制器的识别码以及三把钥匙中转发器的识别码，同时每个转发器中也存储了相应的防盗控制器的有关信息。

当用户把钥匙插入锁孔并打开点火开关时，防盗控制器首先通过锁孔上的收发绕组将一随机数传递给钥匙中的转发器，经过一番特定的运算后，转发器将结果反馈回控制器，控制器将之与自己经过相同特定运算的结果相比较，如果结果相吻合，系统即认定该钥匙合法。防盗控制器对发动机控制器也要通过特定的过程进行鉴别。只有钥匙（转发器）、发动机控制器的密码与防盗控制器都吻合时，防盗控制器才允许发动机控制器工作。

防盗控制器通过一根串行通信线（W-LINE）将经过编码的工作指令传到发动机控制器，发动机控制器根据防盗控制器的数据决定是否起动汽车。VAG 诊断仪可以通过串行通信接口（K-LINE）对系统进行故障诊断、编码等操作。鉴别密码过程（大约 2s）中，副仪表板上的指示灯会保持点亮状态。如果有任何错误发生，发动机控制器将停止工作，同时指示灯也会以一定频率闪动。图 3-24 为该系统连接示意图。

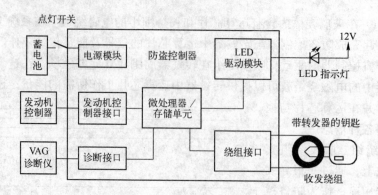

图 3-24 系统连接示意图

2. 防盗系统的特点及工作过程

（1）防盗系统的特点　桑塔纳 2000GSi 防盗系统具有以下特点：

1）防盗于无形。对用户而言，无须任何额外的操作即可起动汽车或进入防盗状态。

2）防盗于无声。系统运行期间不产生任何额外扰民噪声，符合最新法规。

3）极佳的防盗性能。

① 窃贼无法用通常的机械、电气方法使发动机起动。

② 密码信号由随机方法产生，而且采用特别的通信过程，每次传递的信息都不同，即使利用先进的电子扫码手段也无法破解密码。

4）可靠性高。该系统针对桑塔纳 2000GSi 特别设计，并经过严格匹配、全面测试，保证系统工作的稳定性，对整车运行不会产生任何不良影响。

（2）防盗系统的工作过程

1）一般工作过程。在桑塔纳 2000GSi 的点火钥匙上内嵌一个转发器，转发器内存储有密码。当点火钥匙插入点火开关并将其旋至打开位置时，嵌在点火锁芯上的绕组受到防盗控制器的驱动，建立起一个电磁场，受这个电磁场的激励，转发器开始工作。点火开关—打开，防盗控制器即通过收发绕组向转发器输出一个 56bit 长度的随机数，这是一个询问过程。然后，转发器根据从防盗控制器收到的随机数以及其自身存储的密码信息经过特定计算后，将结果反馈回控制器，控制器将之与自己经过特定计算的结果进行比较，两者只有吻合，防盗控制器才认为这把钥匙中的转发器是合法的。

如果钥匙中没有转发器或者转发器信号太弱，防盗控制器将在 2s 内重复进行询问直至收到转发器的响应信号；若 2s 内没有收到转发器的响应信号，防盗控制器将向发动机控制器发出不允许起动的信号。如果钥匙中转发器非法，其响应信号也必然被防盗控制器认为不正确，防盗控制器同样会向发动机控制器发出不允许起动的信号。

在与转发器之间进行询问/应答过程的同时，防盗控制器与发动机控制器之间也存在着通信过程。在点火开关打开后，发动机控制器发出一个唤醒信号及一个内含发动机控制器识别码的请求信号给防盗控制器，只有发动机控制器识别码及转发器响应信号均与防盗控制器内存的有关信息相吻合，发动机控制器才会收到防盗控制器发出的允许起动信号，这之后，防盗系统停止工作，发动机控制器按照正常程序工作。

为提高安全性，在允许发动机控制器起动之后，若点火开关一直保持接通，则在 8h 后，防盗控制器会再次与转发器进行询问/应答过程，并以此响应发动机控制器的下一次请求信号。

2）钥匙学习过程。防盗控制器有两种供货状态，一种供给上海大众生产线使用（附防盗控制器识别码及4位密码的密码条），这种防盗控制器预置为自学习模式，不需其他设备即可进行钥匙学习过程；另一种供给售后维修使用（没有密码条，只有在指定维修站才能查出该防盗控制器的识别码及密码），它必须借助VAG诊断仪及防盗控制器密码才能进行钥匙学习过程。

① 生产线上的钥匙学习过程。供给上海大众总装生产线用的防盗控制器能自学习三把钥匙（实际是钥匙中的转发器），而且，每个防盗控制器只能使用一次这种模式，如果要重新学习钥匙就需要借助VAG诊断仪及防盗控制器密码才能进行。

在总装生产线上，当防盗系统（防盗控制器、收发绕组）安装完毕，并且正确连接（收发绕组与防盗控制器、防盗控制器与发动机控制器等）之后，用含转发器的钥匙插入点火锁芯并打开点火开关，收发绕组随即建立起联系防盗控制器与转发器的电磁场，自学习模式即被预启动。如果防盗控制器能读出转发器信息，它将使LED指示灯保持常亮，并按照以下步骤自动对已插入点火锁芯中的钥匙进行学习：

a. 防盗控制器读出并存储转发器的识别码。

b. 防盗控制器内的保密字符写入转发器。

c. 校验过程。

d. 若整个过程正确无误，LED将熄灭，该钥匙学习结束。

如果这期间发生错误（比如转发器不能被防盗控制器读取），防盗控制器会在规定时间内重复执行学习过程直至该钥匙被成功学习；若2s后仍不能成功学习钥匙，LED灯会以1Hz的频率闪动，直至点火开关断开。

第一把钥匙成功学习后，断开点火开关，插入第二把钥匙并打开点火开关，防盗控制器将重复以上步骤来完成对第二把钥匙的学习。当第三把钥匙也学习成功后（亦即预设的三把钥匙已全部学习成功），LED灯在熄灭0.5s后会再点亮0.5s，然后熄灭。此时，自学习过程全部结束，防盗控制器也随即退出并消除自学习模式。以后若想重新学习钥匙，只能通过售后服务的钥匙学习过程来进行。

为提高安全性，自学习模式被启动之后，必须在60s内完成对所有三把钥匙的学习过程，否则只能用已成功学习的钥匙起动汽车。在自学习过程中，若发生任何错误（如读不到转发器信号、重复学习已学过的钥匙等），LED灯都将以一定频率闪动来提醒操作人员。

② 售后服务的钥匙学习过程。每辆桑塔纳2000GSi的防盗控制器都有其特定的14位识别码及4位密码，用户可以在随车手册注明的位置找到印有这两个号码的纸条。只有借助VAG诊断仪及防盗控制器密码才能进行售后服务的钥匙学习过程。

通过VAG诊断仪向防盗控制器输入密码并输入欲学习的钥匙数量（1~8把）后，防盗控制器将把以前学习过的钥匙记录从钥匙记录表上擦除，此时，以前学习过的钥匙将全部失效。然后开始钥匙学习过程并把当前插入点火锁芯的钥匙作为第一把钥匙来学习。之后的过程与自学习过程类似，最后一把钥匙学习结束后LED灯会在熄灭0.5s后再点亮0.5s。与自学习过程不同的是，在售后服务的钥匙学习过程中如果发生错误，防盗控制器会马上结束学习过程，并记录错误信息，在此过程中已学习过的钥匙仍然保持有效。

3）故障诊断。防盗系统在工作过程中如果发生错误，LED 灯会以相应的频率闪动来提醒操作者，同时防盗控制器会将相应的故障信息存储起来，通过指定的诊断仪 VAG1552 或 VAG1551 可以对防盗系统进行故障诊断修复。

系统可以记录的故障有以下几类：

① 是否曾试图用非法钥匙起动。

② 发动机控制器是否经过正确匹配。

③ 钥匙中是否有 Megamos 专用的转发器。

④ 收发绕组是否连接正确。

⑤ 学习过程是否完全正确。

防盗控制器内还记录有当前系统状态信息，可以查询以下状态：

① 防盗控制器是否允许发动机控制器起动车辆。

② 发动机控制器是否向防盗控制器发出了请求信号。

③ 当前钥匙中的转发器是否是 Megamos 专用的转发器。

④ 共有几把钥匙可以合法起动该辆汽车。

3. 防盗系统故障的检修

桑塔纳 2000GSi 轿车电子防盗系统主要由防盗控制单元 J362（装于转向柱左支架上）、防盗器警告灯 K117（在仪表板上）以及带转发器的汽车钥匙等元器件组成。其组成结构如图 3-25 所示。

防盗器与发动机控制单元匹配后，介入到发动机管理系统中。每次打开点火开关，防盗器收发绕组将读取钥匙中转发器发出的答复代码。

当使用合法钥匙，警告灯闪亮一次（3s）；如果使用非法钥匙或者系统中存在故障，打开点火开关后，警告灯将连续不停地闪烁（2 次/s）。

电子防盗器具有自诊断功能。如果系统元器件产生故障，相应的故障码就存储在控制单元故障记忆中。用 VAG1552 或 VAG1551 故障诊断仪能读出故障码。

用 VAG1552 故障诊断仪连接电子防盗器可完成下列功能：

1）02—查询故障。

2）05—消除故障码存储。

3）06—结束输出。

4）08—读测量数据块。

5）10—匹配。

6）11—输入密码。

使用原车钥匙或匹配钥匙时应注意以下事项：

1）只有使用防盗器控制单元匹配过的认可钥匙，发动机才能起动。

2）匹配汽车钥匙时，需要把全部钥匙同时与防盗器控制单元匹配。

3）如果需要重新匹配钥匙或者增配钥匙，必须匹配汽车的全部钥匙。

4）如果用户遗失一把合法的钥匙，为安全起见，必须到维修站去，把其他所有合法钥匙用 VAG1552 重新进行一次匹配。这样做可以使丢失在外的钥匙变为非法钥匙，使之不能起动发动机。

（1）连接 VAG1552 故障诊断仪　选择防盗器电子系统。

测试条件：蓄电池电压大于11V，点火开关打开。

1）打开车内变速杆前的自诊断插口盖。

2）将VAG1552故障诊断仪的插头与车内自诊断插口连接，如图3-26所示。

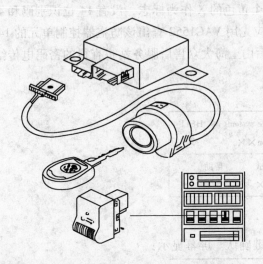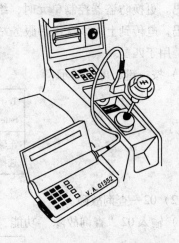

图3-25 桑塔纳2000GSi轿车电子防盗器　　图3-26 VAG1552故障诊断仪插头
　　　　　　　　　　　　　　　　　　　　　与车内自诊断插口连接

此时，屏幕显示：

| Test of vehicle systems HELP |
| Insert address word×× |
| 车辆系统测试　　　　帮助 |
| 输入地址码×× |

3）输入防盗器地址码25，屏幕显示：

| Test of vehicle systems　　Q |
| 25-immobliser |
| 车辆系统测试　　　确认 |
| 25防盗器 |

4）按Q键确认，约5s后，屏幕显示：

| 330 953 253IMMO VWZ6ZOTO123456 V01 |
| Coding 00000　　　WSC0125 |

其中，330 953 253：防盗器控制单元零件号。

IMMO：电子防盗器系统缩写。

VWZ6ZOTO123456：防盗器控制单元14位识别码。

V01：防盗器控制单元软件版本。

Coding 00000：编码号（对维修无意义）。

WSC01205：维修站代码（维修电子防盗器使用 VAG1552 时必须先输入维修站代码）

说明：

① 产品车上使用的防盗器控制单元上贴有 14 位识别码和 4 位数密码。

② 配件供应的防盗器控制单元上用一个黄色的 X 作为标志，没有 14 位识别码和 4 位数密码。更换防盗器控制单元时，维修站应先用 VAG1552 查出该防盗器控制单元的 14 位识别码，电传到上海大众售后服务站，然后由上海大众售后服务站将查得的密码电传给维修站，用于匹配。

5）按→键，屏幕显示：

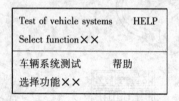

（2）02—查询故障

1）输入 02 "查询故障" 功能，按 Q 键确认。屏幕显示：

X Fault recognized	→
X 个故障发现	→

说明：按→键，可以逐个显示故障码和故障内容，直到全部故障码显示完毕。

或者屏幕显示：

No faults recognized	→
没有故障发现	→

2）按→键，退回到功能菜单。屏幕显示：

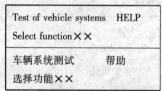

（3）防盗器电子系统故障码表　桑塔纳 2000GSi 轿车防盗电子系统故障码表见表 3-4。

说明：

1）所有发生的故障都存储在故障记忆中。

2）识别一个目前存在的故障至少需要 2s。

3）如果一个故障目前已不存在，仅作为偶发性故障出现，将在显示屏右下角出现 "/SP"。

4）50 次驱动循环后（每次循环点火开关打开至少 2s），偶发性故障将被自动清除。

表 3-4 桑塔纳 2000GSi 轿车防盗电子系统故障码表

VAG1552 屏幕显示	故障的原因	产生的后果	故障的排除
65535 Control unit defective 控制单元损坏	控制单元-362 损坏	发动机不能起动。警告灯亮	更换控制单元
00750 Fault lamp 警告灯故障 对地短路/断路 正极短路	线路损坏 线路断路 警告灯—K117 损坏 线路损坏	警告灯亮 警告灯不亮 警告灯不亮 警告灯不亮	修理线路损坏 修理线路断路 更换警告灯 修理线路损坏
01128 Reader coil for immobiliser 防盗器收发绕组	收发绕组—D2 损坏 线路断路 短路	发动机不能起动,警告灯闪	更换收绕组 修理线路断路 修理线路损坏
01176 Key Signal too week 信号太弱 Not authorised 非法钥匙	转发器损坏 钥匙不匹配 识读绕组—D2 损坏	发动机不能起动,警告灯闪	配制新钥匙 完成汽车所有钥匙匹配程序 更换收发线圈
01177 Engine control unit not Adapted 发动机控制单元没有匹配	更换发动机控制单元 发动机控制单元与防盗器控制单元连线断路或短路	发动机不能起动,警告灯闪 发动机不能起动,警告灯闪	完成发动机控制单元与防盗器控制单元匹配程序 检修发动机控制单元与防盗器控制单元连接线
01179 Key programming incor-rect 配钥匙程序错误	钥匙匹配不正确	警告灯快速闪动(每秒 2 次)	查询故障 清除故障码存储 完成汽车所有钥匙匹配程序

(4) 50—清除故障码存储 说明:这一功能用于查询故障码后,清除防盗器控制单元上的故障码存储。

输入 05 "清除故障存储" 功能,按 Q 键确认。屏幕显示:

> Test of vehicle systems →
> Fault memory is erased
>
> 读测量数据块 →
> 输入显示组号××

(5) 06—结束输出 说明:完成这一功能后,VAG1552 将退出防盗器诊断程序。

输入 06 "结束输出" 功能,按 Q 键确认。屏幕显示:

> Test of vehicle systems HELP
> Insert address word××

车辆系统测试	帮助
输入地址码××	

(6) 08—读测量数据块

1) 输入 08 "读测量数据块"功能,按 Q 键确认。屏幕显示:

Read measuring value block HELP	
Enter displsy group number××	

车辆系统测试	帮助
输出显示组号××	

2) 输入显示组号 22,按 Q 键确认。屏幕显示:

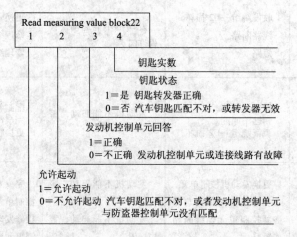

```
Read measuring value block22
   1      2      3      4
```

钥匙实数
钥匙状态
1=是 钥匙转发器正确
0=否 汽车钥匙匹配不对,或转发器无效
发动机控制单元回答
1=正确
0=不正确 发动机控制单元或连接线路有故障
允许起动
1=允许起动
0=不允许起动 汽车钥匙匹配不对,或者发动机控制单元
　　　　　　　与防盗器控制单元没有匹配

(7) 10—匹配　更换发动机控制单元 J220 后,必须重新与防盗器控制单元进行匹配。其必要条件:必须使用一把合法钥匙。

1) 连接 VAG1552 后打开点火开关,输入 25 "防盗器地址码",按 Q 键确认。

2) 按→键。屏幕显示:

Test of vehicle systems	HELP
Select function××	

车辆系统测试	帮助
选择功能××	

3) 输入 10 "匹配"功能。屏幕显示:

Test of vehicle systems	Q
10-Adaptation	

车辆系统测试	确认
10-匹配	

4) 按 Q 键确认。屏幕显示:

Adaptation   Q
Feed in channel number ××
匹配　　　　　　　　　确认
输入频道号××

5）输入00"频道"号，按 Q 键确认。屏幕显示：

Adapation   Q
Erase leamed Valuses?
匹配　　　　　　　　　确认
清除已知数值？

6）按 Q 键确认。屏幕显示：

Adaptation　　　→
Leamed values have been erased
匹配　　　　　　→
已知数值已被清除

7）按→键，完成匹配程序，返回功能模式。

说明：此刻点火开关应处于打开状态，发动机控制单元的随机代码将被防盗器控制单元读入并存储起来。

（8）更换防盗器控制单元 J362 后的匹配程序

1）当更换新的防盗器控制单元后，发动机控制单元的随机代码自动被防盗器控制单元读入并存储起来。此时应重新做一次所有钥匙匹配程序。

2）当更换从其他车上拆下来的防盗器控制单元后，需重新做一次发动机控制单元与防盗器控制单元的匹配程序，然后重新做一次所有钥匙的匹配程序。

（9）匹配汽车钥匙

1）注意事项。

① 此功能将清除以前所有合法钥匙的代码。必须将所有的汽车钥匙，包括新配的钥匙同时与防盗器控制单元匹配。

② 最多合法钥匙不能超过 8 把。

③ 如果用户遗失一把合法的钥匙，必须将所有合法钥匙重新完成一次匹配钥匙程序。这样能使丢失在外的钥匙变为非法，不能起动发动机。

④ 进行匹配钥匙的程序前需先输入密码，从用户保存的一块密码牌上刮去涂黑层可见 4 位数密码。

2）匹配钥匙步骤。

① 连接 VAG1552，打开点火开关，输入 25"防盗器地址码"，按 Q 键确认。

② 按→键。屏幕显示：

Test of vehicle systems   HELP
Select function   ××

| 车辆系统测试　　帮助 |
| 选择功能　　××　　 |

③ 输入 11 "输入密码" 功能。屏幕显示：

| Test of vehicle systems　　Q |
| 11-Login procedure |
| 车辆系统测试　　确认 |
| 11-输入密码 |

④ 按 Q 键确认。屏幕显示：

| Login procedure |
| Enter code number ×××× |
| 输入密码 |
| 输入密码号×××× |

⑤ 输入密码号，在四位数密码前加一个 "0"，例如：01234。屏幕显示：

| Login procedure　　Q |
| Enter code number 01234 |
| 输入密码　　确认 |
| 输入密码号 01234 |

⑥ 按 Q 键确认。注意：如果屏幕显示：

| Function is unknown or　　→ |
| Cannot be carried out at moment |
| 功能不清除或　　　　　→ |
| 此刻不能执行 |

这表示密码输入错误，必须重新输入密码。

⑦ 如果连续两次输入错误，第三次再想输入密码前，必须输入 06 退出防盗器自诊断程序，打开点火开关后等 30min 以后再进行。屏幕显示：

| Test of vehicle systems　　HELP |
| Select function　　×× |
| 车辆系统测试　　　帮助 |
| 选择功能×× |

⑧ 输入 10 "匹配" 功能，按 Q 键确认。屏幕显示：

| Adaptation |
| Feed in channel number ×× |
| 匹配 |
| 输入频道号×× |

⑨ 输入 21 "频道"功能，按 Q 键确认。屏幕显示：

| Channel 21 Adaptation2 → |
| 〈 – 1　3 – 〉 |
| 频道 21　匹配　2　→ |
| 〈 – 1　3 – 〉 |

汽车钥匙数量根据需要可以输入 0 ~ 8，可以按数字键直接输入钥匙数，或者用数字键"1"和"3"，按"1"键减少 1 把钥匙数，按"3"键增加 1 把钥匙数，直到屏幕右上角的数字符合需要的钥匙数为止。

如果输入"0"，表示全部钥匙都变为非法，不能起动发动机。

⑩ 按→键。屏幕显示：

| Channel 21 Adaptation 2 → |
| Enter Adaptation Value ×××× |
| 频道 21　匹配　2　→ |
| 输入匹配钥匙数 00003 |

⑪ 按"0"键 4 次，再输入匹配钥匙数，例如：匹配 3 把钥匙，输入 00003。屏幕显示：

| Channel 21 Adaptation 2　　Q |
| Enter Adaptation Value 00003 |
| 频道 21　匹配　2　确认 |
| 输入匹配钥匙数　　00003 |

⑫ 按 Q 键确认。屏幕显示：

| Channel 21 Adaptation Q |
| 〈 – 1　3 – 〉 |
| 频道 21　匹配　3　确认 |
| 〈 – 1　3 – 〉 |

⑬ 按 Q 键确认。屏幕显示：

| Channel 21 Adaptation 3　　Q |
| Store Changed value? |
| 频道 21　匹配　3　确认 |
| 是否要储存改正的钥匙数？ |

⑭ 按 Q 键确认。屏幕显示：

| Channel 21 Adaptation 3　　　→ |
| Changed Value is stored |
| 频道 21　匹配　3　→ |
| 改正的钥匙数已储存 |

⑮ 按→键。

⑯ 输入 06 "结束输出"。在点火开关上的钥匙匹配完毕。

⑰ 关闭点火开关，拔出钥匙，然后插入下一把钥匙，打开点火开关至少 1s。

⑱ 重复操作，直到把所有的钥匙都匹配完毕。

3）说明。

① 匹配全部钥匙的操作不能超过 30s，如果只是插入钥匙，而没有打开点火开关，那么这把钥匙匹配无效。

② 若系统在读钥匙的过程中发现错误，如将已匹配过的钥匙再次进行匹配等，则警告灯以 2 次/s 的频率闪亮，读钥匙过程自动中断。

③ 每次匹配钥匙的过程顺利完成后，警告灯将点亮 2s，然后熄灭 0.5s，再亮 0.5s，最后熄灭。

④ 选择 02 "查询故障"。如果没有故障码显示，说明匹配钥匙已成功完成。如果要匹配的钥匙中转发器是坏的，或者钥匙中没有转发器，屏幕将会显示：

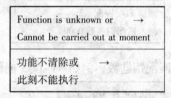

| Function is unknown or → |
| Cannot be carried out at moment |
| 功能不清除或　　→ |
| 此刻不能执行 |

（10）获得密码的方法　如果不知道 4 位数密码，或者密码牌遗失，可按照以下步骤获得密码：

1）连接 VAG1552 后打开点火开关，输入地址 25 按 Q 键确认。约 5s 后，屏幕显示：

| 330 953 253 IMMO VWZ6ZOTO456789 V01 → |
| Coding 0000　　　　　WSC0125 |

VWZ6ZOTO456789 为该车上防盗器控制单元的 14 位识别码。

2）维修站将读出的 14 位数防盗器控制单元识别码，电传到上海大众售后服务部，然后由上海大众售后服务部将查得的密码电传给维修站。

3）执行 10 功能。

匹配，此功能中共有 2 个通道，即 00 通道和 01 通道。各通道菜单如下：

00 通道：是在更换发动机电脑时，用于清除防盗器电脑中的旧发动机电脑码，以便记忆新的发动机电脑码，这样防盗器中已生效的钥匙记忆表在以后的工作中不能被更改。屏幕显示如下内容：

| Adaptation |
| Erase learned values? |
| 匹配 |
| 清除旧的 ECU 码？ |

按 Q 键确认清除旧的发动机电脑码，屏幕显示：

| Adaptation |
| Learnd values have been erased |
| 匹配 |
| 旧的 ECU 码已被清除 |

按→键，完成旧的发动机电脑码的清除，新电脑码将在下次点火时被记忆。

01 通道：进入钥匙配制过程，此防盗器电脑最多可记忆 8 把钥匙。但在进入此通道之前，应先进入 11 功能，进行注册登录，使其允许进入钥匙配制。

Channel 1	Adaptation
Old No. of keys	×
通道 1	匹配
原来钥匙数	×

按→键，屏幕显示：

| Channel 1 | Adaptation |
| Enter adaption value ××××× |
| 通道 1 | 匹配 |
| 输入配制钥匙数 ××××× |

按要求输入要配制的钥匙数，按 Q 键确认，屏幕显示：

Channel 1	Adaptation
New No. of keys	×
通道 1	匹配
新的钥匙数	×

输入要配制的钥匙数，按 Q 键确认，屏幕显示：

| Channel 1 | Adaptation |
| Store changed value? |
| 通道 1 | 匹配 |
| 储存更改值吗? |

按 Q 键确认存储更改值，等待 3s，第一把钥匙将被记忆，按→键，完成第一把钥匙的配制过程，之后马上将点火开关置回 OFF 挡，拔出已配好的钥匙，然后将另一把待配的钥匙插入点火开关中，将点火开关置在 ON 挡，等待 3s。重复按上面的方法配制其他的钥匙。

在配制钥匙过程中，需注意的是除第一把钥匙外，其余钥匙必须在 30s 内配完。当配完最后一把钥匙后，应检查防盗器电脑的故障值是否为 0，否则需清除故障。检查是否配制完成，可以通过读取 08 功能中的 02 数据块进行。

4）执行 11 功能。注册登记，此时需输入防盗器电脑的密码，进行安全登录（密码在出厂时随使用说明书一同交给用户，并由用户妥善保管，密码在涂黑部分，刮去涂层，即可露出密码）。只有执行了注册登录，才能进行有效钥匙的配制。

若连续三次配制钥匙失败，则防盗器会自动锁死。此时，只有将点火开关置到 ON 位置，等待 40min 后，方可重新配制钥匙。

5）故障处理。通过对故障进行分析、判断，确认为防盗器系统的问题，可以借助 VAG1551 进行处理，这样防盗器系统才能正常工作。常见有以下几种问题的处理。

① 更换防盗器电脑。一旦更换了防盗器电脑，所有的钥匙需要进行重新配制，以使新换的防盗器电脑将钥匙重新记忆。只有钥匙配制完成，才能使配制的钥匙有效。它主要通过 VAG1552 在进入地址码 25 防盗器系统通信后，输入 11 功能，进行安全注册登录，之后进入 10 功能的 01 通道进行钥匙配制的整个过程，配制完成后，最后读取 08 功能中的数据块，监视和检查配制进程是否完成。

② 更换发动机电脑。若更换了发动机电脑，此时就需要将存储在防盗器电脑中的发动机电脑码清除，使其记忆新的发动机电脑码，以使发动机电脑能够正常工作。它主要通过 VAG1551 在进入地址码 25 防盗器系统通信后，进入 10 功能的 00 通道清除旧的发动机电脑码。清除故障码后，仍需分别检查一下防盗器系统和发动机电脑系统是否有故障，若有，需要进行清除。这样在下次点火后，防盗器系统就会记忆新的发动机电脑码。

习　题

1. 桑塔纳 2000GSi 轿车防盗系统的组成及工作原理是什么？
2. 桑塔纳 2000GSi 防盗系统故障检修的思路是什么？

第四章 汽车音响系统的故障检修

任务一 汽车音响系统的使用与维护

 **学习目标**

1）了解汽车音响系统的组成及工作原理。

2）掌握汽车音响系统的使用与维护。

一、任务分析

汽车音乐是汽车生活不可分割的一部分，高品质的汽车音响可以使枯燥的旅途变得浪漫美妙，开车的心情自然就舒畅起来，可是很多车主只知道享受音乐的快感，却不知道音响系统该如何呵护。

汽车音响由于使用环境的特殊性，容易导致一些不必要的故障。其实，只要您稍加保养，很多故障都可以避免，就会延长使用寿命。

本任务主要介绍汽车音响的组成及工作原理、汽车音响的使用和维护。

二、相关知识

1. 组成

汽车音响系统由扬声器、天线、收放机或 CD 唱盘机组成。高级音响还包括 MD 放音、DTA 数码音响、DPS（数码信号处理器）、电子分音器、电视接收系统、VCD 影视系统等。

（1）收放机的组成　收放机由机心部分和电路部分组成。机心部分是指驱动磁带的机械构件部分，电路部分包括收音电路、放音电路、音量音调平衡电路及音频功率放大器等部分。

（2）电动天线的组成　电动天线，又称自动天线，它通过电动机控制天线升降。电动天线由开关、电动机、继电器、减速机构和天线等组成。

（3）扬声器　扬声器的作用是将放大器放大的信号转变成声音。扬声器的种类很多，形式上有电动式、电磁式、压电式、气动式、温差式和离子式等。按频响范围分有高音、中音、低音和全频扬声器。按结构分有内磁式和外磁式。按外形分有圆形、椭圆形和号筒形等。按匹配阻抗分有 4Ω、8Ω 和 16Ω 等。每种系列扬声器都有不同的口径和功率，扬声器口径越大，一般来说低频响应越好，相应的功率也越大。

（4）激光唱机　激光唱机又称 CD（Compact Disc），它具有优异的电声指标，其信噪比和动态范围远远优于传统的电唱机。激光唱机具有自动选曲、程序重放、遥控操作等功能，激光唱片又不易磨损，曲目丰富，成为汽车音响的重要组成部分。

多片激光唱机在 CD 唱片仓盒中可同时安放多张唱片，按照换片方式的不同可分为抽屉式和转盘式两种，抽屉式激光唱机是将多张唱片平行装入一个换片盒内（最多可达 12 片），放唱时可连续放音，换片时间为 5～6s；转盘式激光唱机采用开盖方式，转盘上放置 3～5 张激光唱片，开机后可无限循环进行放唱，中途不用打开或中断放唱换片。

2. 汽车音响的工作原理

（1）收音机的工作原理　在无线电广播信号传播过程中，由于人们听到的音频信号是低频信号，能量很小，不能进行远距离传送。为此，必须将音频信号调制成高频电波才能远距离传送。调制，是使载波信号某项参数（如幅度，频率或相位）随调制信号的变化而变化，从而将调制的信号"装载"到载波上，即把被传送的低频信号"装载"到高频信号上，再由发射天线发送。通常把被传送的低频信号叫调制信号，把运载低频信号的高频信号叫载波。常用的两种调制方式分别是调幅和调频。

调幅，使载波的幅度随调制信号的幅度变化而变化（频率不变），从而将调制信号（音频信号）"装载"到载波信号上。

调频，使载波的频率随调制信号的频率变化而变化（幅度不变），从而使调制信号"装载"到载波信号上。

收音机的收音过程就是要获得原来的调制声音（音频）信号，为此必须通过解调（将高频载波滤去，因为人的耳朵听不到高频音），才能把低频的调制信号从经过调幅或调频的高频信号中分离出来。调幅波的解调过程称为检波；调频波的解调过程称为鉴频。

典型的汽车收放机电路如图 4-1 所示。

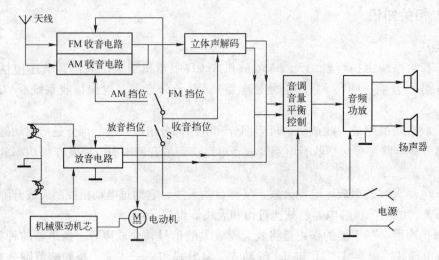

图 4-1　汽车收放机电路原理框图

1）调频收音的工作过程。

① 调谐器变频。调谐器变频工作过程如图 4-2 所示。

调谐器又称高频头，它主要由输入电路、高频放大器、变频器（包括本振）等组成。调谐器将天线接收到的调频广播信号进行选频、放大，将信号变换成一个 10.7MHz 的调频中频信号输出。

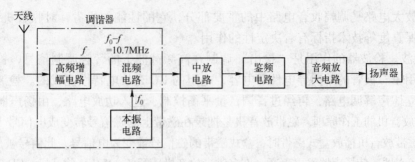

图 4-2　调频（FM）收音的工作过程框图

高频增幅。把天线所获得的电波在调谐器中进行增幅，与此同时去除干扰波。

变频。混频电路与本振电路构成变频电路。该电路能够把接收到的高频载波信号调变成中频信号。FM 调谐器的工作过程实际上就是变频的过程，最后得到固定的中频调频信号，其频率为 10.7MHz。

② 中频放大。即对中频信号进行调谐和放大，为整个收音电路保证一定的增益，从而保证后级电路有足够幅度的调频波。

③ 鉴频。经过中频处理的 FM 变频波，在检波电路中去除运载波，以析出立体声导向信号（19kHz）和立体声左右方向信号（L，R）的合成信号（L−R，L+R），并将这些信号送至立体声解调电路。

④ 立体声解调。立体声解调器又称为立体声解码器，其作用是把由中频放大部分送来的鉴频立体声复合信号（L−R，L+R）还原成 L、R 两个声道的信号。

⑤ 音调音量平衡控制。从前置放大级送来的音频信号（AM/FM）或磁带放大器输出的音频信号，通过音调控制电路、音量控制电路和音量平衡电路，获得高/低音调、音量大小并校正左右声道的音量差别。

⑥ 音频功放。音频功放利用音频功放电路即左右声道功率放大电路，使左右声道的音频功率足够放大，能驱动扬声器正常工作，同时也保证放大性能参数一致。

⑦ 扬声器。扬声器的作用是将已放大的音频信号通过扬声器电路转变成声音。

2）调幅收音的工作过程。调幅收音的工作原理如图 4-3 所示。

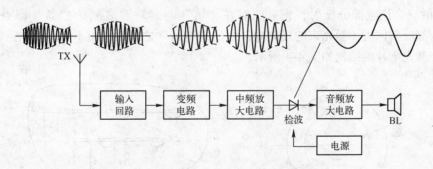

图 4-3　调幅收音的工作原理框图

① 变频。天线接收到高频调幅信号，由输入回路选择出所要接收的高频调幅的信号，送入变频器，经混频后得到一个 465kHz 的中频。

② 中频放大。中频放大电路的作用是放大 465kHz 中频信号，再送入检波器进行检

波。中频放大电路是调幅收音电路中的重要部分，它的性能的优劣，对收音机的灵敏度、选择性及保真度等技术指标有着决定性的作用。

③ 检波。检波器的作用是"检出"调制在高频载波上的音频调制信号，检波电路实际上是利用了二极管的单向导电性及电容、电阻的 RC 充放电特性完成的。检波后得到的音频送入立体声解调电路，再经过音调音量平衡控制，进入功放电路，由扬声器播出。

（2）放音机的工作原理　磁带放音机是把录在磁带上的磁信号转变成电信号（放音）的装置。当磁带放音机播放盒式磁带时，盒式磁带的磁信号被变为电信号，此信号被放大器放大并发送给扬声器，使扬声器发出声音。许多磁带放音机还配备 AM/FM 收音机、CD 等装置。

放音机机械部件有磁头和磁带。磁头是一个制造精密的电磁铁，它由铁心、绕组和屏蔽外罩组成。磁带主要是由带基及磁性层构成，带基通常由聚酯塑料薄膜制成；磁性层由磁粉、粘合剂和添加剂构成。磁带具有高的矫顽磁力和剩磁。

1）放音的原理。录制的磁带与放音磁头接触，并以与录制速度相同的速度通过放音磁头，从而在放音磁头绕组上产生电动势，这个电动势就是与录制时同样的声音信号。此信号被放大器放大并发送到扬声器，并从扬声器输出。

2）磁带放音机的装带机构及工作原理。要正确回放录下的声音，必须以等速卷绕盒式磁带。等速卷绕盒式磁带的机构以等速旋转放音机主动轮，它用橡皮辊（紧带轮）夹住磁带并从卷轴上拉出磁带。装带机构在带盘上使用了一个制动器并在其上施加反向张力，这样磁带就不会松弛。卷带盘必须卷取录音机主动轮送来的磁带，不产生松弛。由于卷带一侧的转速按照卷取量变化，因此当电动机转动打滑时，离合器将转动传送到卷带盘，这样保证了磁带以等速卷取。

（3）电动天线工作原理　天线的升降是通过改变电动机的旋转方向实现的。有些汽车的电动天线用单独的天线开关进行控制，多数则是由收音机开关联动控制，在收音机打开的同时接通电动天线控制电路，电动机转动使天线升起，在关闭收音机时天线又同时下降。

（4）激光唱机　激光唱机由激光唱片和激光唱盘机两部分组成。

激光唱片又称CD碟。它的工作原理是在唱片面上"加工"出无数的"岛"与"坑"，"坑点"的长度和彼此间的距离不同，可以组合成多种不同的信息，"坑点"的表面上镀有金、银或铝反射膜。在激光唱片放唱时，激光束对唱片的表面进行扫描。光束照射在"坑"上时，会产生部分反射，光束照射在"坑"与"坑"之间的"岛"即点平面时，激光会全部反射回去。激光束的反向光，根据"坑点"之间的长短不同而得到强弱不同的光信号。激光唱片的结构如图4-4所示。

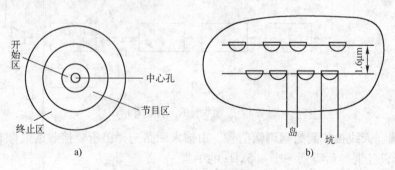

图 4-4　激光唱片的结构

激光唱盘机又称 CD 机。激光唱盘机主要由激光拾音器、伺服传动机构、数模转换系统、控制及显示电路等组成，如图 4-5 所示。

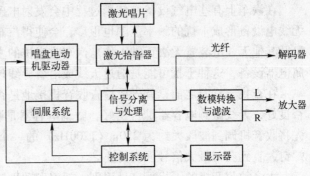

图 4-5　激光唱盘机的结构框图

1）激光拾音器。激光拾音器又称光学头，是激光唱机的信号传感器，它按工作方式可分为单光束和三光束两种。三光束激光拾音器是用主光束读取信号，两侧的副光束测量循迹偏离，以保证主光束的准确工作；单光束拾音器则用单一光束兼顾读取信号和测量循迹偏离误差。目前日本生产的激光唱机多为三光束方式，飞利浦生产的激光唱机多为单光束方式。三光束方式循迹准确，但成本较高；单光束方式结构简单，成本较低。

激光拾音器由激光源、聚光镜、反射镜等组成。以单激光束拾音方式为例，激光源产生一束 $0.8\mu m$ 的光源，通过偏棱镜和聚光镜射在 CD 唱片的信号凹点上。一个激光唱片上最多可录 25 亿个凹点，信号凹点的长度及彼此间隔随音乐信号的变化而不同。在凹点处，由于反射光干涉，返回聚光镜的光量少，在没有凹点处，唱片表面光滑如镜，反射光全部返回聚光镜。光电接收器根据聚光镜返回光量的多少判断出凹点的有无，并以数字 0 或 1 输出电平信号。在扫描过程中，激光拾音器随唱片的转动由内向外拾取信号。

2）信号分离与处理电路。激光拾音器输出的电信号送入到信号分离与处理电路。该电路中的数据分离器能正确识别左、右声道信号及各种信号代码，分离后的信号送至信号处理器。信号处理器将含有音频信号的数字信号进行解码，使其变成标准的脉冲编码，送至数/模转换电路，同时信号处理器还将同步信号、纠错信号及电动机测速信号检出，并将有关的控制信号送至控制系统。激光唱机中的信号分离与处理电路均采用大规模集成电路。飞利浦公司的 SAA7210 和索尼公司的 CX2305 是目前比较常见的专用芯片，内含信号分离、解码、纠错、测速等多种功能。

3）伺服系统。伺服系统采用聚焦伺服电路和循迹伺服电路，处理 CD 唱片转动中的误差及唱片误差。聚焦伺服电路可保证 CD 唱片的信息区正好位于聚光镜的聚焦平面上；循迹伺服电路用来克服唱片加工精度不好所引起的误差。自动稳速伺服电路通过测速传感器给出的校正误差信号来控制电动机，使之转动稳定。

4）数模转换电路。数模转换电路又称 D/A 转换器，在激光唱机中也称 DAC，它用于将激光拾音器送来的数字信号转换成音频模拟信号。D/A 转换电路输出的信号经滤波后，可直接送往放大器。

5）控制系统和显示器。控制系统对激光拾音器等传送的数字信号进行分析，获得各种控制依据，依此对电动机、伺服系统和显示器实施控制。

显示器用来显示各种控制信息，如正在放唱的曲目号、放唱方式、放唱时间等。显示系统由单片微处理器和 LED 显示屏组成，激光唱机的显示屏一般做得较大，以适应多种信息显示的需要。

3. 汽车收音机的干扰抑制措施

在汽车上有些电气设备在使用过程中会发射电磁波，这种电磁波的频率范围很广，对无线电设备形成干扰的频率范围也很广，会使得汽车上及其周围数百米处的收音机、电视机及其他无线电装置无法正常工作。汽车收音机的主要干扰来自点火系统、充电系统和附属电器设备，这种干扰可能是通过天线或沿着导线传到收音机的。

在查找干扰源之前，首先要检查收音机接地是否良好，其次检查天线与车身的接触是否良好，天线微调电容器是否良好。微调电容器是装在收音机侧面或正面的一个小螺钉，先将收音机调到波段大约为250m（1200Hz）的一个弱台，然后用一把小螺钉旋具旋转该螺钉，直到获得最大信号强度为止。

大多数收音机的干扰很容易识别，随着发动机转速提高而音调增高的呜呜声，是由发动机引起的；随着发动机转速提高而增强的噼啪声或滴答声，则是由点火系统引起的；其他的噪声则可能是来自一些电器部件的干扰，例如风窗玻璃刮水器或者加热器风扇，当这些电器工作时产生干扰。

（1）点火系统的干扰　当汽车发动机正常运转时，点火线圈次级绕组产生的高压电在高压线、分电器和火花塞之间传输及跳火时，伴随有高频电波产生，其频率从数百千赫到数百兆赫，一般的中频收音机和电视机都会受到不同程度的影响。如果火花塞导线以及点火线圈到分电器的导线是碳芯的（可以根据标在导线外表皮的电阻值识别），虽然这种导线具有抑制干扰的能力，但如果受到拉伸或损坏，则这种抑制能力就有可能消失，此时应该更换导线。另外，有些车型上的火花塞有干扰抑制器，它装在火花塞的盖帽里。在案例中提到的Q20R—U11型号的火花塞的中心电极内就装有抑制干扰成分的电阻器。

（2）发电机的干扰　发电机电刷和整流器、调节器的触头工作时产生的火花，能发射电磁波，也会使收音机产生杂音。此类干扰源的抑制措施是，不论交流或直流发电机都可以在其输出端并联一个电容器来抑制干扰。电容分布的具体位置和电容量的大小由车型的具体情况而定。

（3）其他电器的干扰　转向闪光器、油压表、冷却液温度表、燃油表传感器、喇叭、刮水器电动机、电动门窗玻璃升降器电动机等在工作过程中，触头在闭合与分离时会产生火花，同样也会使收音机产生杂音。要防止以上的无线电干扰，除了电子设备本身采取抗干扰措施外，还可以采用在电源至电器和地面之间安装电容的办法来抑制干扰。

另外，将容易发射无线电波的电器设备和有高频电流流过的导线或车载电脑（如EFI、ECT、ABS等电脑）传感器输入信号导线用密织的金属网或金属管遮盖，并使其接地。这样，这些电器发射出来的高频电磁波遇到金属屏蔽后，由于电磁感应会在金属屏蔽内产生寄生电流，将电磁波能量变成热能而消耗掉，从而减少了干扰。

4. 汽车音响的使用与维护

（1）收音机的使用与维护

1）接收天线应良好可靠。汽车音响的接收天线有拉杆天线（手动和自动）和后风窗玻璃上的条状金属膜天线（也称印刷天线）两种。在接收调幅广播和调频广播时，拉杆天线应拉出，确保收听效果。天线与收音机的连线应可靠，拉杆天线应保持干燥、无锈蚀并升降灵活，手动拉杆天线要及时收回。

2）注意防止干扰。当汽车在电磁干扰较强的场合时（例如接近雷达、无线电发射台及电焊切割等场合），应停止使用收音机。

3）用好电台存储功能。数字式收音机可存储电台的频段。使用时可以将平时经常收听的节目存储在收音机内，以便重新开机后方便使用。

（2）磁带放音机的使用与维护

1）对磁头进行定期消磁。放音磁头经常与磁带接触，很容易产生剩磁。磁头产生剩磁后会影响放音质量，如高频信号衰减、噪声增大等，因此应定期对磁头进行消磁。可用专用的磁头消磁器，将盒式消磁器装入带仓内，在断开主机电源的情况下，按下放音键，消磁器上的红色指示灯点亮，表示开始对磁头进行消磁；指示灯熄灭，表示消磁完毕。为彻底消磁，可连续消磁几次。

2）定期清洗磁头。对磁头应进行定期清洗，因为磁头上经常沾有来自磁带上的磁粉，不去掉不仅影响放音质量，而且还容易结垢腐蚀磁头。可采用清洗带，涂上清洗剂后按下放音键，让清洗带在仓盒内转动，把磁头上的磁粉等脏物去掉；还可用无水酒精棉球对磁头表面进行擦洗，注意棉球应裹在木杆上，不要用金属镊子夹棉球擦洗，避免划伤磁头表面。

除了对磁头进行清洗之外，还要清除机壳内的灰尘，特别是印制电路板上的灰尘。最好用吹气法或吸尘器吸灰法，即用高压氮气等不易燃烧的气体吹出电路板上的灰尘，或将吸尘器管换上较小的吸尘头，吸出机壳内的灰尘，注意清理时不要损坏元器件。如果不具备上述条件，可用酒精棉球擦除灰尘，但要注意棉球易被焊点拉出丝来，残留在机壳内易造成故障。擦完后要待酒精挥发后才能开机使用。

3）定期注油。磁带放音机的机心在长期使用后，相互配合的零件间原有的润滑油可能自然挥发，致使传动部件的摩擦阻力明显增大，失去转动的灵活性，引起机械噪声增大，降低了机心的力学性能。给机心配合零件间加注润滑油，能减少摩擦阻力和摩擦损耗，提高传动件的传递效率，提高机心的使用寿命。

给传动部件加油。机心的传动部件主要有电动机主轴、轴承及各轮轴承等。它们通常为含油轴承，在制造过程中已经注入过一定的润滑油，但工作一定时间后仍需进行补充，可用油针或钢丝沾一定的油珠滴入轴承孔内或轴根部位。

给按键的导向部位注油。机心各种功能按键，在正常操作情况下应轻快灵活，手感舒适。但由于按键的次数太多，其润滑部位的摩擦阻力可能增大，当操作按键觉得很费力时，应向按键导向部位注油。

（3）激光唱机的使用与维护

1）正确取放唱片。打开唱片仓盘后，要将唱片的标签面朝上放入仓盘。如唱片装反，将无法放唱。

2）对于设有数字信号接口的 CD 机，应尽量使用该接口，将输出的信号送至外接的数字解码器，最后送到放大器，这样可获得更优良的音质。

3）当天冷或下雨时，如果 CD 机内部结露或有水滴，则需进行通风或用清洁剂来清洗。否则，CD 机可能会跳道或无法播放。

4）不要将其他物品放到唱片盘上，也不要将两张唱片重叠在一起放唱，否则将会加重驱动系统的负担，并可能造成损坏。

5）在不平整的道路上行驶时，有可能会导致 CD 机严重振动，造成播放时跳道，所以要小心。

6）在使用时，要避免灰尘进入 CD 机，激光头被灰尘沾污后，其透光率会大大降低，致使读取功能下降。

7）CD 机长时间使用的机械部分，要定期进行清洁和润滑。

8）汽车 CD 机的结构复杂，拆装繁琐，修理一般应送至专业维修店。

案例一 丰田佳美收音机有杂音

故障现象：丰田佳美收音机最近一段时间收音机的干扰噪声相当大，并且是各波段、各频率、各地域均有不同程度的干扰噪声。在这之前没有动过音响装置的任何部件，故障是在使用中自然出现的。

故障诊断与排除：通过故障现象分析，这是一种无线电波信号干扰引起的故障。由于是在各波段、各频率、各地域均有不同程度的干扰噪声，所以故障不是因电波信号本身不好引起的。在音响系统中出现这种现象的故障部位主要有两个：信号的接收机构部分和收音机内部的信号处理部分。由于对收放机内部的检修不是很熟悉，并且在一般情况下收放机内部出现故障导致这种干扰噪声的可能性较小，所以决定先从外部的信号接收机构入手进行检修。

该车天线能自动进行伸缩调节。将点火开关置于 ACC 位置，打开收音机，对天线的信号接收能力进行检查。将音量调到最大状态，用金属块在天线上刮动，这时在车内能听到扬声器有"嚓、嚓"的声音发出，说明天线的接收通路良好。再将收音机调到一个 AM 频段的微弱信号下，用手指轻弹天线杆身使之摇晃振动，但在车内听不到扬声器有噪声发出，说明天线没有松动。将收音机调到一个 AM 频段的微弱信号下，用手握住天线让人体静电对天线进行干扰（身体其他部位不接触车身），扬声器的声音并没有变大的现象，说明天线的灵敏度良好。用万用表检测天线杆身与车身间的电阻，在 10MΩ 以上，说明屏蔽线与车身间接地良好。由于这些检查结果都良好，所以天线机构应该没有问题。

音响系统的导线与扬声器等均没动过，存在故障的可能性不大。更换收音机试验，故障仍然存在，说明故障还是在信号接收系统。

在检修中发现发动机的怠速工作情况不是很好，有时会抖一下。据了解这一现象已有很长时间了，出现时间比收音机故障的时间还早，虽检修过几次，但一直没有好转。

在检修中无意识地将点火开关置于 ACC 位置并使用收音机，发现收音机居然一点杂音也没有了。但起动发动机后，声音又变杂了，但发动机熄火后恢复正常。很显然，是点火系统的信号干扰导致的故障！

经询问，在维修怠速不良故障时曾更换过火花塞，经过外部检查没有发现什么问题。拆下火花塞检查，发现火花塞的型号不对。该车火花塞正确型号应是 Q20R—U11，型号中 R 代表在火花塞的中心电极内装有抑制干扰成分的电阻器，而该车现在装的是型号中没有 R 的普通火花塞，也就是说在火花塞的中心电极内没有抑制干扰成分的电阻器，这样在高压放电点火时就会产生干扰信号，使无线电设备与电脑等受到干扰，不能正常工作。更换正确型号的火花塞后，收音机工作正常，发动机的怠速也平稳了。

案例二 凯迪拉克 CD 机无法读碟

故障现象：一辆凯迪拉克装有 CD 机，客户反映当将 CD 碟放进放音机后，等约三四秒钟，CD 碟从 CD 机中吐出，即 CD 机不读碟。

故障诊断与排除：凯迪拉克轿车使用说明书中指出，CD 机不读碟有以下 3 个原因。

1）CD 碟放反，即上下面颠倒。

2）CD 碟有脏物，潮湿或划伤。

3）空气湿度过大。

经检查，上述三种原因均被排除，分析故障可能在音响机心内。

打开 CD 机盖板，对机心仔细检查，其机械部分未发现任何异常，分析故障是 CD 碟检测电路故障造成的。该车机心内有激光头，激光头射出的光线由光敏传感器接收，并输出脉冲信号至控制模块。检查激光头表面，发现很脏，于是就用棉球蘸着酒精将其擦拭干净，然后将放音机装复，再放入 CD 碟，CD 机工作正常。

维修小结：由于激光头太脏，使其射出的光线过弱，光敏传感器接收的信号频率太低，所以控制模块无法据此控制 CD 机正常工作，于是将 CD 碟"吐"出来了。

习　题

1. 汽车音响系统由哪几部分组成？

2. 汽车放音机的工作原理是什么？

3. 汽车收音机的工作原理是什么？

4. 激光唱机的组成及工作原理是什么？

5. 汽车收音机使用过程中的注意事项有哪些？

6. 磁带收音机使用过程中的注意事项有哪些？

7. 激光唱机使用过程中的注意事项有哪些？

任务二　汽车音响系统的电路分析及检修

 学习目标

1）掌握汽车音响系统的组成及分析方法。

2）掌握汽车音响系统常用元器件的检测。

3）掌握汽车音响系统电路的检修方法及注意事项。

一、任务分析

汽车音响系统通常由机械和电路两大部分组成，其中电路部分可分为收音和功放两部分，收音部分又可分为调幅 AM 和调频 FM 两部分，而功放部分是收、放音或与磁带、CD 放音公用。通过整机电路分析，可以把各部分的单元电路有机结合起来，这也是分析故障、判断故障部位的基础。

虽然不同厂家、不同机型的汽车音响系统采用了不同的电路及元器件，但其所处理信号的流程是相同的，所以其基本电路结构是一样的。本任务主要介绍汽车音响系统的电路分析及检修。

二、相关知识

1. 汽车音响系统的电路组成及分析

下面就以捷达系列轿车音响系统为例介绍汽车音响系统的电路组成及分析方法。

（1）电路组成　捷达系列轿车音响配置的宝凌 BL—810 型汽车音响属 AM/FM 立体声收放音音响系统，整机结构由调频电路、调幅电路和功放电路等组合而成，具有放音清晰优美、设计新颖大方、结构合理、稳定性好、输出功率大、信噪比高等特点。

（2）FM 调谐器（调频头）电路　FM 调谐器的内电路如图 4-6 所示，由 VT1 ~ VT3 晶体管为主构成，各主要元器件的作用如图 4-6 中所列。

1）高放电路。天线接收到的信号，由 C1 电容耦合输入，并经电容 C2 和可调电感 $L_{天F}$ 组成的调谐选频电路选频后加至高放场效应晶体管 VT1 的栅极。VT1 是共源电路，高频信号经其放大后从漏极输出，再经过由 C1、TC1（可调电容）、C3 和 $L_{高F}$ 可调电感组成的谐振回路选频后加至混频管 VT2 的基极。

2）本振电路。该电路主要由 C12 ~ C14、C19、R6 ~ R9、C15、TC2 和 $L_{本F}$ 可调电感等组成，属电容三点式振荡电路。本振电路的振荡频率随 $L_{本F}$ 的变化与天线 $L_{天F}$、高放 $L_{高F}$ 选频谐振回路的频率呈同步变化。C12 构成电路中的交流通路。

3）AFC 电路。本振谐振回路还通过一只小容量电容 C16 和一只变容二极管 VD1，构成了本振谐振回路的一部分。其中，VD1 的容量受来自中放电路的 AFC 电压控制。当 AFC 电压变化时，VD1 的容量会发生改变，进而使本振频率发生变化，以达到频率的自动控制。本振电路产生的振荡信号，一路从⑤脚输出，作为数字显示用的 FM OSC 信号，以便进行数字频率显示；另一路经 C9 送入混频电路。

4）混频电路。在由 VT2 组成的混频电路中，高放信号与来自本振电路的本振信号进行混频，输出 10.7MHz 中频及多次谐波信号，再经 IFT 中频变压器等组成的选频回路，选出 10.7MHz 中频信号从 FM 调频头③脚输出，送至中放电路做进一步的处理。

5）FM 调谐器供电电路。该电路的电源来自中放电路，由 VD101 管稳压成 7.5V 后输入。该电压进入调谐器④脚内又分多路为 VT1、VT2、VT3 管供电。

（3）调频中放电路　调频中放电路分为两部分，前级为 VT102 组成的高增益中频预放大电路，用来补偿 Z101、Z102 三端陶瓷滤波器带来的插入损耗；后级由 IC101（LA1140）集成电路及其外围的有关电路组成，相关电路如图 4-7 所示。

（4）立体声解码电路　立体声解码电路主要由 IC102（LA3370）集成电路及其外围的有关元器件构成，采用的是锁相环解码方式，相关电路如图 4-8 所示。

（5）调幅（AM）收音电路　调幅收音电路主要由 IC201（LA1130）及其外围电路构成，相关电路如图 4-9 所示。调幅收音外电路中的 $L_{AM天}$ 调谐电感、高放输出回路电感 $L_{A高}$、本振回路电感 $L_{A本}$ 均安装在高频（FM）调谐器中，其余元器件均安装在 AM 电路板上。

1）高放电路。由天线接收的信号，经 L_{201} 电感，由 C219 和 $L_{AM天}$ 组成的天线调谐回路选频后，再由 C201、C203 分压通过 IC201②脚输送至 IC 内的高放电路。IC201⑤ ~ ⑦脚外接的 C206、C207、C221、$L_{A高}$ 为高放输出并联谐振回路，R201 为阻尼电阻，用以适当降低谐振回路的 Q 值，使带宽稍宽些，且便于调整。高放信号在 IC201 内电路中受高放 AGC 控制后从⑤脚输出，经谐振回路选频再由 C206、C207 分压后从 IC201⑥脚进入混频电路。

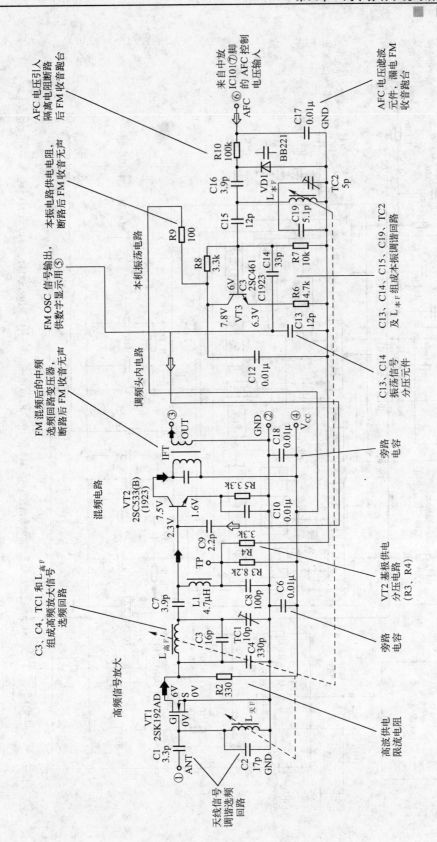

图 4-6　FM 调谐器内电路原理图

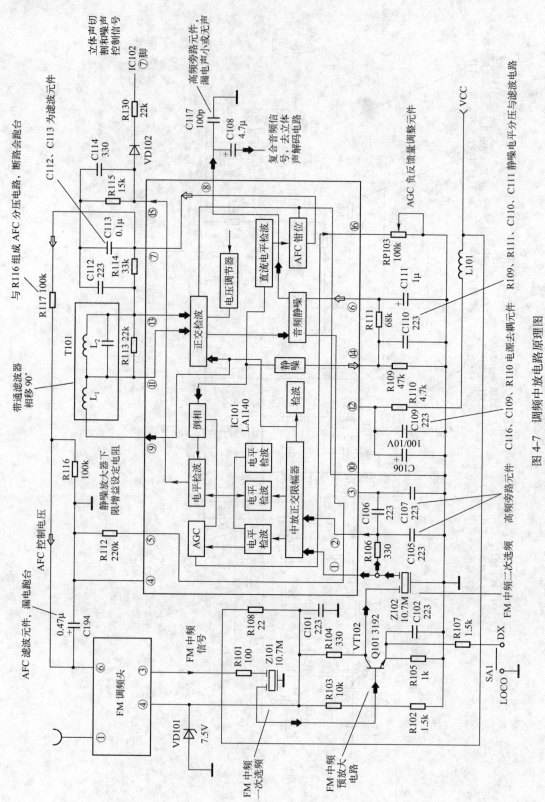

图 4-7　调频中放电路原理图

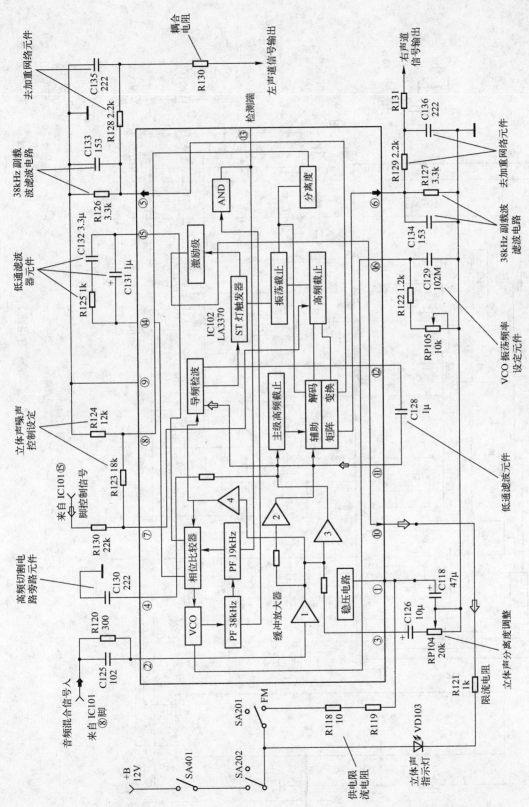

图4-8　立体声解码电路原理图

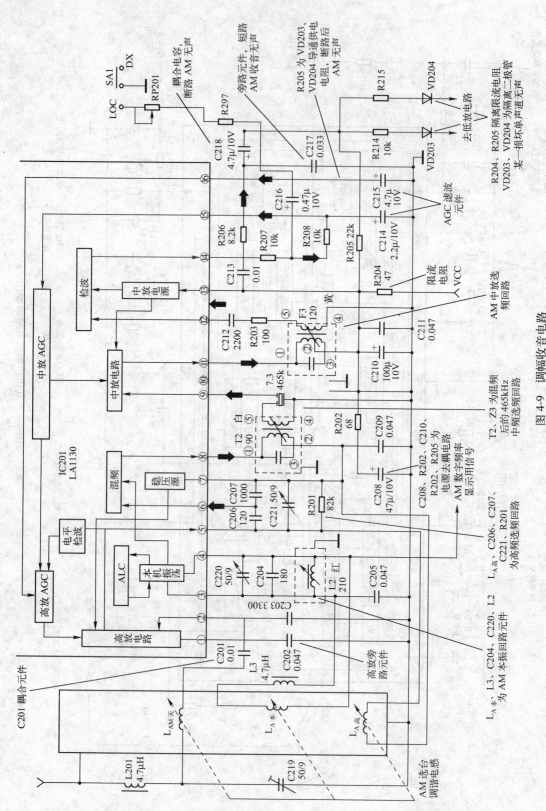

图 4-9　调幅收音电路

2）本振电路。本振电路由 IC201③、④脚及其外接的 C204、C220、L2、$L_{A本}$ 等组成，本振电路产生的信号也送入混频电路。

3）混频电路。在 IC201 中，本振信号与高放信号在混频电路中进行变频，差拍出的 465kHz 中频及多次谐波信号从⑧脚输出。

4）中放及检波电路。从 IC201⑧脚输出的信号，经中频变压器 T2，陶瓷滤波器 Z3 选频，去除干扰信号后，又从⑧脚进入调幅中放电路。放大后的信号从⑪脚输出，经 T3 中频变压器进行第 2 次选频，再经阻抗匹配电阻 R203、C212 耦合后，从⑫脚又进入检波电路，经检波后得到的音频信号从⑭脚输出后分成多路。其中有一路经 C213、R206、C217 组成的滤波网络滤除中频分量后，经 C218 输出所需的音频信号。该信号由 R214、VD203 和 R215、VD204 隔离电路送至音调、音量、音量平衡控制电路。

5）AGC 电路。IC201 的⑮脚为中放 AGC 控制电压输入端。控制信号来自于⑭脚，并经由 R207、R208 与 C214 电容滤波滤去高频及音频分量取其直流成分后得到的。

IC201 的⑯脚为高放 AGC 控制信号输入端。控制信号由两部分共同组成，一路来自⑭脚，经 R207、C216 输出的音频信号；另一路通过⑯脚外接 R297、RF201（有的机型改为一只 3.9kΩ 的固定电阻）接到远、近程开关 SA1 的近程端。当该开关置于近程（LOC）端时，IC201⑯脚通过 R297、RP201 接地；当该开关置于远程（DX）端时悬空。根据该开关所处的位置，可以改变高放 AGC 的工作状态，进而达到控制远/近程的目的。

6）电源电路。IC201①脚为高频旁路端，外接高频旁路电容 C202；⑬脚为中放电源电压输入端，外接的 R204、C210 为去耦元件；⑦脚为高放电源输入端，外接的 R202、C208、C209 为供电去耦电路。

（6）磁带放音电路　磁带放音电路由 IC301（LA3161）及其外围电路和电动机 M 等组成，相关电路如图 4-10 所示。

1）磁带放音信号流程。当插入磁带进行磁带放音时，由磁头从磁带中感应出的电信号，经 C301、C304 与磁头绕组电感组成的高频补偿网络补偿后，分别经 C303、C302 电容耦合进入 IC301 的①、⑧脚内的放大器。放大后从③、⑥脚输出，又经 R309、R308 隔离后送往后级电路。

2）磁带放音负反馈低频补偿电路。负反馈低频补偿电路主要由 R307、C306、R300、R306、C305 与 R310、C309、R305、R304、C307 等组成。它利用负反馈原理和 RC 网络的阻抗特性来提升放音低频信号，该电路还同时兼有稳定放大器工作点的作用。

3）放音电路的供电。SA202 为机心收/放音切换开关，当插入磁带后，由机心机械系统带动该开关处于放音状态。此时，12V 电压经电源开关 SA401、SA202 开关后分成多路，一路经 R330、C308 去耦滤波后提供给放音集成电路 IC301④脚；另一路经 R342、C331 去耦滤波后加至电动机 M 上，由其转动后驱动磁带运行。

4）磁带方向指示灯电路。SA202 开关输出的 12V 电压还经 R390 电阻提供给 SA9，作为磁带运行方向指示灯供电电源。SA9 由机心带动向左或向右运动。当其向左运动时，会使 LED1 发光二极管点亮；当其向右运动时，会使 LED2 发光二极管点亮，以示磁带的运行方向。

（7）音调、等响度音量、音量、音量平衡、音频功率放大控制电路　电路如图 4-11 所示。

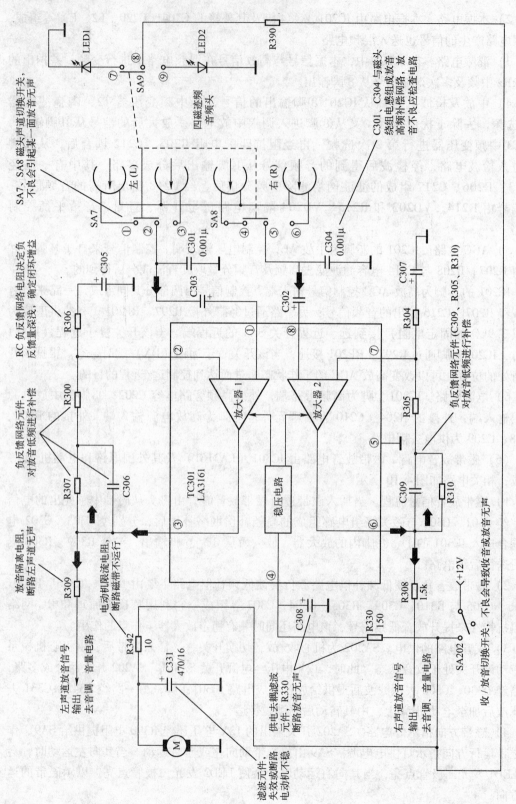

图 4-10 磁带放音电路

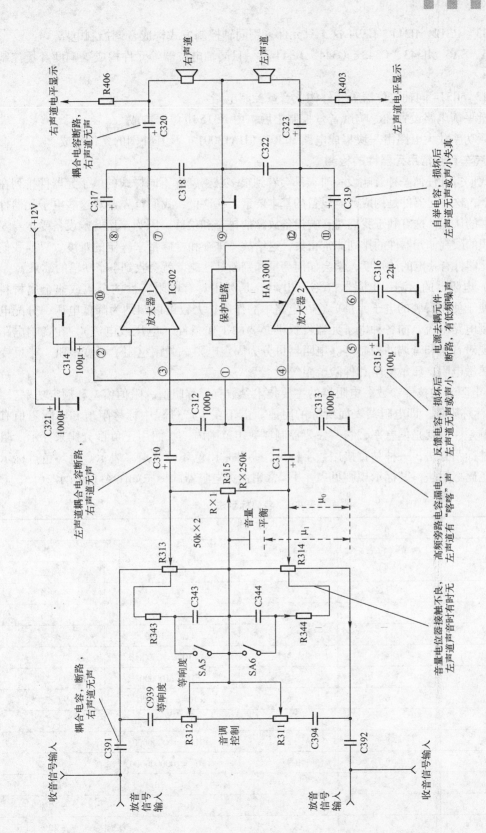

图 4-11　音调、音量、平衡和功放电路原理图

C933、R312、R311、C394 这 4 只元件采用同轴控制方式构成音调控制电路。

SA5、SA6、R343、C343、C344、R344 及一只同轴电位器等元件构成等响度音量控制电路。

R313、R314 同轴电位器等元件构成音量控制电路。

音量平衡电路设置在等响度音量控制之后，由 R315 电位器构成。

音频功率放大电路由一块集成电路 IC302（HA13001）及其外围的元件组成。

2. 汽车音响常用元器件的检测

当我们打开任何一种音响设备时，都会看到很多密密麻麻不同样式的电子元器件排列在电路板上，这些元器件是构成音响设备的基本要素。在这里，我们首先要对这些电子元器件有个基本的认识，这有利于我们对音响设备故障的排查和检修。因为车用音响设备受本身安装和体积的限制，元器件的排列非常密集，这给故障排查和检修带来一定的难度。只要我们对电子元器件有一定的认知度，学会如何测量和判断其性能，就会收到事半功倍的效果。

（1）电阻器的检测　电阻器（俗称电阻）是利用具有电阻特性的金属或非金属材料制成的便于使用安装的电子元件。它在电路中的作用，大致可以归纳为降低电压、分配电压、限制电路电流，向各种电子元器件提供必要的工作条件（电压或电流），在音响电路中可实现对音量和音调的控制等。电阻器可分为固定电阻、微调电阻、可变电阻、半可变电阻、热敏电阻、压敏电阻和保险电阻等。

1）电阻器的技术参数。电阻器的主要技术参数有标称阻值、阻值偏差和额定功率。

① 标称阻值。即电阻器表面所标的阻值。由于在生产过程中标称阻值和实际阻值有一定的偏差，这就是偏差率，它一般要控制在一定范围内，我们用正负百分比来标示。阻值有两种标示方法，一种是直接用数字标出，一种是用色环或色点来表示。色环色点标示法又称色码标示法，其标示规则见表 4-1。常用色标电阻器的标志如图 4-12 所示。

表 4-1　色码标示法

色标	A	B	C	D
颜色	第一位数	第二位数	应乘位数	偏差
黑	/	/	$\times 10^0 = 1$	$\pm 1\%$
棕	1	1	$\times 10^1 = 10$	$\pm 2\%$
红	2	2	$\times 10^2 = 100$	$\pm 3\%$
橙	3	3	$\times 10^3 = 1000$	$\pm 4\%$
黄	4	4	$\times 10^4 = 10000$	/
绿	5	5	$\times 10^5 = 100000$	$\pm 0.5\%$
蓝	6	6	$\times 10^6 = 1000000$	$\pm 0.2\%$
紫	7	7	$\times 10^7 = 10000000$	$\pm 0.1\%$
灰	8	8	$\times 10^8 = 100000000$	/
白	9	9	$\times 10^9 = 1000000000$	/
金	/	/	$\times 10^{-1} = 0.1$	$\pm 5\%$
银	/	/	$\times 10^{-2} = 0.01$	$\pm 10\%$
无色	/	/		$\pm 20\%$

例如，用 4 个色环表示阻值及偏差的电阻器，4 个环的颜色分别为黄、绿、红、银，则表示该电阻器的阻值为 4.5kΩ，偏差为 ±10%。

电阻器的标称阻值不是随意选定的。为了便于大量生产和使用者在一定范围内选用，国家规定出一系列的标称值。不同偏差等级的电阻器有不同数目的标称值，偏差越小，电阻器的标称值越多。

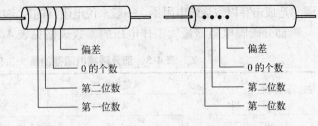

图 4-12 色标电阻器的标志

表 4-2 电阻器的标称值

标称值系列	电阻器标称值/Ω										
E24（偏差 ±5%）	1.0	1.1	1.2	1.3	1.5	1.6	1.8	2.0	2.2	2.4	3.7	3.0
E12（偏差 ±10%）	1.0		1.2		1.5		1.8		2.2		2.7
E6（偏差 ±5%）	1.0				1.5				2.2		
E24（偏差 ±5%）	3.3	3.6	3.9	4.2	4.7	5.1	5.6	6.2	6.8	7.5	8.2	9.1
E12（偏差 ±10%）	3.3		3.9		4.7		5.6		6.8		8.2
E6（偏差 ±20%）	3.3				4.7				6.8		

将表中标称值乘以 10、100、1000…就可以扩大阻值范围。如表 4-2 中的"2.2"，它的数值表示 2.2Ω、22Ω、220Ω、2.2kΩ、22kΩ、220kΩ、2.2MΩ 等一系列阻值。在实际应用电路时要尽量选用标称值系列。无标称系列值时，应尽量选用相近值，或通过电阻器的串并联电路获得相应的阻值。

② 阻值偏差。电阻器的阻值偏差是指该电阻器的实际阻值和标称阻值之差除以标称值所得的百分数，这说明电阻器的标称值和实际值存在一定的误差。电阻器的允许偏差应遵循规定的工业标准。我们把它分为 3 个技术等级：Ⅰ级为 ±5%；Ⅱ级为 ±10%；Ⅲ级为 ±20%。

③ 额定功率。电阻器的额定功率是指当电流通过电阻器时，电阻器会以热能的形式消耗电流在电阻器上所做的功。但电阻器所能承受的发热量是有限度的，如果电阻器上所加的电功率大于它所承受的电功率时，电阻器就会因受热温度过高而烧毁，所以电阻器要有规定的额定功率。通常在规定的气压、温度和湿度等条件下，电阻器长期工作时所允许承受的最大电功率为额定功率。电阻器额定功率的单位是瓦（W）。在大电流应用场合，要用到几瓦、几十瓦甚至几百瓦以上的电阻器。

电路图中标示电阻器额定功率大小的图形符号如图 4-13 所示。10W 以上直接标示在电阻器上。

④ 最大工作电压。电阻器的最大工作电压是指每个电阻器都有其最大耐压值，这就是电阻器

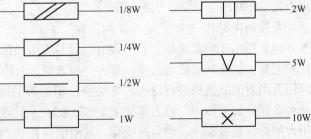

图 4-13 电阻器额定功率的表示方法

的最大工作电压。当电阻器两端电压超过最大工作电压时，电阻器的膜间或线间就会产生电飞弧，造成击穿以致烧毁电阻器。一般来说电阻器的额定功率越大，其最大工作电压相对也越高。

部分碳膜电阻器最大工作电压的参数规格见表4-3。

表4-3　部分碳膜电阻器的最大工作电压参数规格

型号	额定功率/W	标称电阻范围	最高工作电压/V
RT—0.125	0.125	$5.1\Omega \sim 1M\Omega$	100
RT—0.25	0.25	$10\Omega \sim 5.1M\Omega$	350
RT—0.5	0.5	$10\Omega \sim 10M\Omega$	400
RT—1	1	$27\Omega \sim 10M\Omega$	500
RT—2	2	$27\Omega \sim 10M\Omega$	750
RT—5	5	$47\Omega \sim 10M\Omega$	800
RT—10	10	$47\Omega \sim 10M\Omega$	1000

2）固定电阻器的检测。将万用表的功能选择开关旋转到适当量程的电阻挡，先调整"0"点。将两根表笔短路，调节万用表上的调零电位器，使表头指针指向"0"点，然后再进行测量，在测量中每次变换量程，如从 R×1 挡换到 R×10 挡或其他挡后，都必须重新调零后再使用。

将两表笔分别与电阻器的两端引脚相接即可测出实际电阻值。为了提高测量精度，应根据被测电阻标称值的大小来选择量程。由于欧姆挡刻度的非线性关系，它的中间一段分度较为精确，因此应使指针指示值尽可能落到刻度的中值位置，以使测量更准确。

万用表所测阻值读数应与电阻的标称阻值相符合。根据电阻偏差等级不同，读数与标称阻值之间分别允许有 ±5%、±10% 或 ±20% 的偏差。若不相符，超出偏差范围，则说明该电阻变值了。如果测得的结果是0，则说明该电阻已经短路；如果是无穷大，则表示电阻断路，都不能再继续使用。测量时应排除手触摸电阻引线所造成的误差。

3）电位器的检测。电位器实际上是一种可调的电阻器。如图4-14 所示的是常用的旋转式碳膜电位器的结构图。由结构图可见，电位器由一个电阻体和一个活动触点及三个引脚焊片组成。电阻体与活动触点被封装在金属或塑料壳体内。固定引脚焊片1和3分别与电阻体两端相接，而活动触点则与引脚焊片2相接。三个引脚焊片均外露于壳体外部用于与应用电路连接。

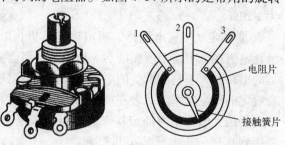

图4-14　旋转式碳膜电位器

在控制电路中（如音量、音调的调节）电位器由于频繁地使用，一段时间后易发生故障。电位器产生的故障在整机上的表现比较明显，如旋动电位器时噪声很大，声音时大时小，电源开关失灵等。电位器的好坏可以用万用表的欧姆挡进行检查。方法是：用适当的欧姆挡量电位器 1～3 端的总阻值，看是否在标称值范围内。将表笔接于1—2 或2—3 引脚间，反复慢慢地旋动电位器轴，看万用表的指针是否连续、均匀地变化。其阻值应在0Ω 附近至标称值之间连续变化。如变化不连续（跳动）或变化过程中电阻值不稳定，则说明接触不良。测量电位器各引脚与外壳

（金属）及旋转轴之间的绝缘，看其绝缘电阻是否趋于∞。测量电位器电源开关是否起作用，接触是否良好。

4）PTC 热敏电阻器的检测。PTC 热敏电阻器是以钛酸钡为主要原料，辅以微量的锶、钛、铝等化合物，经过加工制作而成的具有正温度系统的电阻器。PTC 热敏电阻的阻值与温度的特性曲线如图 4-15 所示。

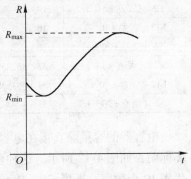

图 4-15　PTC 热敏电阻温度曲线

先在常温下检测（室内温度接近 25℃），将两表笔接触 PTC 的两引脚测出其实际阻值，并与标称阻值相对比，二者相差在 ±2Ω 内即为正常，实际阻值若与标称阻值相差过大，则说明其性能不良或已损坏。再加温检测，将一热源（例如电烙铁）靠近 PTC 对其加热，同时用万用表检测其电阻值是否随温度的升高而增大，若是，说明热敏电阻正常；若阻值无变化，说明其性能不良，不能再继续使用。

5）熔断电阻器的检测。熔断电阻器也称速熔电阻，是近年来才大量采用的一种新型电路保护元件。它集电阻器与熔断器于一身，平时具有电阻器的功能，一旦电阻出现异常过电流时，它立即熔断，保护电路中的其他重要元器件，其表示符号如图 4-16 所示。

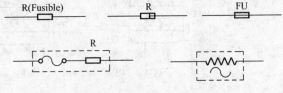

图 4-16　熔断电阻器的电路符号

在电路中，当熔断电阻器熔断断路后，可根据经验做出判断。若发现熔断电阻器表面发黑或烧焦，可断定这是其负荷过重，通过它的电流超过额定值很多倍所致；如果其表面无任何痕迹而断路，则表明流过的电流刚好等于或稍大于其额定熔断值。对于表面无任何痕迹的熔断电阻器好坏的判断，可借助万用表电阻挡来测量，为保证测量准确，应将熔断电阻器一端从电路上焊下。若测得的阻值为无穷大，则说明此熔断电阻器已失效断路；若测得的阻值与标称值相差甚远，表明电阻变值，也不宜再使用。在维修实践中发现，也有少数熔断电阻器在电路中被击穿短路的现象，检测时也应予以注意。

（2）电容器的检测

1）电容器的主要技术参数。固定电容器的主要技术参数有电容量、额定直流工作电压和电容量允许偏差等。

① 电容量。电容器的电容量，是指加上电压后它储存电荷能力的大小。存储电荷愈多，电容量愈大；存储电荷愈少，电容量愈小。电容量与电容器的介质薄厚、介质介电常数、极板面积、极板间距等因素有关。介质愈薄，极板面积愈大，介质常数愈大，电容量就愈大；反之，电容量愈小。

电容量的单位是法拉（F），简称法。通常法的单位太大，常用它的百万分之一作单位，称为微法（μF），更小的单位是皮法（pF），它们之间关系是：

$$1F = 10^6 \mu F \qquad 1\mu F = 10^6 pF$$

电容器的容量除了少数特殊和精密的产品有特殊要求外，一般也是按优选系列进行生产，这一点和电阻器一样。固定电容器标称容量系列见表4-4。

表4-4　固定电容器标称值

标准值系列	标　准　值											
E24（误差±5%）	10	11	12	13	15	16	18	20	22	24	27	30
E12（误差±10%）	10		12		15		18		22		27	
E6（误差±20%）	10				15				22			
E24（误差±5%）	33	36	39	43	47	51	56	62	68	75	82	91
E12（误差±10%）	33		39		47		56		68		82	
E6（误差±20%）	33				47				68			

　　电容器的容量除直接在电容器外壳上用数字、字母符号标明外，也常采用色点或者色环标明，如图4-17所示。这种色码表示法与电阻器的色环表示法相似，也是用10种颜色代表10个数字，即黑=0；棕=1；红=2；橙=3；黄=4；绿=5；蓝=6；紫=7；灰=8；白=9。从电容器的顶端向引线方向数，第一、二种颜色表示电容量的前两位，第三种颜色代表前两位数后有几个0，单位是pF。

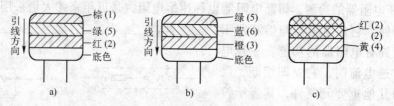

图4-17　电容器的色码标示法
a）1500pF　b）0.05μF　c）0.22μF

　　图4-17中电容器a的色码为棕、绿、红，容量为1500pF；电容器b的色码为绿、蓝、橙，电容量为56000pF=0.0569μF；电容器c色码为红、红、黄，电容量为220000pF=0.22μF。
　　用色点或色环表示电容器容量大小的方法和用色点表示电阻阻值的方法相同。
　　字母数字混标法见表4-5。

表4-5　字母数字混标法

标称电容器	表示方法	标称电容器	表示方法
0.1pF	P1 或 P10	0.33μF	μ33 或 R33
1pF	1p0	3.3μF	3.3μ
3.3pF	3p3	1000μF	1m
3300pF	3n3	10000μF	10m
10000pF	10n	3.3F	3F3
33000pF	3.3n		

　　还有用3位数字表示容量的，其后再用一个字母表示允许偏差。在3个数字中前两位表示有效数，第三位表示倍乘——即表示10的多少次方，标称的电容量单位均为pF，例如某电容器上标有332k，其容量为33×10^2即为3300pF，允许偏差±10%。
　　② 耐压。电容器的耐压通常是指电容器允许使用的最高直流工作电压，一般都直接标注在电容器外壳上。应用时绝对不允许电路的工作电压超过电容的耐压。一旦工作电压超过电容器的耐压，电容器就会击穿，造成不可修复的永久损坏。

③ 偏差。固定电容器上的标称值，并不是这个电容器容量的准确值，而是会有偏差。和电阻器一样，用实际值和标称值之差除以标称值所得的百分数，就是电容器的偏差，通常分为 3 个等级，即 I 级（±5%）、II 级（±10%）、III 级（±20%）。电解电容器的偏差可能大于 ±20%，甚至高达 +100%、−30%。

电容器还有另外一个参数，就是绝缘电阻，它表明电容器漏电的大小。电容器的漏电越小越好，也就是绝缘电阻越大越好。一般小容量固定电容器的绝缘电阻很高，可达数百兆欧或上千兆欧。电解电容器的绝缘电阻一般较小。

2）电容器的简易检测方法。在没有特殊仪表的条件下，固定电容器的好坏及质量高低可以用万用表的电阻挡加以判断。容量大（1pF 以上）的固定电容器可用万用表的欧姆挡（R×1k 挡）测量电容器两端，表针应向小电阻值侧摆动，然后慢慢回摆至 "∞" 附近。迅速交替表笔再测一次，看表针的摆动情况，摆幅越大表明电容器的电容量越大。若表笔一直接电容器引线，表针最终应指在 "∞" 附近。如果表针最后指示值不为 "∞"，表明电容器有漏电现象，其电阻值越小，漏电越大，该电容器的质量就越差；如果测量时指针一下就指到 "0Ω" 不向回摆，就表示该电容已短路（击穿）；如果测量时表针根本不动，就表示电容器已失去容量；如果表针摆动不回到起始点，则表示电容器漏电很大。根据上述道理，我们可以预先测量几个已知好的电容器，记下表针摆幅与被测电容器的表针摆幅作对比，就可以大致估测其电容值。

对于容量较小的固定电容器，往往用万用表测量时表针看不出摆动（即便用 R×1k 或 R×10k 挡测量也无法判断），这时，可以借助于一个外加直流电压，用万用表直流电压挡进行测量，如图 4-18a 所示。具体做法如下：

把万用表调到相应的直流电压挡，负表笔接直流电源负极，正表笔串接被测电容器后接电源正极。一个良好的电容器在接通电源的瞬间，电表指针应有较大摆幅，电容器容量越大，表针摆幅也越大，然后表针逐渐返回零点。如果电容器与电源接通瞬间表针不摆动，说明电容器失效或断路；如果表针一直指示电源电压而不摆动，则说明电容器已短路（击穿）；如果表针摆动正常但不返回零点，说明电容器有漏电现象存在，指示电压数越高表明漏电越大。需要注意的是，测量小电容器时，用的辅助直流电压不要超过被测电容器的耐压，以免因测量而造成电容器的击穿损坏。

小电容器的容量还可以用模拟万用表的 R×1k 挡测量，如图 4-18b 所示。用两个晶体管构成一个放大电路，万用表指针摆幅将明显增加，更便于比较电容器的容量大小。

准确测量电容器的方法是采用电容电桥或 Q 表，上述简易方法只能粗略判断电容器的好坏。

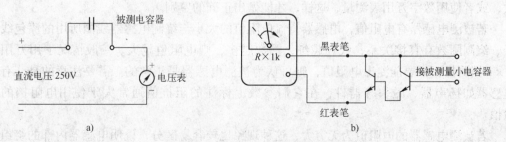

图 4-18　小容量电容器的辅助测量

（3）电感器的检测

1）电感器及其标志。电感器俗称线圈，其特性是通直流而对交流呈现较大的感抗，在电路中起耦合、调谐、滤波、电压变换、阻抗变换、振荡等作用。

固定电感器通常直接将电感量数值标在电感器壳体上，很多也采用色码标示的方法。色码电感器其电感量标示方法与色环电阻器一样，都是以色环或色点表示数值，基本单位为微亨（μH），例如绿、棕、金表示5.1μH，灰、红、棕表示820μH等。但须注意的是，不同的电感器其色码顺序不一样，如图4-19所示。

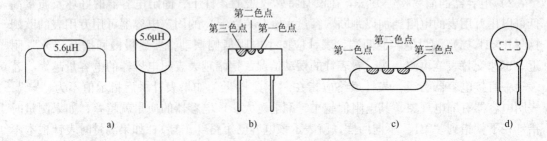

图4-19　电感器的色码标志

a) LG型色码电感器　b) L型电感器　c) PL型电感器　d) SP型电感器

在图4-19中，a图中电感器上的数字是标称电感量，其单位是NH（微亨）和mH（毫亨）；b图和c图用色点作为标记，但须注意色点排列方向；d图中电感量的标记方法也是用三位数表示，与电阻的表示法相似，第一位、第二位为有效数字，第三位表示在第一位、第二位数之后加"0"的个数，小数点用R表示，最后一位英文字母表示偏差范围。

2）电感器的检测。汽车音响上使用的电感器种类较多，如天线绕组、各种振荡绕组、中频变压器（中周）、磁头、扬声器等。它们的共同特点是电感器的电感量一般都比较小，工作在低电压、高频率的电路中。

如果需要检测其标准电感量，应该使用专用电感表（Q表）来测量。测量时应该注意选择相应的工作频率，这样得出的数据才有意义。

对于通常意义的检查，可以用万用表的电阻挡，测量电感器的通断及电阻值大小，来粗略判断其好坏，具体方法如下。

使用电阻挡检测，若被测电感器电阻值为零，说明电感器内部绕组有短路性故障。注意，测试操作时，一定要先将万用表调零，并仔细观察指针向右摆动的位置是否确实到达零位，以免造成误判。当怀疑电感器内部有短路性故障时，最好是用R×1挡反复多测几次，或者使用数字万用表测量，这样，才能做出正确的鉴别。

若被测电感器有电阻值，电感器直流电阻值的大小与绕制电感器线圈所用的漆包线线径、绕制圈数有直接关系，线径越细，圈数越多，则电阻值越大。一般情况下用万用表R×1挡测量，只要能测出电阻值，则可认为被测电感器是正常的。需要注意的是，有些电感器如扬声器、磁头等器件，在它们参数上标注的阻抗值通常大于使用电阻挡的测量值。

若被测电感器的电阻值为无穷大，这种现象比较容易区分，说明电感器内部的绕组或引出脚与绕组接点处发生了断路性故障。

最后需要检测的是各绕组之间与金属外壳（屏蔽壳）之间有无相碰造成的短路。

以中频变压器（中周）的检测为例。中周是超外差式接收机中不可缺少的组件，它对接收机的灵敏度、选择性和音质的好坏有很大的影响。同时，它也是振荡、耦合及阻抗变换的组件。目前使用的中周，实际上也是由绕在磁心上的两个彼此不相连接的绕组组成的。连接前一级电路的绕组叫初级绕组，连接后一级电路的绕组叫次级绕组。这种中周可以通过旋动磁心来调节绕组的电感量，故又叫"调感式中周"。

小型调感式中周和振荡绕组的外形和结构如图 4-20 所示。中周外部是金属屏蔽罩，下面有引出脚，上面有调节孔。磁帽和磁心都是由铁氧体制成的。绕组绕在磁瓦上，磁帽做成螺纹，可以在尼龙支架上旋上旋下。调节磁帽和磁心之间的间隙大小，就可以改变绕组的电感量。

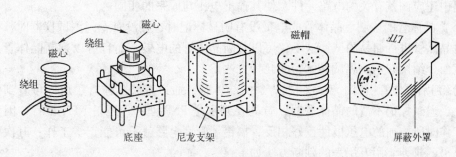

图 4-20　中周的外形与结构

中频变压器的检测方法。将万用表拨至 R×1 挡，按照中频变压器的各绕组引脚排列规律，逐一检查各绕组的通断情况，进而判断其是否正常。应注意的是，由于各种中频变压器的各绕组所用线径及所绕圈数都有差异，所以测得的电阻值无固定规律可循。但一般情况下，只要被测绕组的电阻值比较小，就可以认为是正常的。

最后，将万用表置于 R×10k 挡，做如下几种状态测试。

① 初级绕组与次级绕组之间的电阻值。

② 初级绕组与外壳之间的电阻值。

③ 次级绕组与外壳之间的电阻值。

这几种情况所测得的电阻值都应无穷大。若阻值为零，说明有短路性故障；若阻值小于无穷大但大于零，则有漏电性故障。

（4）二极管的检测与代用　二极管也叫半导体二极管，是半导体器件中最基本的一种器件，它是在 PN 结两端装上引线和管壳构成的。二极管具有两个电极，在电子设备中大量采用。

1）二极管的检测。通常最简便的方法就是用万用表来粗略地判别二极管的好坏与极性。测量时，把万用表拨到 R×10、R×100 或 R×1k 直流电阻挡（一般不用 R×1 和 R×10k 挡，因为 R×1 挡电流太大，而 R×10k 挡电压太高，对有些晶体管有损坏的危险）测量二极管正、反向电阻。小电阻值为正向电阻，良好的二极管的正向电阻一般在几十至几百欧姆；大电阻值为反向电阻，一般在几百千欧姆以上，正、反向电阻相差越大越好。若两次测得的电阻值一样大或者一样小，说明二极管已失效损坏；如测得正反向电阻均为无穷大，表示二极管已断路。

测量二极管时，如测得为小电阻时（正向电阻），黑表笔连接的便是二极管正极，红表笔连接的便是二极管负极。这是因为万用表测量电阻时，其内部电池的正极接黑表笔，而电池负极接红表笔。

2）二极管的代用。二极管的代用比较容易。当电路中有二极管损坏时，最好选用同型号同档次的二极管代替。如果找不到相同的二极管，首先要查清原二极管的性质及主要参数。检波二极管一般不存在反向电压的问题，只要工作频率能满足要求的二极管均可代替；整流二极管要满足反向电压（一定不能低于原整流二极管的反向电压）和整流电流的要求（电流可以大于原二极管整流电流，但不得小于原参数值）；稳压二极管一定要注意稳定电压的数值，因为同型号同一档次的稳压管其稳定电压值会有差别，所以更换稳压二极管后，电器的指标可能会发生偏差，例如整流稳压电源输出的直流电压。在要求较严格的电路中还应调整有关的电路元件，使其输出电压与原来的相同。

（5）晶体管的检测　晶体管的电极没有明显标记时，在没有专门测试仪器时，可用万用表对晶体管进行简易测试，这不仅可以判断晶体管的电极，而且可以判断晶体管是否完好。下面介绍用万用表测试晶体管的几种方法。

1）判别晶体管引脚。型号标志清楚的晶体管，通过查阅晶体管手册即可查到引脚及参数。当遇到标记不清的晶体管时，首先要判别是 PNP 型管，还是 NPN 型管，因为它们正常工作时所施加的电压极性正好相反，搞错了管型电路就不可能正常工作；其次要区分三个电极的排列。用万用表的判断方法如下：

将万用表置于电阻 R×1k 挡，用黑表笔接晶体管的某一引脚（假设为基极），用红表笔分别接另外两个引脚。如果表针指示的两次阻值都很大，调换表笔再测时，阻值都很小，那么此管应是 PNP 管，假设的那一个引脚便是基极；如果表针指示的两个阻值都很小，调换表笔测得的阻值又很大，那么此管便是 NPN 型管，表笔固定的那根引脚便是基极。这同时也断定出这只晶体管没有断路。

判定基极后就可以进一步判断集电极和发射极。仍然用万用表 R×1k 挡，将两表笔分别接除基极之外的两电极，如果是 PNP 型管，用一个 $100k\Omega$ 电阻接于基极与红表笔之间，可测得一电阻值，然后将两表笔交换，同样在基极与红表笔间接 $100k\Omega$ 电阻，又测得一电阻值，两次测量中阻值小的一次红表笔所对应的是 PNP 管集电极，黑表笔所对应的是发射极。如果是 NPN 型管，$100k\Omega$ 电阻就要接在基极与黑表笔之间，同样电阻小的一次黑表笔对应的是 NPN 管集电极，红表笔所对应的是发射极。在测试中也可以用潮湿的手指捏住集电极与基极代替 $100k\Omega$ 电阻，注意测量时不要让集电极和基极碰在一起，以免损坏晶体管。

2）估测穿透电流 I_{CEO}。用万用表 R×1k 挡测量。如果是 PNP 型管，黑表笔（万用表内电池正极）接发射极，红表笔（表内电池负极）接集电极。对小功率锗晶体管，测出的阻值应在几十千欧姆以上；对于小功率硅晶体管，测出的阻值应在几百千欧姆以上，这表明 I_{CEO} 不太大。如果测出的阻值小，且表针缓慢地向低阻值方向移动，表明 I_{CEO} 大且晶体管稳定性差；如果阻值接近于零，表明晶体管已经击穿损坏；如果阻值为无穷大，表明晶体管内部已经断路。但要注意，有些小功率硅晶体管由于 I_{CEO} 小，测量时阻值很大，表针移动不明显，不要误认为是断路。而大功率晶体管其 I_{CEO} 比较大，测得的阻值大约只有几十欧姆，不要误认为是晶体管已经击穿。如果测量的是 NPN 管，红表笔应接发射极，黑表笔应接集电极。

3）估测电流放大系数β。用万用表 R×1k 挡测量。如果测 PNP 管，红表笔接集电极，黑表笔接发射极，用一只电阻（30～100kΩ）跨接于基极与集电极之间（实际上是给晶体管以偏流），万用表读数立即偏向低电阻一方，表针摆幅越大（电阻越小）表明晶体管的β值越高。两只相同型号的晶体管，跨接相同阻值的电阻，表中读得的阻值小的晶体管β值就更高些。如果测的是 NPN 管，则黑、红表笔应对调，红笔接发射极，黑笔接集电极。测试时跨接于基极和集电极之间的电阻不可太小，亦不可使基极和集电极短路，以免损坏晶体管。当集电极与基极之间跨接电阻后，万用表的指示仍在不断变小，表明该管的β值不稳定。如果未接跨接电阻时，万用表读数已很大（有一定电阻值），表明该管的穿透电流太大，不宜采用。

4）判断硅管和锗管。利用硅管 PN 结与锗管 PN 结正反向电阻的差别，可以判断不知型号的晶体管是硅管还是锗管。仍用万用表 R×1k 挡，测发射结（发射极与基极间）和集电结（集电极与基极间）的正向电阻，硅管在 3～10kΩ 之间，锗管在 500～1000Ω 之间；两结的反向电阻，硅管一般大于 500kΩ，锗管在 100kΩ 左右。由于不同万用表的内阻及电池不同，同一只晶体管用两块万用表测得的电阻值不尽相同。为了判断准确可以用一块表先测一下已知硅管和锗管的正反向电阻值（最好是耗散功率相近的晶体管），再用同一块表测量未知硅管和锗管的正反向电阻值，两者相对比较，就可以较准确地确定是锗管还是硅管。

5）判断高频管与低频管。根据晶体管的型号区分是判断高频管还是低频管最准确的方法。在型号不清时，也可通过用万用表测量发射结（发射极与基极间）反向电阻的方法加以确定。万用表拨到 R×1k 挡，测量基极与发射极之间的反向电阻，如在几百千欧姆以上，将表拨到 R×10k 挡，若表针能偏转至满度的一半左右，表明该管为硅管，也就是高频管（因为硅管多为扩散结管，工作频率一般可在几百千赫至 1MHz 以上）；若电表拨至 R×10k 挡，电阻值变化很小，表明该管是合金管，合金管是低频管。这是因为万用表 R×1k 挡表内电池为 1.5V（或 3V），接入 PN 结不致反向击穿，所以电阻很大；当拨向 R×10k 挡时表内电池为 9～15V，扩散型或合金扩散型 PN 结（均属高频管结构）在这一电压下会被击穿（电表内阻起限流保护作用，不必担心会损坏晶体管），所以电表偏向低阻方向。而合金型（低频管结构）PN 结反向击穿电压一般高于十几伏，故不能造成合金结的击穿，所以阻值变化不大。

（6）场效应晶体管的检测 场效应晶体管（FET）是电压控制组件，它的输出电流决定于输入信号电压的大小，由于不需要信号源提供电流，所以它的输入电阻很高，可高达 10^9～10^{14}Ω。场效应晶体管按其结构的不同可分为结型场效应晶体管和绝缘栅型场效应晶体管。

1）结型场效应晶体管（JFET）。结型场效应晶体管又可分为 N 沟道结型场效应晶体管和 P 沟道结型场效应晶体管。应用较多的是 N 沟道结型场效应晶体管，结构如图 4-21 所示。

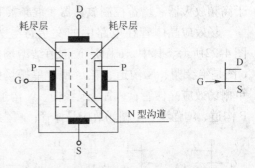

图 4-21 N 沟道结型场效应晶体管的结构

在一块 N 型硅半导体的两侧利用扩散的方法产生两个 P 区，形成两个 PN 结，夹在两个 PN 结中间的 N 型区是 N 型导电沟道。把两个

P 区连在一起引出的电极称为栅极 G，在半导体上、下端分别引出一个电极，分别称为漏极 D 和源极 S，所以这种场效应管称为 N 沟道结型场效应晶体管。

结型场效应晶体管的工作原理与晶体管有所不同，它的漏极电流只在两个 PN 结间的导电沟道中通过，而晶体管电流要通过 PN 结。另外，结型场效应晶体管沟道中参与导电的只有一种极性的载流子（电子或空穴），所以场效应晶体管是一种单极型晶体管，而普通的晶体管中参与导电的同时有两种极性的载流子（电子和空穴），因此它们也常称为双极型晶体管。此外，由于栅、源极间 PN 结处于反偏状态，所以栅、源间的电阻（即晶体管的输入阻抗）R_{GS} 高达 $10^8\Omega$。因此，漏极电流只受信号电压的控制，信号源不提供电流。

除 N 沟道结型场效应晶体管，还有 P 沟道结型场效应晶体管，该型场效应晶体管中参与导电的是空穴。

结型场效应晶体管的检测方法如下所示。

将万用表置于 R×100 挡，用黑表笔任接一个电极，用红表笔依次触碰另外两个电极，如果两次测得阻值基本相等，且为低阻值（几百欧至 1000Ω），说明所测的是 JFET 的正向电阻，此时黑表笔所接的便是栅极 G，并且被测管为 N 沟道的场效应晶体管；如果两次测得的阻值都很大，则说明均为 JFET 的反向电阻，黑表笔所接的也是栅极 G，但被测管不是 N 沟道类型，而是 P 沟道类型。由于结型场效应晶体管的源极和漏极在结构上具有对称性，所以一般可以互换使用，通常两个电极不必再进一步区分。当用万用表测量源极 S 与漏极 D 之间的电阻值时，正反向电阻均相同，正常时为几千欧姆。对于已知引脚排列的 JFET，根据上述规律，即可基本判明晶体管的好坏。

2）绝缘栅型场效应晶体管（MOS FET）结型场效应晶体管的栅源电阻 R_{GS} 是由 PN 结的反向电阻构成的，虽然比晶体管要高得多，但在某些场合还是不够高，而且当温度升高时 PN 结的反向电阻还要下降。绝缘栅型场效应晶体管的栅极和其他电极及硅片间是绝缘的，所以又称绝缘栅型场效应晶体管，或称为多金属-氧化物-半导体场效应晶体管，简称 MOS 场效应晶体管。由于栅极是绝缘的，栅极电流几乎为零，栅源电阻 R_{GS} 非常高，达 $10^{14}\Omega$。绝缘栅型场效应晶体管按工作状态可以分为增强型与耗尽型两种，每种又有 N 沟道和 P 沟道之分。

在音响电路中，常用一种双栅极 MOS 场效应晶体管，它可以看做是两个单栅极场效应晶体管的串联。通常第一栅极 G1 作为输入端，第二栅极 G2 作为控制输入端，一般用于高频放大器、增益控制放大器、混频器和解调器电路中。

场效应晶体管在电路中的文字符号为 V，不同类型的场效应晶体管的电路符号如图 4-22 所示。其中，a 图是 N 沟道结型场效应晶体管；b 图是 P 沟道结型场效应晶体管；c 图是绝缘栅、N 沟道、耗尽型、单栅场效应晶体管；d 图是绝缘栅、P 沟道、耗尽型、单栅场效应晶体管；e 图是绝缘栅、N 沟道、增强型、单栅场效应晶体管；f 图是绝缘栅、P 沟道、增强型、单栅场效应晶体管；g 图是绝缘栅、N 沟道、增强型、双栅场效应晶体管。

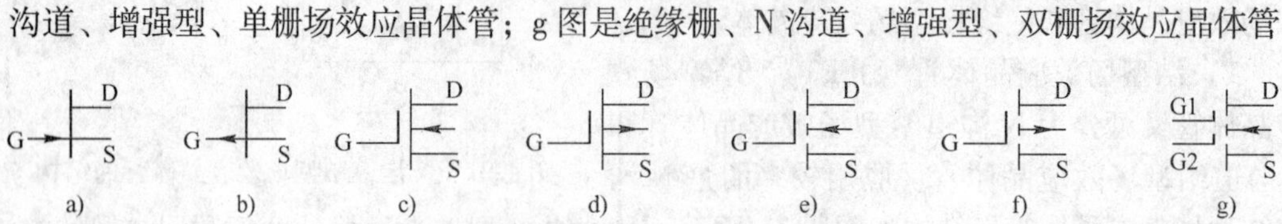

图 4-22　各种场效应晶体管的电路符号

MOS 场效应晶体管的检测方法如下所示。

首先，测量源极 S 和漏极 D 间的电阻。将万用表置于 R×10 或 R×100 挡，测量源极 S 和漏极 D 之间的电阻值，正常时，一般在几十欧姆到几千欧姆之间，不同型号的晶体管略有差异。当用黑表笔接 D，红表笔接 S 时，电阻值要比红表笔接 D，黑表笔接 S 时所测得的电阻值大些。这两个电极之间的电阻值若大于正常值或为无穷大，说明晶体管存在内部接触不良或内部断路。若接近于零，则说明内部已被击穿。

其次，测量其余各引脚间的电阻。将万用表置 R×10k 挡，表笔不分正负，测量栅极 G1 和 G2 之间、栅极与源极之间、栅极与漏极之间的电阻值。正常时，这些电阻值均应为无穷大。若阻值不是无穷大，则证明晶体管已经损坏。注意，这种方法对于内部电阻断路性故障是无法判断的，只能采用替换法。

（7）集成电路的检测　集成电路，就是把整个电路的各个组件以及相互之间的连接同时制作在一块半导体基片上，组成一个不可分割的整体。集成电路与分立元器件相比，具有体积小、质量小的优点，并且外部连线及焊点大为减少，从而提高了工作可靠性。但是，在集成电路制造工艺中，容量较大的电容及电感组件的制造还比较困难，并且性能不很稳定。

根据集成度的大小，集成电路可分为小规模集成电路、中规模集成电路、大规模集成电路与超大规模集成电路。小规模集成电路一般集成有十几个到几十个元器件；中规模集成电路一般集成有一百个到几百个元器件；大规模集成电路一般具有 1000 个以上元器件，它是把一个单元或者分系统集成在一片硅片上；超大规模集成电路是把 10 万个以上的元器件集成在一片硅片上，它具有复杂的信息处理功能。

根据制造工艺及电路功能，集成电路可分为数字电路（如 DTL、TTL、存储器等电路）、模拟电路（如功放、家用视听产品的功放等有关电路）、接口电路（如电平转换、电压比较等电路）、特殊电路（如各种传感器、通信电路、机电仪表电路等）。

1）集成电路引脚排列形式。集成电路有多种封装形式和外形，如图 4-23 所示。汽车音响集成电路常用的引脚排列形式有以下几种。

图 4-23a 是扁平型双列直插式结构，标注向上，弧形凹口的左下角是第 1 脚，逆时针方向计数。

图 4-23b 是双列直插式结构，使用了两种识别标记，一是弧形凹口，二是圆形凹坑，凹坑所对引脚是第一脚，逆时针方向计数。

图 4-23c 是单列直插式结构，从斜切角标记向右计数。

图 4-23d 是单列直插式结构，在集成电路的一端有一个凹槽标记，该标记所对为第 1 脚。

图 4-23e 没有明显标记，此时可面对有型号标记的一面，引脚向下，从左向右计数。

2）集成电路的有关标注。在集成电路原理图中，可见到不同的电源电压标注方法，V_{DD} 表示电源电压（漏极电源）；V_{ss} 也表示电源电压（源极电源）；V_{cc} 同样表示电源电压（双极型电源）。在 TTL 集成电路和模拟集成电路中，用 V_{cc} 同样表示电源正极，电源负极接地（不标字母）。CMOS 型集成电路用 V_{DD} 表示电源正极，V_{ss} 表示电源负极。

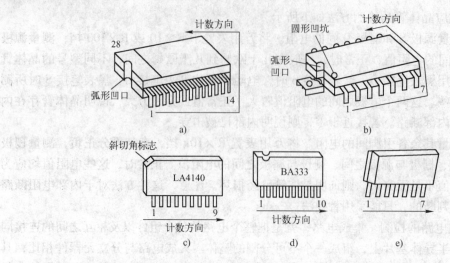

图 4-23 常用集成电路的引脚排列

在维修资料中，常常用到高电平、低电平，电压到底多高为高电平，多低为低电平呢？在 CMOS 电路中，输出电压高电平 $U_{OH} \geq V_{DD} - 0.05V$，输出低电平 $U_{OL} \leq 0.05V$；输入高电平 $U_{IH} \geq 0.7V_{DD}$，输入低电平 $U_{IL} \leq 0.3V_{DD}$。比如该电路供电电压为 5V，则输出高电平为 4.95 ~ 5V，输出低电平为 0 ~ 0.05V；输入高电平为 3.5 ~ 5V，输入低电平为 0 ~ 1.5V。

集成电路有多个不同的接地脚或供电脚，这是为内部不同的单元电路（或不同的功能单元或数字和模拟电路）设置的单独供电端，一般 GND（A）是模拟电路部分接地端，GND（D）是数字电路接地端。

3）用万用表测量集成电路的好坏。

① 测量在线电压。所谓集成电路的在线电压测量，是指在不拆下集成电路的情况下，对故障机通电，在通电状态下测量其各引脚对地电压。集成电路是汽车音响整机的信号处理中心，虽然它很少损坏，但是排除故障时常通过对其有关引脚电压的测量，并与正常值比较，以判断集成电路本身或其外围元器件是否正常。正常电压值可从有关资料、图样或同型号的好机器测量得到。因集成电路引脚多且密集，测量点应选在测试点或与集成电路引脚相连的其他元件的焊点上，注意不要让万用表笔将相邻引脚短路，以防损坏集成电路。另外，在测量 CMOS 集成电路时，最好用数字万用表。

② 测量非在线电阻。集成电路至少有一个接地脚，称之为"地脚"，其他各脚与地脚之间都有固定的阻值。可以用万用表测量各引脚与地脚之间的直流电阻，并将它们与正常值相比较，如果相差过大则说明电路内部损坏。由于集成电路内部有大量非线性元件，因此测量时必须将万用表的两表笔位置互换，即一次用红表笔接"地"，另一次用黑表笔接"地"，测量的两组阻值中只要有一组与标准值相差较大，就可以断定集成电路内部损坏。不同批量的产品，由于参数的离散性，测量结果可能有所差异。另外，不同型号的万用表或万用表电阻挡不同的量程，其内电池的电压可能不同，因此测量结果也可能不同。但这并不影响判断，用同一只万用表测量并比较结果即可判断出其好坏。测量时需用指针式万用表，建议使用测量规范指定的万用表，以便与维修资料中的数据一致。

③ 测量在线电阻。在线电阻的测量方法与非在线电阻相同，只是集成电路接在电路中，且是在整机不通电的情况下测量。

三、任务实施

1. 检修程序

（1）用户调查　当用户送来故障机检修时，维修人员动手之前，不要忙于通电，先要仔细询问用户，了解音响的使用情况，故障产生的过程及发展状况等，并认真地做好记录。

1）故障发生前后是否有冒烟、异响、碰撞等。

2）故障发生前后性能的变化。

3）故障发生后通电与否。

4）机器的使用时间。

5）机器是否修理过，修理的部位和调整的元器件。

6）机器的使用环境有无过热、潮湿、碰撞等情况。

（2）熟悉电路结构　对用户调查了解并获得第一手资料后，接下来便是熟悉待修汽车音响的电路结构。首先是熟悉其电路结构框图的工作原理，只有了解和熟悉其工作原理后，检修起来方能做到心中有数，分析、判断才有依据；其次是熟悉待修汽车音响的主要元器件的结构、作用和特性。否则，即使找到故障点，也难以判别元器件的好坏，盲目地乱拆装还可能导致故障的扩大，即使无故障的元器件经过几次拆装之后也会发生故障。

（3）外观检查　对汽车音响的外观检查，主要查看待修机外表面上是否有伤痕；电源插头及导线是否良好；连接插座是否有松动现象；声源单元各设备的信号输出线与放大器的连接、放大器与喇叭的连接等是否良好。同时，还应对待修机的牌号、型号、新旧程度及使用保养等情况进行观察。

（4）确定故障区域　根据上述几方面了解到的故障所表现出的特征及用户的陈述，并结合音响的结构原理及信号流程，再借助以往的维修经验加以综合系统分析与逻辑判断，以推断造成故障的各种可能原因，最后将故障点粗略地缩小到一定的电路范围，按照发生故障的可能性大小排队确定故障存在的大致区域。

（5）找出故障部件　通过以上四步的检查以后，汽车音响可能存在故障的区域已经划分出来。再具体对照故障单元的电路原理图和印制电路板图，分析其工作原理，并在印制电路板上找到相应部位，运用仪器仪表进行数据测试，分析所测得的数据，并与正常工作时的数据进行对比。最后找出故障元器件或电路的断路与短路点。

（6）故障件的修复与更换　故障元器件检修出来后，再根据该元器件的结构和工作原理进行测试分析，然后针对不同故障程度，采用相应的修复或变通代换措施进行排除。对于有些机械类易损件可通过调校、整形及加工仿制等措施修复；对于声电或电声转换部件则可采取局部修复措施进行修复；对于电路类易损件一般属于元件变值或性能参数下降，有些可通过调整电路工作点恢复其功能；对于集成电路或厚膜块，若局部损坏则可采用外贴元件的修复措施，若损坏程序严重，则可采用变通代换措施排除故障。

（7）调试与试验　故障件修复或更换元器件之后应进行调试，使整机各电声技术指标恢复至原机要求。然后在满负荷状态下对整机性能进行测试，并进行一定时间的疲劳实验，确保经过修理的机器能稳定可靠地工作。

2. 检修注意事项

为了在检修过程中既能事半功倍，高效、快捷地修复故障，又能有效地保证整机原来设计的电声技术指标，在汽车音响系统的具体检修过程中，要求维修者切实注意以下问题。

（1）先外后内、先机械后电气　维修者在动手之前，首先要注意，如果能够不拆机盖就能排除故障，最好不要拆机盖。而对于一些按键、开关、插座等涉及内部电路的故障元器件，只要拆盖即可修理，就不必再去将整个电路板一同卸下。因为拆卸的部分多了，忙中容易出错，原来无故障的地方，经过拆散后，容易断线、碰撞、受挤，甚至短路造成新的故障。其次要注意，如果同一套汽车音响中既有机械类故障，又有电气类故障，宜先排除机械类故障后，再来排除电气类的故障。实践表明，许多按键开关等接触不良，有些是由机械故障引起的。排除了机械类故障，某些电气类故障就自行消失了。

（2）先静态后动态、先通病后特殊　打开待修汽车音响机壳后，未通电检查之前应先粗略地检查一遍，看是否有明显故障点，如断线、元器件破裂、引线折断、熔丝熔断、电源线断股、按键卡住或不灵活、有明显的烧焦痕迹等，这些均可以在通电之前予以检修。只有在通电之前确认无明显故障现象才能通电检查，否则一通电还会烧坏其他无故障的元器件。

另外，在检修时要注意先通病后特殊。通病指的是一些常见的故障，这类故障分析起来比较容易，检修起来比较简单；特殊故障指的是少见或不易查找的故障。有的特殊故障是由几个常见故障综合造成的，只有先将一般的、常见的故障排除了，才能孤立特殊故障点，准确地找到故障发生部位。排除了几个一般性故障后，有些特殊故障也就迎刃而解了。

（3）注意检修安全　检修汽车音响的安全性要求包括以下内容。

1）修理场地一定要保持清洁，各种修理工具、仪器摆放有序。凡是从待修机上拆下的各种零件，包括大小不一、规格不同的螺钉都应归类，分开摆放，切莫顺手乱放。一些不能近磁的元器件（如磁头等）要特别注意摆放位置。在修复过程中，对于掉入机内的螺钉、螺母、导线头和焊锡等，一定要清除干净，以防人为造成故障或留下隐患。

2）在修理工作正式开展之前就应该找到待修机的电路工作原理图和印制电路板图。实在没有的，也要搞清楚电路的结构，绘制出草图。切不可在无图样、不了解情况的情况下，将待修机上已经脱落的导线乱搭，试图找到正确的连接点。这样做，极易引起新的更大的故障。

3）在选择万用表测量时，要注意防止因为操作失误损坏元器件（集成电路、传感器等）和烧坏万用表。

4）如果用户事先已经申明或经检查后发现机器曾经发生过冒烟、有焦味、打火等损毁的现象，此时要尽量避免盲目通电检查，以免扩大故障范围。在需要通电时，密切注意上述部分元器件的情况。

5）在测量电子电路中的阻值，拆卸、焊接电子元器件和导线时，应该首先切断电源，同时，对一些大容量的电容器要将电容器中残存的电荷全部泄放后再操作检修，否则容易遭受电击或者损毁测量仪器。

6）焊接场效应晶体管和集成块时，要先把电烙铁可靠接地或者把其电源切断后再进行，以防烙铁漏电造成元器件损坏。通电检查功放电路部分时，不要让功率输出端断路或短路，以免损坏厚膜块或晶体管。

7）在检修机械传动组件时，尽量不要把金属工具伸入带仓内，否则一旦不慎碰伤了主导轴或磁头表面，将会造成严重后果。主导轴的变形、划伤、开裂将会造成抖晃失真，且不易修复；碰伤磁头会造成灵敏度降低，声音发闷，且会磨损磁带。另外，在用螺钉旋具等工具接近磁头、主导轴时，经常会使磁头、主导轴带磁，使录放噪声增加。

（4）注意可靠性　所谓可靠性是指修复和代换元器件、排除故障要彻底，不能敷衍了事，满足临时使用。

1）不要随意调节机内可调元器件，必须进行调整时，要记住可调元器件位置，以备将来还原。比如一些谐振耦合回路的电感磁心，激光头组件的电流控制电位器等，不要轻易调整，若确系非调不可时，应使用相应的仪器予以配合测试，切不可乱调。

2）更换大功率晶体管及厚膜块电路时，要装好散热片，并注意散热器的绝缘安装要求。

3）应急修复与变通代换的新元器件，要注意图样上标有"!"符号的元件参数，对其主要参数应尽量降额使用，充分留有余量。

4）在修复的过程中，一般不要改动原机电路，否则，会给以后的维修工作带来不便，同时其工作性能也难以保证，一定要改动时，必须事先设计，实验好电路性能。对于一些没有替换件的集成块及厚膜块等，需要采用外贴元件修复或用分立元件来模拟替代时，也要反复试验，确认其工作正常，确保其可靠后才能替换或改动。

5）若是采用临时性措施修复故障时，要做好显著记号和记录，并告知用户，待条件成熟后要及时复原。

3. 检修汽车音响故障常用的方法

（1）询问用户法　在检修汽车音响故障之前，不要忙于通电，应向用户询问了解汽车音响的使用情况，故障现象以及故障产生和发展的过程，并将用户提供的情况做好记录，认真分析研究，这对于初学者来说是非常必要和有用的。由此可以减少误判、错判和少走弯路，进而就可使检修效率大大提高。询问的内容包括以下几方面。

1）汽车音响已经使用的年限。了解汽车音响使用的年限可以帮助大致估计出故障的性质。例如，较新的机器常见的故障是：振动后个别元器件焊接不好，插接件松动造成的接触不良；个别元器件质量太差造成的"通病"故障；用户不会使用汽车音响的某些功能或按键而造成的"假故障"等。对于使用多年的旧机器来说，则应该较多地考虑损耗性故障，如集成电路老化，特性变坏；晶体管特性下降；电容器漏电、介质损耗、变值或击穿；电阻变值；电位器或可调电阻接触不良等。

2）产生故障的过程。了解故障是突然发生的，还是逐步恶化的；是静止性的故障还是时有时无故障。详细了解以上这些情况可以进一步判断故障的性质，采用较为合理、安全的修理方法。

3）是否请人修理过。了解所修汽车音响发生故障以后，用户是否请人修理过，若请人修理过，此人的修理过程如何，是否调节过机内的某些可调元器件，是否更换过元器件等。这可以帮助我们较快地排除一些由于不太熟悉该机电路原理的修理者的误修或误换元器件造成的人为故障，可减少许多不必要的检测过程。

总之，根据故障现象有针对性地向用户了解以上几方面的情况，对检修故障机器具有很好的参考价值。

（2）直观检查法　在正确判断出故障的大概部位以后，下一步就可以对故障进行检查了。检查故障犹如医生看病，应先表后里，即先通过直观检查，然后用仪表进行确诊。

所谓直观检查法，就是利用人的感觉器官，眼（看）、耳（听）、鼻（闻）、手（拨和摸），对汽车音响（机内元器件或机外零件）进行外表检查的一种方法。这种检查方法十分简单和方便，对检修汽车音响的一般性故障很有效，特别是检修整机无声、放音无声、收音无声之类损坏型的"硬"故障更为有效。有时经直观检查，很快就能发现故障元器件。

1）眼看。首先观察汽车音响各种开关、按键、旋钮是否处于正确位置或有无损坏；然后通电开机，观察机内有无冒烟、打火等异常现象。关机后，视情况可分别观察相应部分的内部连线和插接件是否脱落；印制电路板、集成块是否断裂损坏；晶体管、电容器和电阻器等元器件有无缺损、烧焦和爆裂现象；走带或运转（指影碟机）机构中的机械零件、传动件是否变形、移位、锈蚀或不清洁；传动带、塑料齿轮和惰轮是否脱落或老化。再借助放大镜，观察磁头是否被污物堵塞或严重磨损。在允许通电试机的情况下，还可以观察机械传动机构是否运转正常或到位。肉眼观察法只要应用得当，可使维修工作事半功倍。

2）耳听。通电试机后，仔细听机内有无异常声音，例如：有无打火声、机械零件碰击声，电动机运转有无噪声，走带机械零件有无"吱吱"声等。利用耳听法，还可积累对各种汽车音响的放音等工作方式的感性认识，使维修各种有机械零件故障的汽车音响变得简单。

3）手摸（拨、拉）。轻拉各种弹簧、阻尼轮和传动带盘等，凭手感判断其松紧程度是否正常；轻轻转动飞轮等，判断转动是否灵活。只要不断积累手感的实践经验，凭手感也可以很快发现故障部位或元器件。

4）鼻闻。闻机内有无焦味或其他怪味出现，找出发出气味的部位或元器件，也有助于维修工作的顺利进行。

（3）清洁检查法　有的汽车音响故障是因使用环境不良或保管不当，致使机内潮湿、灰尘增多，形成具有一定阻值的导体，在元器件之间无规则的连接，破坏了电路的正常工作，从而造成了种种奇怪、特殊和软性故障。对于这类故障，检修时可先用清洁法，即首先用气吹或打气筒吹尽机内各部位（也可用小毛刷清扫）的灰尘，再用无水酒精（含量95%以上）将机内有污垢处清洗干净，然后用60～100W（220V）的白炽灯泡将清洗过的或原来机内潮湿的部位烘烤干燥后，许多疑难故障有时便会被迅速排除。

（4）面板操作压缩法　面板操作压缩法是利用汽车音响面板上的各种功能开关、按键旋钮、接口插头等装置，进行各种不同的操作、切换，迅速地压缩故障范围，进而判断故障大概范围的一种检查方法。运用此法，要求检修人员对同类机型面板上各操作开关、按键旋钮等的性能和作用比较熟悉，对机内电路原理和机心结构特点比较了解。

1）用音量键或旋钮。汽车音响的音量控制大都设置在靠近功放级的输入端（或音调网络的输入端）。对收音电路来说，它将电路分成高、中频和低频两部分。例如，某汽音响出现了噪声，可通过调节音量键或旋钮来判断故障出在高、中频电路还是低频电路。若噪声随音量键或旋钮的调节而变化，则噪声源必在高、中频部分，应对这部分电路进行检查；若调节音量键或旋钮对噪声的大小无影响，则噪声源在低频部分，应对低频电路进行检查。

2）波段控制键或开关。接通电源后，在 AM 或 FM 波段上均无声，可以确定故障出在 AM、FM 波段收音的共用电路，如收音电路的供电电源及电源馈给电路等。

如果只是调幅收音无声，则不必去检查 FM 收音电路；如果只是调频收音无声，则不必去检查 AM 收音电路。

3）单声道立体声键或开关。当此键或开关置于单声道状态时，两个独立的放大系统并联工作；当此键或开关置于立体声位置时，两个声道的放大系统独立工作。当立体声放音，有一路扬声器不响时，可将此键或开关置于单声道位置，如果两路（L、R）扬声器发音正常，说明放大系统是正常的；如果仍是一路扬声器不响，则可认为放大系统有故障。

面板上的按键、开关、旋钮等与内部电路及机构是息息相关的，内部电路或机构若出现故障，一般都会反映在它们的功能操作键上，这就是"面板操作压缩检查法"用来检查和判断故障的依据。

（5）元器件替换和并联法　使用合格的元器件替换电路中可疑的元器件，或在可疑元器件上再并联相同规格的合格元器件，以观察音响扬声器参数有无变化的检查方法，称为替换和并联法。但其中并联法只对元器件断路、失效故障有效，对漏电、短路故障无效。

（6）触击检查法　触击检查法是用手握螺钉旋具（或其他零件），以其金属部分轻轻触击晶体管的基极（指信号输入端）或集成电路的信号输入端，通过听扬声器中的声音反应，来判断故障的一种方法。这种触击法实质上相当于给电路输入了一个杂波干扰信号。此法常用来检查收音电路的高、中频通道和功放电路等。使用触击法检查故障时，一般应从后到前逐级进行检查。扬声器的反应程度随机型而异，在检修中要注意积累经验。当具有一定的经验后，使用起来就相当方便了。

触击检查法还可用万用表来进行，具体方法是，把万用表置于 R×10Ω 电阻挡，将其红表笔接地，黑表笔触及电路的信号输入端。此时输入的杂波干扰信号（脉冲信号）比上述方法（指手握螺钉旋具触击法）更强，扬声器中反应更明显，故对于某些反应迟钝的电路，采用此法更有效。

（7）敲击振动检查法　利用人为的对某些元器件、部件或印制板加以振动的方法，可以发现由于某种原因（例如虚焊、接触不良、导线断裂等）而产生故障的具体部位或大致范围。这种方法既简单又方便，是一般维修者经常使用的方法。例如，某汽车音响一经振动就出现异常现象，或故障现象时有时无，可利用螺钉旋具绝缘柄轻轻敲击有关元器件或印制电路板。如果故障是由于虚焊或接触不良引起的，轻微敲击便能找到虚焊或松动之处。在敲击过程中，要同时听扬声器的音量变化情况。

（8）脱开检查法　脱开检查法是将某一部分电路断开，用万用表测量电阻、电压或电流，以此来判断故障的一种方法。这种方法特别适用于电流变大、电压变低、有短路、有噪声、自激等故障的检查。

当某个局部电路出现短路性故障时，流过它的电流就会大大增加，若采用其他方法检查，时间一长可能会导致其他故障。使用脱开法，即将这一部分电路断开，观察总电流的变化，就可判断出故障的大概范围，而不至于损坏其他电路或元器件。若断开被怀疑的某一部分电路后，总电流立即降为接近正常值（当然会略小些），则故障就在这一部分电路中；否则再逐一断开其他电路，最后总能找到故障所在。

当遇到负载电流增大，烧熔断器故障时，用这种方法检查是很方便的。只要将各路负载逐一断开（脱开），一般就可很快找到短路故障发生在哪一部分。

（9）短路检查法　短路检查法是利用跨接线（或串接有电阻、电容的线）将电路的某一部分短路，从扬声器声音变化的情况来判断故障的一种方法。此法常用来判断振荡电路是否起振，高、中频通道自激和扬声器中出现噪声、哼声的来源等。

使用短路检查法时，应根据具体情况，将集成电路、晶体管的输入端，或将输入与输出两端，或者将某一个电极、电路元器件短路（直流或交流短路）。至于具体使用何种跨接线，应根据被短路两点的直流电位和其内阻而定。尽量避免直流短路，故一般采用交流短路（即在短路线中串联适当的电容）。例如，判断晶体管振荡器是否起振，可以将振荡回路或反馈回路短路，然后对比短路前后晶体管的各极电压。若两者电压有变化，就说明振荡器已经起振了。

采用短路检查法检查噪声、哼声故障时，也可由后级往前逐一短路各级的信号输入端。若短路后扬声器的噪声消失，则故障出在被短路点之前的信号流程通路中；反之，若声音没有变化，则故障出在后级。由此就可迅速找到故障部位。

需要注意的是，在使用短路法检查故障时，应根据故障现象来确定合适的短路点，然后再根据短路点的直流电压的大小，以及该点直流电压对电路工作状态的影响，来确定使用何种跨接线。

四、相关案例分析

案例一　帕萨特 B5 轿车行车时收音机不响

故障现象：一辆上海帕萨特 B5 V6 轿车，用户反映该车在行车过程中，偶尔会出现音响没有声音的故障。由于此故障出现得非常偶然，用户曾在多家修理厂维修，且更换过收音机、扬声器等很多零件，但均未排除故障。

故障诊断与排除：经长时间试车，收音机果然不响了。经过检查，发现此车在刚打开收音机时会有 2～3s 的声音，然后声音迅速变小直至无声。由此可以确定，收音机、扬声器本身并没有问题。此时不拔掉插头，利用万用表从收音机处测量，发现右后扬声器线对地短路。从 B 柱处断开右后门线束，短路现象依然存在。因此，可以确定短路点在线路上，并排除了扬声器本身短路的可能。接下来检查车身内部右线束，没有发现短路点。为了进一步检查，只好拆下仪表台，在拆下仪表台后仔细检查线束，终于发现了故障点。由于线束固定不合理，仪表台横梁背面有一条螺钉将右后扬声器线绝缘层顶破，造成短路。更换一条扬声器线后，故障排除。

维修小结：对于这种线路原因造成的偶发故障，确实不好准确诊断，因为只有故障出现时才能准确测量确定故障点。收音机不响，是因为当线路出现短路时，收音机会自动进入保护状态，此时扬声器便不会有声音。另外，对于线路上的故障点应该分段排除，尽量缩小故障范围。

案例二　别克君威 GS 转向盘上的音量开关不能控制主机音量

故障现象：一辆别克君威3.0L开进维修站，客户反映该车转向盘上的音量开关不能控制主机音量。

故障诊断与排除：检查转向盘左侧 SEEK、AM/FM 和 SCAN 开关功能，正常。右侧的 VOL、MUTE/SRCE 只能控制向上选台，不能控制音量的大小和静音/音源转换。君威 GS 装备有 DVD 三屏影音系统和车载电话系统，转向盘上左右开关可对两系统方便地控制。检查 DVD 主机各功能控制，正常。分析转向盘开关电路，它采用矩阵电路，电压分两路输出，一路提供给主机 C1/19 脚（深蓝色），另一路提供给车载电话模块 B4 脚（深蓝色），如图4-24所示。主机根据输入的不同电压识别判断作出相应的输出。试更换转向盘开关，故障依旧。对照一辆正常车辆的数据，转向盘开关电阻值数据正常，见表4-6。测量在按动右边开关时电压在1.8V左右，与左边的 SEEK（向上）电压值接近，造成在按动右边开关时只能控制向上选台的现象。根据测量故障车与正常车电压的值来分析，是由于负载分压造成右边开关电压下降。更换车载电话模块，故障排除。

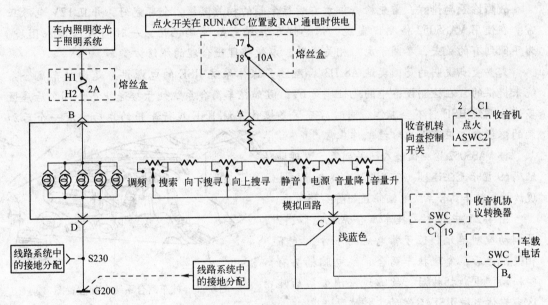

图4-24　转向盘音量开关控制电器

表4-6　转向盘控制开关标准参数

	左边				右边				
	SEEK	AM/FM	SCAN	MUTE	SRCE	VOL			
电压/V	1.41	1.88	0.48	0.94	2.33	2.79	3.27	3.82	正常
电压/V	1.41	1.74	0.45	0.94	1.78	1.78	1.83	1.85	故障
电阻/kΩ	4.27	3.09	13.62	6.63	2.38	1.90	1.55	1.26	

案例三　广汽本田奥德赛音响功能控制紊乱

故障现象：一辆广汽本田奥德赛汽车，用户反映该车的转向盘在转到某个角度时音响控制键会出现异常，使得音响在控制收音机选台、波段变换、CD换盘及音量大小等功能时出现紊乱。

故障诊断与排除：该车的音响遥控开关是由多个可变电阻器组成的，当驾驶人在操纵遥控开关执行不同的指令时，直接反映在遥控开关上的变化是电阻的变化。当开关上的电阻发生变化时，车载音响接收到的信号电压自然会发生变化。车载音响通过识别不同的信号电压，来判断驾驶人遥控开关发出的不同指令。

经检测，确定音响主机正常，但音响遥控开关上各键产生的信号电压异常，为此重点检查遥控开关和接地线，最终确定这辆奥德赛的故障原因是转向盘上的音响遥控开关接地线路接触不良。经过处理后，该车的故障得以排除。

维修小结：根据维修该车的经验，广汽本田奥德赛的音响遥控开关经常出现因转向柱接地不良造成控制开关工作失常的现象。在检测时，应重点检查转向柱与车身的接地是否可靠。

案例四　奥迪 A8 D3 多媒体电视只能听到声音，无法显示图像

故障现象：奥迪 A8 D3 更换完驻车制动控制单元后，多媒体电视只能听到声音，无法显示图像，后座区头枕显示器也无法工作。

故障诊断与排除：首先检查位于右后行李箱的相关熔丝，全部完好，并且 12V 电源正常。在使用 VAS5052 检测仪发现，信息娱乐系统无故障码记忆，一时间检修陷入困境。为了做到有的放矢，参阅了原厂相关资料，以便整理出合理的维修方案。

需要重点说明的是，奥迪 A8 D3 后座区多媒体系统 RSE 的电源供应是由挂车离合系统来提供的，在检测设备中的地址码是 69，假如挂车离合系统处于接通状态，那么后座区多媒体系统 RSE 将不会工作。同时后座区多媒体系统 RSE 在行李箱的左后方有一个后加装的熔丝盒，应确保此熔丝工作正常。

接 VAS5052 检测仪进入网关列表，发现地址码 69 显示无法连接，怀疑是挂车离合系统出现故障。挂车离合系统电脑位置如图 4-25 所示。

图 4-25 中的 1 是挂车离合系统电脑，2 是制动控制单元，位于蓄电池的下方。拆下相关附件后，发现挂车离合系统电脑插头有些松动，重新插拔后，故障现象消失，后座区多媒体系统 RSE 系统的工作恢复正常。

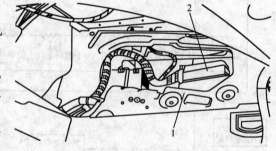

图 4-25　挂车离合系统电脑位置图

维修小结：由于奥迪 A8 D3 带有电源管理系统，同时后座区多媒体系统 RSE 是由德国的专业改装公司后加装的，为了将后座区多媒体系统 RSE 统一纳入电源管理的范畴，它的电源供应由挂车离合系统电脑来提供，增加了系统的安全性和稳定性。

案例五　日产公爵王轿车 CD 音响机心无动作也无法退碟

故障现象：一辆日产公爵王轿车，客户反映该车放入 CD 碟后，按键时机心无任何反应，无法退出碟片。

故障诊断与排除：开机检查，按键时用万用表测量加载电动机引线端，无驱动电压。根据故障现象，结合上面测得的结果分析，故障可能出在电源部分或微处理器系统控制部分

1. 判断故障的大概部位

1）首先检查出盒按键的接触情况。用万用表电阻挡测量发现接触良好，且通往微处理器的电路板连线也无断路情况。

2）检查电源部分。结果发现标有 B1240 的一只 PNP 型晶体管的 b 与 c、b 与 e 结间的反向电阻明显变小，显然已损坏。

2. 故障处理方法

1）B1240 晶体管的完整型号为 2SB1240，该晶体管不太容易买到，试采用常见的 9015 型晶体管来代换 2SB1240。

2）装上一只 9015 型晶体管后，通电试机，进出 CD 碟片正常，经多次反复操作按键，使加载电动机反复动作，以检查试验代换管 9015 的可靠性，结果未发现有发热现象，说明这种代换行之有效，可以长时间使用，至此故障排除。

维修小结： 进口汽车音响中使用的晶体管在国内市场上有的很难买到，但都可以考虑用国产的相应件进行代换，但代换时应注意它们之间的引脚排列，替换时不能焊错，例如本例的 2SB1240 与 9015 的引脚排列就不同。

案例六 捷达轿车音响 FM 或 FM 立体声收音有时收不到台

故障现象： AM 波段收音及磁带放音功能均正常，FM 或 FM 波段立体声收音有时收不到台，有时收台又很正常。这种现象出现时无规律，时好时坏。

故障诊断与排除： AM 波段收音及磁带放音正常，说明收音、放音的共用电路是正常的，FM 或 FM 波段立体声收音异常，说明故障仅出在与 FM 或 FM 立体声收音有关的电路中。同时，由于 FM/AM 波段的转换是通过转换 AM 或 FM 波段收音电路的工作电源来实现的，如果提供给 FM 或 FM 立体声收音电路的电源不良，也必然会导致 FM/FM 立体声收音电路不良。

该机 FM/FM 立体声收音电路由 FM 收音头、FM 预中频放大电路（由 VT102 管为主构成）、FM 中频放大电路 IC101、立体声解码电路 IC102 等组成。相关电路如图 4-7 与图 4-8 所示。由于 AM/FM 波段的工作电源转换是由 SA201 开关来实现的。检修时，可从该开关接触是否良好入手查起。

1. 检查 AM/FM 波段转换开关

打开铁盖壳，在不通电情况下，测量 AM/FM 波段转换开关触点，接触良好；通电，在故障出现时，测量 IC101 ⑫脚电压为 0V（IC 101），测 IC102 ①脚电压为 9.5V 左右，基本正常。由此怀疑 FM 中放电路的供电电路有问题。

2. 检查 FM 中放供电电路

1）IC101 的 ⑩脚为工作电源电压输入端，该脚外接的 L101、R110、C116、C109 即为供电去耦电路。由于这部分电路元件不多，先对这几只元件进行检查，未发现有明显的接触不良等虚脱焊点。

2）通电，在故障出现时，测量 C109 电容两端的直流电压为 12V 左右（空载电压），但测 IC101 ⑫脚上电压为 0V，怀疑该脚与其外围电路接触不好。

3）用电烙铁将 IC101 ⑫脚上的焊点加适当焊锡重新熔化一次，待其冷却后，FM 或 FM 波段立体声收音一直正常、稳定，故障排除。

维修小结： 本例故障主要是由于 IC101 ⑫脚与外接电路接触不良。当其与外接电路接触不上时，由于 IC101 无供电，致使 FM 预中放送来的信号在此阻断。由于 ⑫脚接触不良是随机的，从而造成了上述无规律的时好时坏现象。

案例七 凯歌 4B23 型数字汽车音响调频收音无频率显示

故障现象： 凯歌 4B23 型数字汽车音响调频收音无频率显示，接收正常，磁带放音及

AM 波段接收正常。

　　故障诊断与排除：收音正常仅无频率显示应与显示电路有关。由于 AM 波段接收和显示正常，说明 FM、AM 公用的频率显示控制与驱动电路正常，故障应在 FM 本振信号电路中，相关电路如图 4-26 所示。其工作流程是，调频头 4TX8 第⑥脚输出 FM 本振信号送至 15MHz 分频集成块 μPB553 第②脚，经内部倍频后缓冲放大从第⑤脚输出经 5C1 电容耦合至微处理器 μPD1701 - 011⑳脚。检修时测得分频集成块 μPB553 第⑤脚有本振信号输出，但微处理器 μPD1701 - 011 第⑳脚无本振信号输入，原因是电容 5C1 损坏，换新后试机工作正常，故障排除。

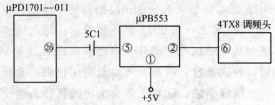

图 4-26　凯歌 4B23 型汽车音响 FM 本振信号电路

习　题

1. 捷达系列轿车音响系统由哪些电路组成？
2. 如何检测固定电阻器？
3. 如何检测电位器？
4. 如何检测 PTC 热敏电阻？
5. 如何检测电感器？
6. 如何检测集成电路？
7. 如何检测晶体管？
8. 汽车音响系统电路检修的注意事项有哪些？

任务三　汽车音响常用放音机械的结构和原理

 学习目标

1）掌握单方向运转放音机械的结构和原理。
2）掌握双方向自动回转放音机械的结构和原理。

一、任务分析

　　目前我国汽车的保有量很大，各种档次的轿车随处可见，车上的音响放音机械根据车型的不同，其基本结构也不尽相同。但无论如何变化，放音机械只存在有两种放音形式：单方向运转放音机械和双方向运转放音机械。

　　由于汽车音响放音机械故障率较高，多数报修机器为机械故障，因此，深层次地了解、掌握汽车音响放音机械的结构组成，是维修汽车音响至关重要的一个环节。本任务主要介绍单方向运转放音机械和双方向运转放音机械的结构和原理。

二、相关知识

1. 单方向运转放音机械的结构和原理

　　（1）基本结构　单方向运转放音机械在一些普通汽车收放机上应用较多，由于各种机器生产日期不同，因此在设计上也存在不同的地方。但无论怎样，它们均具备以下功能：录音带只能完成单一正方向运转；录音带在放音过程中可实现手动机械控制快速倒带；录音带在放音到达终端后可自动转换成收音状态。

1）单方向运转放音机械结构。图4-27、图4-28分别示出单方向运转放音机械的正面图和背面图。

从图中可以看到，构成单方向运转放音机械的基本特点是，在机械上只设有一只卷带轮，一组压带轮（包括主导轴），这就说明它只具备完成一个方向运转放音的条件。虽然这种放音机械的基本结构及功能略为单一，但实际应用却比较广泛。

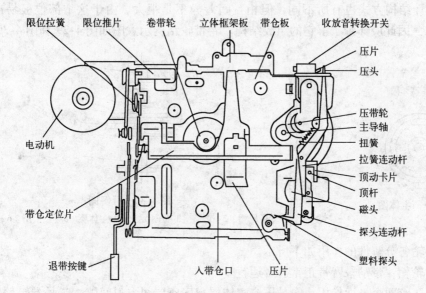

图 4-27　单方向运转放音机械正面图

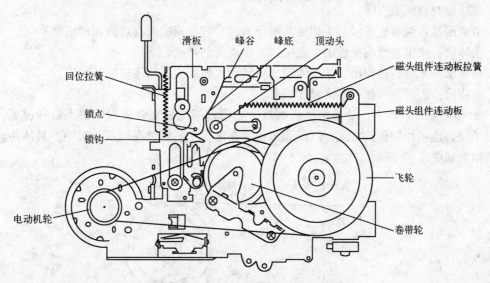

图 4-28　单方向运转放音机械背面图

以下是组成单方向放音机械的关键部件。

① 录音带定位仓。

② 动力电动机。

③ 传动带。

④ 卷带轮。

⑤ 主导轴。

⑥ 压带轮。

⑦ 磁头。

2）局部结构。

① 卷带轮结构。卷带轮是构成单方向放音机械比较关键的部件，它应用在不同机器上时其设计结构方式也有所不同，但相互间差异不是很大。由于这个部位极易出现"绞带"故障，因此应详细了解它的组成结构。卷带轮结构示意图如图4-29和图4-30所示。

图 4-29　主体图

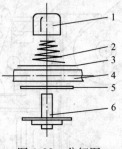

图 4-30　分解图

1—卷带轮帽　2—弹簧　3—压片层　4—主体层　5—毡垫层　6—底座层

卷带轮各分解件的作用如下所示。

卷带轮帽：带动录音带正常放音运行。

弹簧：有两个方面作用，一是压合主体层与底座层间受力间隙，二是卷带轮帽能够与录音带接触时有回缩空间。

金属压片：调整底座层与主体层的压合力度，避免双层间有过紧和过松现象。

主体层：决定卷带轮旋转的关键层，受小皮带的带动。

毡垫层：平稳转速作用。使主体层平稳转动，使底座层与飞轮旋转同步。

底座层：固定卷带轮，使之整体成形。

② 传动系统。动力传动系统使机械放音走带能够完成正常放音的整个旋转过程，它采用了动力连锁控制旋转方式，以保证录音带在运行中能够处在同步状态中。具体传动系统的组成如图4-31所示。

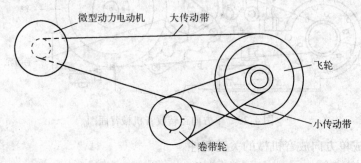

图 4-31　动力传动系统

从动力传动系统图可以得知，整体传动过程依靠微型电动机产生动力，通过大小传动带来传递动力，从而实现放音过程。

当机器处在正常放音时，大小传动带同步运行，缺一不可。如果缺少大传动带，则机器微型动力电动机将空转，从而失去传动能力；如果缺少小传动带，由于大传动带处在正常转动中，录音带将失去牵引同步动力，此时录音带就会被缠绕在主导轴和压带轮上出现"绞带"故障。

（2）单方向运转放音机械原理　单方向运转放音机械的原理可重点从以下三个方面理解。

录音带如何进入带仓和退出带仓。

录音带在正常放音中如何实现快速导带。

录音带放音到达终端后如何转换成收音状态。

1）录音带进入带仓和退出带仓原理。单方向运转放音机械原理可参考机器实物和图4-27。当机械内没有放置录音带时，机械带仓呈波状，也就是以前门入带仓口为轴心，里边位是抬起来的。里边位所以能够抬起来，主要是设在"限位推片"上的卡点卡在带仓板边沿上并受到"限位扭簧"的作用所致。由此可知，录音带进入带仓和退出带仓完全是依靠限位推片的作用才得以实现的。

当录音带由入带仓口推进到带仓内时，录音带端头位置与限位推片接触，这时，随着录音带的逐步推进，设在限位推片上的卡点很快脱离带仓板，并在限位扭簧的作用下向下压去，同时机械发出"咔嚓"响声。当录音带随同带仓一起落入到放音位置后，机械上将有两处跟随动作（图4-28），一是退带按键在回位拉簧的作用下向带仓口探出；二是顶动头由原来顶在峰谷位置滑入到峰底位置。与此同时磁头组件连动板在磁头组件连动板拉簧的作用下完成进位，并准确到达放音位置。当带仓到达放音位置后，顶杆与顶动卡片（图4-27）放松顶动卡点，这时压片与压头也放松压合，由此收放音转换开关放音线路接通，放音工作开始。

当录音带需从带仓中退出时，用手按动退带按键，随着退带按键力量的逐步增大，这时将有两个部位受力，一是带仓板缓慢抬起，二是顶动头向峰谷顶去。在录音带由带仓中退出时，上面两个动作同步进行，当带仓板与磁头组件同时到达待放音位置时，限位推片在限位扭簧的作用下，将录音带推出带仓口。为防止录音带整个弹出带仓口，这时压片便会准确地压到录音带缠带孔中，由此把录音带拉住。

从以上可以得知，收放音转换控制，主要是通过机械顶杆和顶动卡片来完成的。

2）录音带在正常放音中实现快速导带原理。快速导带是指放音机械在正常放音过程中想要听取同盘录音带上的其他曲目而快速寻找的一种方式。这种快速导带形式的设计，是单方向运转放音机械特有的一种功能。快速导带机构示意图如图4-32和图4-33所示。

图4-32表示机械处在正常放音时的位置，这时磁头组件连动板的顶动头落在滑板、峰底处，压带轮与磁头均与录音带接触。

图4-33表示机械处在快速导带位置，这时顶动头卡在滑板的中间位置，锁钩挂在锁点上，压带轮所处的位置与主导轴间形成一条间隙，录音带在无阻力情况下被卷带轮快速牵引，由此形成快速导带过程。

机械快速导带过程是在人为控制下完成的。也就是说，机械在正常放音时可按动退带按键，由于退带按键与滑板连在一起，所以滑板在退带按键向带仓内推进的同时也跟随进位，这时锁钩就很容易挂在锁点上，这便是快速导带的机械控制原理。如果认为已选好录音带上的曲目，这时只需再次按动退带按键，锁钩便会脱离锁点，从而恢复到正常的放音位置。

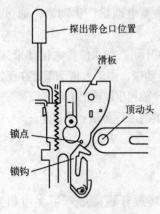

图 4-32　放音位置

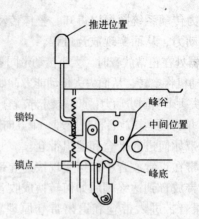

图 4-33　快速导带位置

单方向放音机械实现快速导带过程的关键是锁钩和锁点的作用，锁点和锁钩的间隙决定了压带轮和主导轴间的间隙。可以说快速导带就是在录音带被压带轮压在主导轴上，而压带轮脱离主导轴少许（间距）的条件下实现的。

3）录音带放音到达终端后转换成收音状态的原理。单方向运转放音机械在设计上就具备自动由放音状态转换成收音状态的功能，具体完成这种转换的原理如图 4-34 和图 4-35 所示。

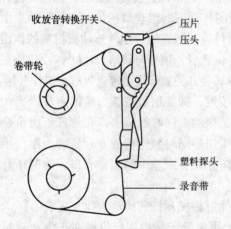

图 4-34　机械正常放音

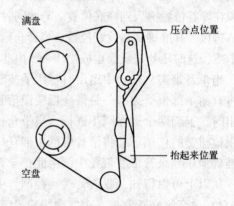

图 4-35　放音转换为收音

从图 4-34 中能够直观看到，当录音带由入带仓口推进带仓并准确到位后，机械便处在放音位置上，在这种工作状态下有以下特点。

① 录音带卷带轮上是空盘，送带轮上是满盘。

② 录音带被压带轮压在主导轴上。

③ 收、放音转换开关压头与压片互不接触。

④ 塑料探头与录音带接触处于"松弛"状态。

正是上面几点确定了正常放音的基本条件，这时若接通电源，电动机便开始转动，录音带匀速运行，实现正常放音。

在机械处在正常放音时，由于录音带卷带轮上是空盘，送带轮上是满盘，此时卷带轮与压带轮之间的录音带是绷紧的，而送带轮与压带轮之间却处在"松弛"状态中，此时塑料探头很轻松地压在了录音带上，并形成"V"形状。

从图4-35能够直观反映出录音带到达终端后的情形，录音带放音到达终端以后，卷带轮上的录音带已经卷满，而送带轮上已成为空盘，这时由于电动机还在继续转动，使得录音带全盘绷得很紧并形成一条直线，塑料探头被绷紧的录音带顶起，塑料探头连动杆在弹簧的作用下向塑料探头反方向用力，从而使压头向压片方向压去，此时放音过程结束，收音工作开始。

2. 双方向自动回转放音机械的结构和原理

（1）基本结构　这里以JM—700型汽车收放机为例讲述具有自动回转放音功能机械类型的结构和原理，以便直观地反映出该类机械的特点。由于这类机械在日常维修中会经常遇见，是比较典型的机械类型，所以，可以通过对这台机器的认识和了解，使维修人员能够充分地掌握汽车收放机机械心体的基本结构和原理，从而增加对比较复杂机械的理解，为更好地维修汽车音响打下良好的基础。

从机械实物中可以看到，自动回转机械是在单方向放音机械的基础上增加了一只缠带轮，一组压带轮（包括主导轴），通过对整体机械的改进构成可以自动回转的机械结构。在认识JM—700型机械机心时，应重点掌握机械是如何形成自动回转和手动回转的基本过程，这是了解这台机器机械结构的根本。

1）双方向自动回转放音机械结构。图4-36和图4-37分别是JM—700型机械机心的正面图和背面图。

通过图示可以了解JM—700型放音机械组成的各个环节，并可通过机械上标明的名称，明确具体组件的作用和用途，从而更加清楚它的基本结构和组成。

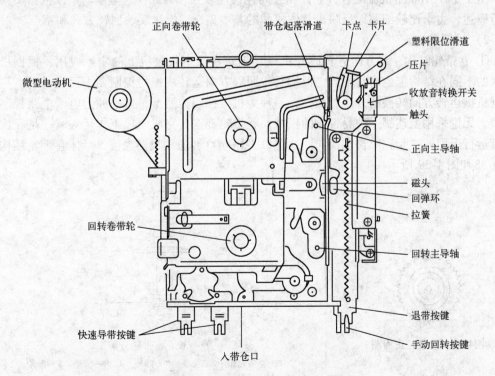

图4-36　自动回转放音机械正面图

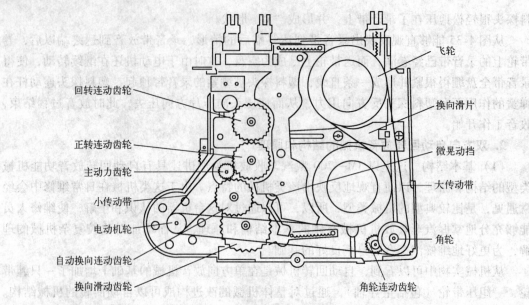

飞轮

换向滑片

微晃动挡

大传动带

角轮

角轮连动齿轮

回转连动齿轮

正转连动齿轮

主动力齿轮

小传动带

电动机轮

自动换向连动齿轮

换向滑动齿轮

图 4-37 自动回转放音机械背面图

由于这台机械的结构比较紧凑，略有些复杂，因此，掌握它的原理应从以下几个方面进行。

① 录音带如何进入带仓和退出带仓。

② 录音带如何实现手动和自动回转。

由于 JM—700 型机械的各分立件相互间连锁性较强，因此在这里基本是以机器实物来进行概述，力求比较细致地反映出整体机械的基本概况，突出反映回转方式和特点。

2）局部结构。

① 卷带轮结构。双方向运转放音机械卷带轮在汽车收放机上的实际应用，根据机型档次的不同在结构上也略有不同，但均是按照双方向运转机械的控制要求而设计的。一般控制机械运转方向转换的方法有两种，一种为机械控制转换型，另一种为电子电路控制转换型。无论采用上述哪一种卷带轮的机械，卷带轮都需要完成两项工作任务，一是完成录音带运行牵引，二是完成自动换向。这里以 JM—700 普通型机器为例，具体卷带轮结构如图 4-38 和图 4-39 所示。

图4-38 卷带轮正面图

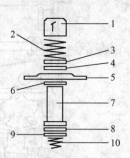

图 4-39 卷带轮分解图

1—卷带轮帽 2—弹簧 3—挡环 4、8—毡垫 5—齿轮

6—滑片 7—主体柱 9—弹簧挡 10—弹簧

卷带轮各部件作用如下所示。

卷带轮帽：带动录音带运行。

弹簧：压合齿轮与主体柱。

挡环：主体柱定位（录音带运行到达终端后电动机仍在运转，而卷带轮却停止转动，此时挡环可阻止卷带轮继续旋转）。

毡垫：平稳转速（电动机转动时，卷带轮分层旋转位置和停止旋转位置就是由毡垫来完成的）。

齿轮：带动卷带轮转动。

滑片：分层，如不设滑片，其层间将有阻力产生。

主体柱：它是组成卷带轮整体的框架，是卷带轮的基础。

弹簧挡：它在卷带轮上起到至关重要的作用，为放音机械自动换向而设。

弹簧：使弹簧挡有一个活动范围。

② 动力传动系统。双方向运转放音动力系统是在单方向运转放音机械的基础上增设了一只飞轮，这样就又增加了一项运转方向的功能，所以机械在结构上相应复杂了许多，对传动系统的要求也就大大超过单方向运行的机械，尤其是大、小传动带直接关系到放音的音质和翻转的成败。

双方向运转放音机械传动系统基本由两根传动带来完成，其中小传动带为双向卷带轮提供动力，大传动带为双向主导轴提供动力。由于这台机械具有双向转换功能，因此大小传动带不仅为传动系统提供动力，同时还为自动换向和手动换向机械提供动力。手动换向的关键是设在角轮下边位的对角缺口齿轮，自动换向的关键是设在自动换向连动齿轮处的换向滑动齿轮。如果小传动带出现变形或者断裂，机械将无法完成自动换向而导致"绞带"；如果大传动带出现变形和断裂，机械将无法完成手动换向而出现"咔哒、咔哒"响声。所以，JM—700 型放音机械对传动带的质量要求比较严格。一般小传动带不能过紧或过松，如过紧将很快被换向强拉力拉断，过松将无法完成自动换向过程；大传动带同样不能过紧或过松，如过松则机械在回转时大传动带会在角轮上打滑，发出"咔哒、咔哒"声响，如过紧，则电动机受力过大将产生"跑调"现象。

（2）基本原理

1）录音带进入带仓和退出带仓原理。掌握录音带进入带仓和退出带仓原理，首先应关注以下几个过程。

① 带仓塑料弹动杆对录音带的作用。

② 带仓起落滑道的作用。

③ 磁头组件进位和回位过程。

上述三个过程是录音带进入带仓和退出带仓的关键，它们在连锁控制中分三个步骤进行动作。当录音带由入带仓正向推进时，录音带推动塑料弹动杆一同进位；带仓开始下落；磁头组件开始进位。

当录音带由入带仓反向退出时，磁头组件开始回位；带仓开始抬起；塑料弹动杆推动录音带经带仓口退出。

汽车音响凡具备双方向运转功能的，录音带进入带仓和退出带仓基本是按上述三个步骤进行的，但由于在设计上存在一些差别，因此录音带进入带仓和退出带仓的控制方式也略有不同。

结合图 4-36 可以这样理解，当带仓内没有放置录音带时，带仓呈抬起状态。这时带仓不能落下的关键原因是卡片卡在了卡点上，塑料弹动杆处在待推动位置，回弹环被退带按键拉片顶起，磁头组件处在待进位中。

当录音带由入带仓口推进带仓时，录音带顶起塑料弹动杆一同向带仓内进位，这时塑料弹动杆轴柱的另一边位开始别动"塑料限位柱"，由此卡片很快脱离卡点并在拉簧的作用下退带按键滑片开始向带仓口方向滑动。在退带按键向带仓口推进的同时，带仓按其滑道把带仓拉入到放音位置，由于回弹环放松，使磁头组件很容易进入到放音位置，压片与触头接触，使收放音转换开关放音线路接通，由此放音工作开始。

当录音带由入带仓口退出带仓时，由于退带按键受到推动作用逐步向里边位推进，这时回弹环受到滑片的顶动，磁头组件迅速回位，带仓随后跟随抬起，塑料弹动杆用力把录音带从带仓内推出，此时收放音转换开关压片与触头脱离，由此放音线路断开，收音线路接通，这就是录音带进入带仓和退出带仓的全部过程。

2）手动和自动回转原理。具有双方向运转功能的放音机械在设计方面比较巧妙，具体回转方式如图 4-40 所示。

图 4-40 是 JM—700 型汽车音响放音机械控制换向原理图，它是按实际应用方位描绘的，能够比较直观地反映出双方向换向时的控制过程，从而实现对换向原理的了解。

① 录音带正常放音运行原理。录音带在正常运行放音时回转组件有三处处在转动中，一处为滑动齿轮，它专为自动翻转而设。之所以称为"滑动

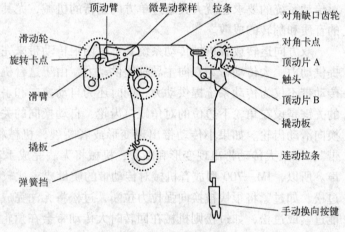

图 4-40　回转控制组件

齿轮"是因为该齿轮在正常放音时是处在转动中的，如果旋转卡点与顶动臂有相互顶动的机会，则滑动齿轮便会出现移位现象，这种移位就是自动回转的一种表现形式，是实现自动回转功能关键的一个环节。

另外两处是正方向运转卷带轮和回转方向卷带轮，在这两个卷带轮底座上均设有一只弹簧挡。这两个弹簧挡的设计是自动回转的一个关键，当录音带正常运行放音时，无论录音带运行是在正方向，还是回转方向，录音带往哪个方向运行，弹簧挡就向哪个方向用力，这时设在滑动齿轮上的旋转卡点由于其形状具有高点位和低点位，它不停地在顶动臂内旋转，使顶动臂按照旋转卡点的形状忽高忽低，这样就形成了弹簧挡向与录音带运行方向相反的方向用力，这种一正一反不同的用力方向，便形成了"翘翘"的微晃动现象。

② 手动回转原理。录音带无论运行在任何方向，均可实现手动回转过程，其方法是，当用手按动手动回转按键时连动组件便会跟随动作，连动拉条进位，顶动片 B 点抬起，顶动片 A 点被顶动片 B 点顶起，由于对角卡点失去顶动片 A 点的顶动，对角缺口齿轮在失去卡点作用后迅速转动，当旋转到另一缺口处时，便实现手动换向的基本过程。

③ 自动回转原理。自动换向的条件是录音带必须放音运行至终端。当录音带在正常放音走带时，设在双向卷带轮处的弹簧挡均处在微晃动状态中。之所以弹簧挡能够出现微晃动现象，其主要原因是与滑动齿轮同轴上的旋转卡点在起作用。由于旋转卡点形状较为特殊，迫使顶动臂沿着旋转卡点边缘滑行，这种滑行的目的是为了躲过卡点与顶动臂的相互顶动作用，如果此时录音带运行到达终端，由于录音带的绷紧使得弹簧挡向与录音带运行相同的方向用力，微晃动探杆无法躲过旋转卡点而与顶动臂相互卡住，这样就迫使滑动齿轮开始移位。在滑动齿轮移位的同时，滑臂也同时跟随移动，拉条受到滑臂的牵引拉动并跟随移动，使得起撬板受力回拉，顶动片 B 抬起，顶动片 A 受到顶动片 B 的顶动让对角卡点抬起，对角缺口齿轮失去卡点作用后开始旋转半周至另一面缺口处，由此便形成自动回转的整个过程。

以上是通过机械回转连动方式给出的手动和自动翻转过程的描述。在这里还应特别补充的是，机械全盘回转还有机械连动组件，它用于完成放音不同方向上的转向动作过程，具体结构如图 4-41 所示。

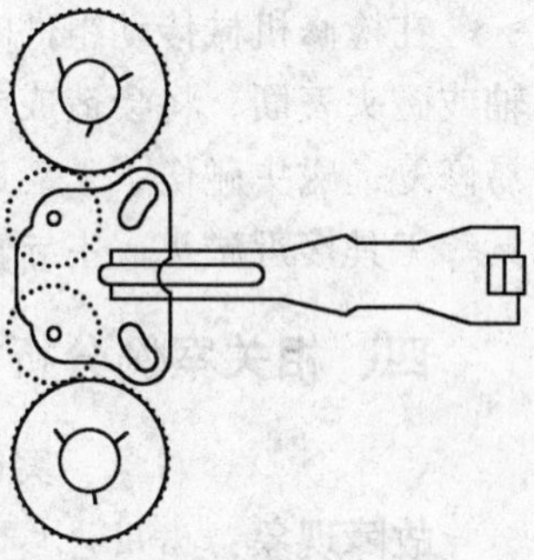

汽车音响机械完成换向过程的关键部件是对角缺口齿轮，由于对角缺口齿轮上设有一个换向触头，它牵动换向拉条，使得换向片上的齿轮与卷带轮在不同方向上啮合，对角缺口齿轮每转动一个方向，拉条便跟随牵动一次，换向片也受到一次拉动，这样就形成了机械回转的全部过程。

图 4-41 换向齿轮

三、任务实施

1. 准备维修工具

维修汽车音响应准备的工具有 12V 直流稳压电源一部，万用表一块，20/35W 电烙铁各一把，螺钉旋具一套，尖嘴钳子和镊子各一把，酒精灯一盏，手气球一只，医用注射器两只（一只内装有酒精、一只内装有缝纫机油），医用棉花若干，小型电动砂轮一台及小型台虎钳一个，以适应实际维修工作的需要。

2. 询问客户

询问客户的内容主有以下几种。

1）故障发生前后是否有冒烟、异响、碰撞等。

2）故障发生前后性能的变化。

3）故障发生后通电与否。

4）机器的使用时间。

5）机器是否修理过，修理的部位和调整的元器件。

3. 熟悉音响机械的基本结构和原理

不同汽车上使用的不同音响机械，虽然它们都存在放音功能，但在整体结构上却存在较大差异，因此必须仔细了解不同机械方面的基本结构和原理。

4. 检查汽车放音机械易损坏部件

汽车音响放音机械使用率高于收音机，这样放音机械损坏的机会相应地增大，综合日常维修，应重点检查传动带是否断裂、变形，齿牙是否磨平、齿轮是否断裂等。

5. 找出故障部件并修复

从机器上拆下故障部件，再根据该元器件的结构和工作原理进行测试分析，然后针对不同故障程度，采用相应的修复或变通代换措施排除故障。

6. 调试与试验

故障件修复或更换元器件之后应加以调试，使整机各电声技术指标恢复至原机要求。然后在满负荷状态下对整机性能进行测试，并进行一定时间的疲劳实验，确保经过修理的机器能稳定可靠地工作。

7. 检修注意事项

在检修机械传动组件时，尽量不要把金属工具伸入带仓内，因为一旦不慎碰伤了主导轴或磁头表面，将会造成严重后果。主导轴的变形、划伤、开裂将会造成抖晃失真，且不易修复；磁头碰伤了，会造成灵敏度降低，声音发闷，且会磨损磁带。另外，在用螺钉旋具等工具接近磁头、主导轴时，经常会使磁头、主导轴带磁，使录放噪声增加。

四、相关案例分析

案例一 桑塔纳轿车音响磁带放音声音变调

故障现象：据用户称，该车音响收音正常，但用磁带放音时，放出的声音变调。

故障诊断与排除：导致磁带放音声音变调故障的原因有磁头磨损或电动机转速不对。对于磁头磨损，一般只有重换磁头才能使问题得到彻底解决。对于电动机转速不对，可先用无感螺钉旋具调节电动机上的转速调整螺钉，如果不能将带速调正常，则重换新的电动机。

经检查，发现故障系电动机内部绕组有轻微短路（电动机外壳略有发烫）引起的。重换一只同规格的电动机，故障排除。

维修小结：上述检修是在确认磁头表面无污垢的情况下进行的，磁头脏污也可能会导致放音变调，

案例二 捷达轿车出现绞带现象

故障现象：一辆捷达轿车，客户反映该车的收放机出现绞带现象。

故障诊断与排除：这辆捷达配置的收放机是BL—810型。BL—810型机器上使用的放音机械与日常见到的自动回转结构略有不同，从实际机械结构上能够看到，一般机械完成录音带运行和牵引是采用大、小传动带来进行的，而BL—810型机器放音机械却没有设置小传动带，是通过齿轮相互连动啮合带动卷带轮运转的。

由于汽车音响在使用中，放音多于收音，因此放音连动齿轮受力时间较长，连动负荷大、齿牙磨损机会多，可以说这台机器放音机械出现的故障是比较典型的故障实例。

在开机检查时发现，设在电动机轮上的主齿与连动齿轮的啮合位置已严重磨损，由于不能很好啮合，因此连动齿轮便失去跟随传动过程，这样就造成卷带轮失去牵引能力，这时大传动带如果运行正常录音带就会被缠绕在主导轴或压带轮上，由此出现这例"绞带"故障。

检修这种故障时只要对损坏电动机的主齿进行更换即可恢复机械正常使用，但在更换时往往会遇到这种现象，就是新更换的齿轮没用上几天时间会再次出现磨损现象，使故障频繁发生。针对这种不断损坏主齿的现象进行分析后认为，原机是使用一年多时间才发生

损坏，而现在新齿轮换上后只能用上几天，由此说明新齿轮在选材上存在一定问题。根据日常维修经验，发生这例故障时可不必更换损坏齿轮，因为一般情况下磨损齿轮基本以齿尖位置被磨掉比较常见，而齿轮根部还完好无损，因此只需用力按压电动机上主齿使其略向下移位，使之与连动齿轮能够啮合上，也就是把损坏齿轮的根部进行再利用，就可实现机械的正常使用。经日常维修验证，这种处理方法比换新齿轮要耐用得多。

案例三 长城赛铃轻型客货车 CD 机不读碟

故障现象：一辆 2003 款长城赛铃轻型客货车，因 CD 机不读碟而进厂检修。

故障诊断与排除：该车装备天津大宇 ACP—5010B 型单碟 CD 机。经过试机，发现将碟片放入主机后，主机不读碟。不仅如此，将主机置于收音状态，按下自动搜索（SCAN）键，看到屏幕能显示正常的电台频率，但是各扬声器却不出声，调节左右声道和音量，均无反应。在一般情况下，如果是 CD 机心出现故障，收音应该是正常的，该机既不读碟、又无收音，很可能是音频电路和 CD 机心同时出现故障。由此决定对主机进行拆检。

该机各扬声器在任何状态下都不出声，所以将主机从车上拆下后，先打开其后盖，对音频电路进行检查，结果发现功率放大器引脚有几处出现了虚焊，并且有一处印制电路板已经断裂，看来，扬声器无声的故障与此有关，于是将虚焊点和断裂的印制电路板进行焊接，然后调试，扬声器声音恢复正常。

接下来检查 CD 机心部分，根据平时的检修经验，不读碟的故障往往是由于光头过脏所致，所以决定对光头进行清洗。打开主机上盖，用棉签蘸上酒精后，轻轻地对光头进行擦拭，反复三四次后，将其装回并接上电源，放入碟片后试机，故障依旧。

会不会是光头损坏呢？为了进一步确定故障部位，连续进行了几次试验，发现碟片进入主机后只转动一下，随后便停止，通过观察，发现进入机心的碟片不能与光头很好的接触，似乎是因为某处发卡而使碟片不能到位。有了这一发现，进一步对机心进行分解，仔细地对驱动齿轮及其机构进行检查，结果在用手拨动进出碟驱动电动机齿轮来回转动时，发现齿轮的连动机构有一处因太脏而略有卡滞，见此情形，对发卡的齿轮连动机构清洗处理，装复后试机，CD 机恢复正常。

习 题

1. 单方向运转放音机械的结构和原理是什么？
2. 双方向自动回转放音机械的结构和原理是什么？
3. 汽车音响系统常用放音机械的检修过程有哪些？

第五章 汽车音响的解码及改装

任务一 汽车音响的解码

学习目标

1）了解汽车音响防盗功能的类型。
2）掌握汽车音响产生锁止的原因和汽车音响密码的获得途径。
3）了解典型汽车音响解码的方法。

一、任务分析

新款电控汽车的音响防盗系统都设置了密码，音响防盗系统一旦被激活，音响就不能正常使用，必须输入密码才能解锁。有的汽车，如 2000 款欧宝威达轿车的音响防盗系统允许输入 10 次错误的密码，从第 11 次起，音响将进入永久锁死状态，此时只能更换音响系统。因此，采取快捷的解锁方法，或者掌握密码并且正确地输入，是保证汽车音响系统正常使用和维修的基本条件。本任务将重点讲解汽车音响解码方法和典型轿车的解码方法。

二、相关知识

1. 汽车音响防盗功能的类型

汽车音响防盗功能的类型归纳起来主要有三类。

（1）音响随身带防盗 这类汽车音响在设计时，将主机设置为可移动方式，用户离开汽车时可将音响随身带走，以防被盗，其典型结构如图 5-1 所示。

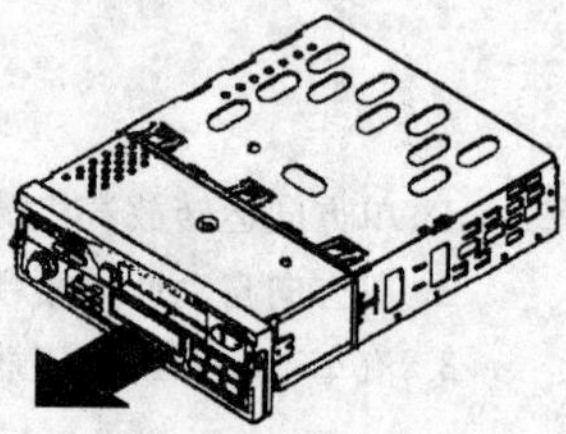

（2）不可拆卸式防盗 这种防盗方式是在上述防盗类型的基础上改进而来的，也属于机械式锁紧防盗方式，它将可拆移走方式改变为不可拆卸锁紧装置方式。这种汽车音响一旦被盗，其主机部分将因强行拆卸可能损坏，它通常是利用电磁铁及其他机械锁定装置来实现防盗功能的。

图 5-1 随身带防盗系统
结构示意图

（3）密码式防盗 这是一种电子防盗方式。它是通过音响面板上的按键给汽车音响输入一定的数据（所谓的设定密码）后来实现防盗的。当驾驶人设定密码并进入防盗状态后，音响系统必须输入驾驶人设定的密码，否则不能工作。这种防盗方式的音响系统可较容易地拆下，但密码不正确时，音响系统不工作。

2. 音响防盗功能的判断及锁止

（1）音响是否具有防盗功能的判断 如果在音响面板上或后车门三角窗等处发现如下标志：ANTI‐THEFT、CODE、SECU‐RITY，则说明该车音响具有防盗功能。

（2）如何避免无意中锁止音响

1）在进行维修时，若不知道音响密码，千万不要断开蓄电池的电源线。

2）在更换蓄电池时，必须先并接一新的蓄电池后再拆旧的蓄电池，拆下电动机或变速器时，也必须采取一定的措施保证维修中途音响不会断电。

3）不要误拔音响熔断器。有些车系的音响和发动机 ECU 清除故障码共用一个熔断器，如本田轿车，故须特别注意不要随意断开该熔断器。

4）锁车时应断开所有的用电器，以防止蓄电池因完全放电而导致音响被锁止（即自动锁死）。

5）一般而言，音响断电后，由于其内有一只容量较大的电容，因此只有在这只大容量电容放完电后，才会使音响锁止。例如道奇子弹头上的音响，断电 1h 以后才会锁止。

（3）音响锁止时的显示　若音响面板上的液晶显示屏上显示"CODE"或"……"等符号，则表示音响已被锁止，需要解码，即需要输入正确的密码进行解码后，才能恢复正常的使用。

3. 汽车音响产生锁止的原因

汽车音响如果具有防盗功能，它通常是在说明书，或主机、电路原理图等上标注有"ANTI – THEFT – SYSTEM"（防盗系统）等标志。轿车在使用和维修过程中，如果发生以下情况，具有防盗功能的汽车音响就会锁止。

1）拆下蓄电池的电缆线后，主机断电后未能及时提供存储保持电源。

2）蓄电池严重亏电，不能维持汽车音响的存储保持电源电压。

3）音响的电源熔断器因故熔断或拔下了音响熔断器。

4）音响电源线路有断线处，使音响无存储保持电压。

5）拔下了音响电源插头等。

目前，在国内行驶的 2.0L 以上排量的轿车中，有大约 60% 的音响系统属于原装防盗音响，这些音响系统一旦锁死，除非由车主输入正确的密码，否则将永远不能使用。这样，一台身价几千元甚至上万元的音响，就会仅能闪烁"CODE"或"SEC"等字样，而不能发出半点声音。

4. 汽车音响密码的获取途径

汽车音响密码的获取方法较多，归纳起来主要有两种方法。

（1）在原车上查找　用户在购买新车时，要注意夹在音响使用手册中的密码卡。有些车型的密码还可以在以下几个地方找到。

1）音响机壳上面的某一部位。

2）点烟器盒背面的某一地方。

3）杂物箱内或其背面的某一位置上。

4）驾驶人侧车门上的某一部位。

5）行李箱 CD 机的机壳上的某一位置。

6）发动机控制系统 ECU 背面的某一部位。

（2）用读码器读取　现代汽车音响防盗密码存储集成电路一般采用 EEPROM，并以串行形式连接在电路中，其中以 24C 系列和 93C 系列存储集成电路在汽车音响上应用较多。如果不小心丢失了密码，就必须使用数据编程器来读出音响里面 EEPROM 原来的密码数据，加以换算，得到正确的密码。

市场上已经有多种款式的成品数据编程器，但价位普遍偏高。实际上也可以按图 5-2 及图 5-3 所示，自己动手制作一个简单的编程器在电脑上使用，利用个人电脑的强大运算能力可以很方便地读、写和修改这些密码的数据。

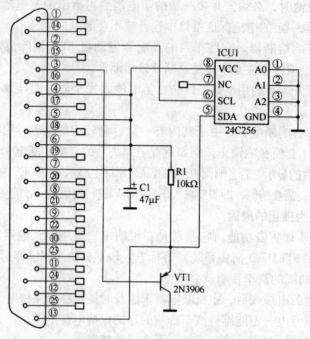

图 5-2　24C 系列读码器接口电路

图 5-2 所示为 24C 系列读码器的接口电路，图 5-3 所示为 93C 系列读码器的接口电路。它们均可与电脑打印口相连接，且电路比较简单，无需外部电源，制作使用也极其方便，稍有动手能力的人都可以轻松制作成功。

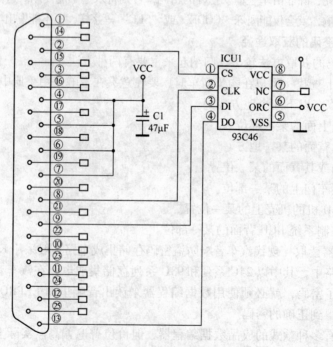

图 5-3　93C 系列读码器接口电路

1）先在网上找到读写 24C 系列和 93C 系列的两个小软件，并将软件下载后解压在硬盘中，直接在 Windows 操作系统下运行。其界面如下：

Type	选择器件类型；
Read	读出器件内容；
Auto	自动擦除、空白检查、编程、校验及加密；
Blandcheck	空白检查；
Erase	擦除器件；
Program	编程器件；
Verify	校验器件；
Lockbit	（无）；
Load	将磁盘文件调入缓冲区；
Save	将缓冲区存入磁盘；
Edit	编辑缓冲区；
Clearmemory	清除缓冲区；
UnLock	（无）；
About	显示当前版本；
Quit	退出至 DOS。

2）插好集成电路后，先选择芯片的型号（选择错误将造成数据读错），然后运行程序读取密码。

5. 汽车音响锁止后常用的解码方法

所谓音响解码，是指音响的防盗功能将音响锁住后，使音响恢复使用功能的操作方法。

（1）已知音响密码的解码　在已知音响密码的情况下，输入正确的密码，即可解码。其输入方式有两种：顺序输入和逐位输入。

1）顺序输入。如密码为 3456，则按音响面板上的 3、4、5、6 键（通常多为选台预置按键）就可完成。该方法适用于宝马、奥迪 A6、本田等系列车型的音响。

2）逐位输入。如密码为 3456，则按音响面板上的选台预置键，1 键 3 次，2 键 4 次，3 键 5 次，4 键 6 次就可完成。这种方法适用于沃尔沃、萨博、道奇子弹头等系列车型的音响。

如果输入的密码不正确，音响将出现蜂鸣声，或液晶显示屏上出现"SAFE"字样。这时，需耐心等待 1h 后方可重新输入密码。

如果多次输入了错误的密码，则需要等待更长时间方可重新输入密码，甚至有可能将音响永久锁住。

（2）用通用码解码　在不知道本机密码的情况下，可以输入该系列音响的通用码进行解码。

1）宝马系列车型的阿尔派音响的通用密码为：62463 或 22222。

2）起亚系列车型音响的通用密码为：12345 或 6263。

3）沃尔沃系列车型音响的通用密码为：3111 或 3113。

4）本田系列车型音响的通用密码为：3443。

需要说明的是，采用通用码解码的方法只能用一次，如以前已经使用过一次，则不能再使用。

（3）无密码的解码方法　如不知道本机的密码，且通用码也无法解码时，就需要用逻辑分析仪或者专用音响解码器解码。

1）从中央仪表台上拆出音响机身，把线拔下。

2）打开音响机身上盖，拆下磁带仓，露出底层的主电路板。

3）仔细检查主电路板，必要时打开机身下盖，寻找如下几种型号的集成电路：93CA6、85C82、24C81A、4558 等。

这些集成电路都是 1KB 的可擦写存储器，音响在出厂时已将密码写入了这些存储器之中，其中的内容是可以调出和重新写入的。可以使用专用的拆装集成电路的热风枪拆下这些存储器，把它们插在专用插座上，用逻辑分析仪或者专用音响解码器调出存在某些特殊地址字节的内容，即密码，也可以改动密码。最后，再用热风枪将这些存储集成电路重新焊接在主电路板上，按照所调出的密码在音响面板上重新输入，就可以将音响解锁。

这些密码存储器集成电路在接收到正确的密码后，向主 CPU 输入一个指令，令主 CPU 启动引导程序，音响就可以正常工作了。

4）如没有专用的逻辑分析仪或音响解码器，对于本田雅阁等车型，也可将密码集成电路 93C46 拆下来，即可永久解锁，由此也可使音响恢复使用。

6. 典型汽车音响解码方法

（1）福特车系音响解码　福特汽车装有音响防盗系统，如果更换蓄电池或由于其他原因断开电路，则汽车音响将会锁止而不工作。欲使音响恢复工作，可按下面方法解码。

1）通用码解码方法。

① 音响解码方法。

a. 首先要获得音响密码。用钥匙打开杂物箱，找到一张印有"KEY CODE"和 4 位数字的不干胶贴，这 4 位数字即为音响密码。

b. 打开点火开关，按音响 POWER（电源）键，显示屏上显示 4 条短横线并不断闪烁，表示密码的 4 位数字的位置，如不显示，则按一下 SELECT（选择）键。

c. 开始输入密码，音响预置键一般有 6 个，键上分别标有数字 1～6，其中 1～4 键用来输入密码。预置键 1 用来输入密码的第 1 位数字，即该位数字是多少，就连续按此键几次。例如密码为 1398，则按 1 键 1 次，然后按 2 键 3 次，再按 3 键 9 次，最后按 4 键 8 次。

d. 此时显示屏上 4 条短横线已变成刚才输入的 4 位数字，再按 SELECT 键，音响立即开始工作。

② 说明。

a. 对于某些机型，若在按键过程中间隔超过 5min 或同时按下两个键，则音响自动中断输入功能，此时必须关掉点火开关，然后再将点火开关置于 ACC 位置，重新按音响 POWER 键，打开音响电源，输入正确的密码。

b. 如果输入密码有误，则显示屏显示"WAIT 30m（等待 30min）"，此时必须将点火开关保持在 ACC 位置，约 30min 后显示屏再次显示闪烁的短横线，此时方可按上述方法输入正确的密码。

c. 此音响仅接受 10 次错误密码，若超过 10 次，则出现永久性锁止现象，即所谓

"LOCK OUT"，此时必须由福特公司重新设定程序，方可输入密码。

2）典型解码方法。对于福特野马选装的 MS51703 型和 MS56807 型音响，1996 年后林肯车上安装的 MS51703 型音响，这两种机型只是在控制面板有些区别，其他都相同，它们的音响密码存储在 EPROM 中。两种机型的原机芯片型号都是 93C46，代用芯片型号为 LC46。

3）编程器解码方法。

① 机型：江铃全顺 18K876。

② 芯片型号：24C01。

③ 密码：8104。

④ 密码存储位置为 000A、000B（直接显示密码）。

（2）通用车系音响解码在通用汽车公司销售到中国的车型中，对于凯迪拉克康克、1998 款庞蒂克子弹头和雪佛兰子弹头来说，它们选装的防盗音响都是 AC-DELCO（AC-德尔科）公司生产的音响，音响密码存储在单片机 ROM 内。断电时音响锁止，锁止后显示屏显示"LOC"。

1）音响解码方法。

① 将点火开关转到 ACC 位置或 RUN 位置。

② 按 PWR 键，打开收音机电源。

③ 同时按 1 和 4 键，直到显示屏显示"------"至少 5s，开始输入 6 位数密码。

④ 按下设定键（SET 键），显示屏上将显示"000"。

⑤ 按下 SEEK（自动搜索）键，直至显示屏显示密码第 1 位数字（0~9），如数字 5。

⑥ 按下 SCAN（搜索）键，输入密码第 2、3 位数（0~99），如数字 18。

⑦ 按下 AM/FM（调频/调幅）键，将密码的前 3 位设定，显示屏上显示"000"。

⑧ 再按下 SEEK 键，输入密码的第 4 位数（0~9），如数字 8。

⑨ 再按下 SCAN 键，输入密码的后两位数（0~99），如数字 88。

⑩ 再按下调频/调幅（AM/FM）键，将密码的后 3 位数设定。此时显示屏上会显示时钟，音响恢复工作。

注意：如果连续 3 次输入错误密码，则显示屏上会显示"INOP"，这时须接通电源和点火系统，使其工作 1h（即起动发动机并打开音响 1h），才能转为 LOC 状态。

2）删除旧密码的方法。

① 确定音响处于开锁状态，即显示屏上显示时钟。

② 同时按下 PREV 键和 FF 键约 4s，直至显示屏上显示"SEC"。

③ 4s 后显示屏上的显示变为"------"，说明音响防盗功能已被解除，密码已被删除。

3）输入新密码的方法。

① 确定音响系统处于开锁状态。

② 同时按下 PREV 键和 FF 键约 4s，直至显示屏上显示"------"。

③ 如果显示屏上的显示变为"SEC"，则说明防盗系统及旧密码还在起作用。应先删除旧密码，然后再输入新密码。新密码的设定方式可重复解码步骤②~⑦。

④ 按下 AM/FM 键，将新密码后 3 位设定，显示屏上显示"VEP"。

⑤ 当显示屏上的显示由"VEP"变为"000"时，再重复步骤③~④，再输入新密码

1次。第2次正确输入密码后，显示屏上应显示"SEC"，接着显示时钟，这说明新密码已设定成功，防盗系统开始起作用。

4）调取本机码的方法。如果音响锁止，而用户密码又丢失，则可以查找生产厂的备用码来开锁。要想查找备用码，必须先调出本机码。本机码的调出方法如下所述。

① 同时按下预置键 NEXT 键和 PEV 键约8s，屏幕上会显示本机码的前3位数，例如123，请记下。

② 再按下 AM/FM 键，屏幕上会显示本机码的后3位数，如456，请记下。

③ 获得本机码后，再通过代理商获取该车的授权码（6位数），然后打电话到美国或加拿大的德尔科公司。该公司的计算机会提示你用按键式电话输入代理商的授权码，然后又提示你再输入你的本机码。如果授权码和本机码都与德尔科公司计算机的存储数据吻合，则计算机立刻响应并调出工厂备用码。

注意：计算机发给你的备用码一般是两组。若第1组不能将音响解开，则使用第2组。有的第2组备用码可能全部为0。输入备用码步骤可按解码方法操作。

5）通用 DELCO—LOC II 音响的万能原始码。

① 第一组：642 185。

② 第二组：365 272。

（3）本田车系音响解码　为了防止音响被盗，本田和讴歌轿车设置了音响防盗码，一旦音响电源（包括蓄电池或 BACK-UP 熔丝）断开，只有输入随车所附的音响密码才能使音响恢复正常。在音响的液晶板上有 ANTI THEFT（防盗）的字样，液晶板下方还有一个红色指示灯（不停地闪烁），表示该音响具有防盗功能。

1）通用码解码方法。

① 输入密码解码法。当本田轿车音响面板显示屏上显示"CODE"字样时，表示音响系统已经锁止，须输入该车音响密码。该车型的音响密码一般存放在两个地方，即发动机 ECU 背面及烟灰盒上。

雅阁、思域、奥德赛和序曲的音响密码一般是5位数（由数字1~6组成），但某些新款雅阁车型的音响密码是4位数。利用收音机上的6个台位键解码，从密码的第一位数开始输入（按压对应的台位键），当依次正确输完最后一位数时，音响就会自动打开。如果输错，则需等待1h后再输入。

本田轿车音响只允许3次试输密码。若输入正确，则在输入第5位（最后一位）数后会出现"嘀嘀"的响声。若3次输入皆错，则音响不发出"嘀嘀"的响声。此时，只有清除音响记忆后，才能继续输入密码。

准确快速清除音响记忆的方法是拆下其与蓄电池相连的两条线，并互相接触5s（某些型号的音响有电容，可保持记忆10min以上，因此不能使用这种方式）。

清除音响记忆后，可再次输入音响密码。当输错某位数字时，只能继续输完其他位数字，然后下一次再重新输入正确的密码。如果按上述方法操作，音响仍不接受随车所附的密码时，可根据该车的销售号、车辆标志号、音响证号和系列号向特约维修站或代理处查询。

② 输入通用码解码法。

方法一。当第一次断电后恢复供电时，音响处于半锁止状态。在没有输入任何不正确的密码时，可输入 1 个通用码 34 ~ 43，即可开机（但不能获知原密码）。

方法二。本田轿车音响在断开电源后有 3 次输入密码的机会，其音响密码为 5 位数（由数字 1 ~ 6 组成），总计有 $6^5 = 7776$ 种组合，可设计一个装置（变码器），让它由 111111 开始，依次试探原车密码。此方法成本不高，也可用手工的方法输入，但所费时间较多（即要输入 7776 次），约需 3 天左右时间。本方法的优点是解码后可保持原密码。

方法三。本田讴歌（包括 INTEGRA、LEGEND）轿车的音响密码是 4 位数（由数字 1 ~ 6组成），总共有 $6^4 = 1296$ 种组合。建议用人工的方法从 1111 开始输入，至 6666 结束，应能较快地找到原密码。

2）万能解码方法。

① 断开 IC 芯片接脚的解码方法。

对于 1997 年以后的车型，从集成电路板上断开防盗芯片（防盗集成块 IC602）的 7 号和 8 号引脚，如图 5-4 所示。注意：7 号和 8 号引脚不能相碰。

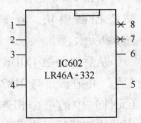

图 5-4　断开防盗芯片 7 号和 8 号引脚

对于 1996 年以前的车型采用如下所述方法。

a. 取下收音机总成，揭开上盖。

b. 拧下 4 个磁带走带机心总成的支架螺钉，拔下两排插头，取出磁带走带机心总成，露出主印制电路板。

c. 在主印制电路板下右下端收音机 CPU 的下方，有一个 8 脚贴片式集成块，该集成块电路板的型号为 IC602，这就是防盗集成块（其上写有音响密码），它控制着收音机 CPU 的工作，如图 5-5 所示。

d. 按图 5-5 所示断开 IC602 的第 3 个引脚，就可达到解码的目的。此时，收音机除不具备防盗功能外，其他功能与以前一样。

注意：这种解码方式在关闭点火开关后，音响面板上的红色 ANTI THEFT 灯仍然闪烁。

图 5-5　断开防盗集成块 3 号引脚

对于本田 1107、1108、1109 型音响，采用下述方法解码。

a. 防盗芯片的位置。本田 1107、1108、1109 型音响的防盗芯片采用贴脚封装，位于 CPU 旁边。

b. 解码方法。

方法一。更换相同型号的防盗芯片，输入新芯片密码，即可解码。

方法二。切断芯片电流（即 8 号引脚）即可以解码，但以后音响无密码，如图 5-6 所示。

方法三。将防盗芯片取消就可以解码，但从此以后音响无密码。

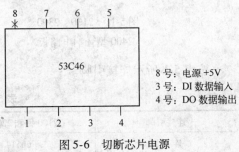

8 号：电源 +5V
3 号：DI 数据输入
4 号：DO 数据输出

图 5-6　切断芯片电源

方法四。打开机身，在电路板上找到代号为 L46 或 D736 的元件并将其去掉。

方法五。切断芯片信号输入和输出引脚（即3号和4号引脚），就可以解码，但此后音响无密码，如图 5-7 所示。

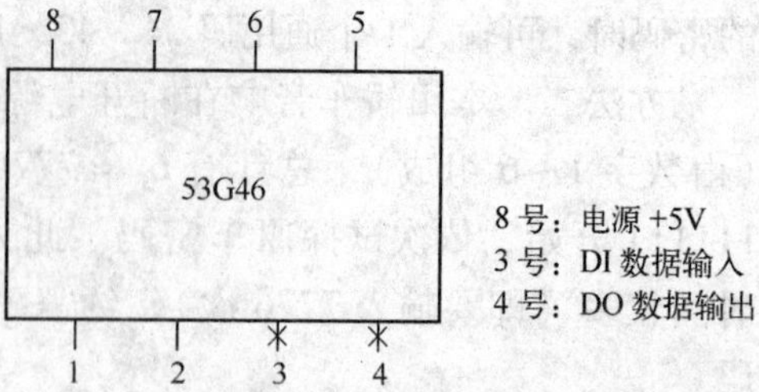

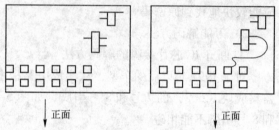

8号：电源 +5V
3号：DI 数据输入
4号：DO 数据输出

图 5-7　切断芯片信号输入和输出引脚

本田思域 2503 型音响（阿尔派）的解码方法：

将音响底盖打开，观察其电路板。如图 5-8 所示，连一条线即可解码，但此后音响无密码。

本田 2200 型音响解码方法：打开音响防盗控制模块，观察底面电路板，如图 5-9 所示。

从后向前数 CODE 旁的黑点，找到第 3 点，并把该点与 2187（元件）或 CB102（元件）中的一个相连，如图 5-10 所示。用此法解开后音响无防盗功能。

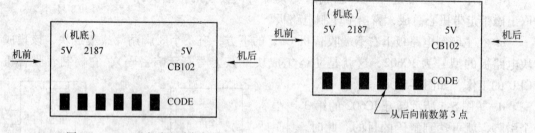

正面　　　　　　　　　　正面

图 5-8　思域 2503 型音响解码方法

图 5-9　2200 型音响电路板

图 5-10　2200 型音响解码方法

从后向前数第 3 点

2100、2300、2400 型音响解码方法：打开音响背盖，观察电路板，如图 5-11 所示。将烙铁加热（烙铁功率不应超过 30W），把所有连接焊点全部断开，如图 5-12 所示。

图 5-11　2100、2300、
2400 型音响电路板

图 5-12　断开所有焊点

按表 5-1 所示连接引脚。

表 5-1　通用码表

连接引脚	2100 型和 2200 型	2300 型和 2400 型
连 3456	66514	27287

（续）

连接引脚	2100 型和 2200 型	2300 型和 2400 型
连 3	71821	77783
连 6	77783	71821
连 2456	27287	66514

例如：接上断点 3，接上断点 4，接上断点 5，接上断点 6，如图 5-13 所示，这样就得出一个密码 66514，接上本机电源，输入 66514，即可开机。

2500 型音响解码方法：将电路 ANT 处的 AV/T1 断开即可解码，但此后音响无密码。

本田里程 1102 型音响（乐声）解码方法：断开离 CPU 最近的 MT 引脚即可解码，但此后音响无密码，如图 5-14 所示。

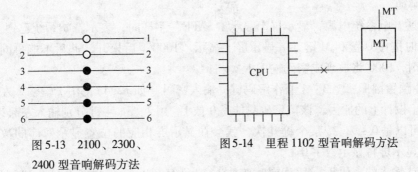

图 5-13　2100、2300、
2400 型音响解码方法

图 5-14　里程 1102 型音响解码方法

② 防止音响锁码的方法。对于本田轿车，一般可以用拔出发动机舱内 BACK – UP 熔丝（7.5A）10s 以上的方法清除故障码，但对于 1996 款本田轿车，利用此方法清除故障码时，音响将锁止，对于此类车型可以用以下两种方法防止音响锁码。

方法一。在音响电源线上另外接 12V 电源，从而保证在拔出 BACK – UP 熔丝后，音响能够继续有电。

方法二。关闭点火开关后，再拔掉发动机电脑插接器 10s 以上。

③ 重写控制音响的 IC 芯片的数据方法。找一个密码已知的本田音响，用仪器读出记忆密码 IC 芯片中的数据，再用仪器写在一块型号相同的空白 EEPROM 上。当音响锁止时，可将此 IC 芯片换上。这种方法的优点是更换速度快，并且音响仍保持防盗功能。

3）编程器解码方法。

① 机型：本田 1102。

② 芯片：93C06

③ 密码：12345

00000000H	FF	FF	32	1C	00	54	FF	FF	FF	FF	FF	FF	FF	FF	FF	FF
00000010H	FF	FF	FF	FF	FF	FF	FF	FF	FF	FF	FF	FF	FF	FF	FF	FF

（4）大众奥迪车系音响解码

1）通用码解码方法。

奥迪 100 2.6E 轿车音响解码方法：奥迪 100 2.6E 型轿车安装的 Gamma 音响具有防盗功能，它可输入 4 位密码。收放机一旦被盗，如果电源中断过，再接通电源时收放机会自动锁止。

① 获取本机密码方法。

a. 从密码卡上读取。本机 4 位数密码可从密码卡上获得，奥迪车密码卡最初贴在行李箱内，用户购买新车后应将密码卡片取出并妥善保存。维修汽车时，在不知道音响密码的情况下，千万不要断开蓄电池电源或拔下收放机电源插头。

b. 从德国本部查询。如果密码丢失，可将收放机出厂编号告诉奥迪汽车公司中国办事处，向德国本部查询该收放机的密码。

② 输入密码方法。如果收放机锁止，应首先找出厂家设置的收放机密码，按照下述方法进行解码。

a. 接通音响系统电源，显示屏上显示"SAFE"字样时，表示音响系统已锁止。

b. 同时按住 U 键和 M 键，等显示屏上显示"1000"后松开，此后不能再同时按这两个键，否则，1000 将被当成密码输入 1 次。

c. 4 个预置键 1、2、3、4 兼作解码键，输入密码（如 1234），用 1 键输入左起第 1 位密码，由于设计上的原因，该位密码只能是 0 或 1。用 2、3、4 键分别输入左起第 2、3、4 位密码，可以是 0~9，按某个键几次，就会在显示屏相应的位置显示对应的数字，按第 10 次时，显示屏将显示数字 0。

d. 确认输入的密码无误后，同时按住 U 键和 M 键，待显示屏上显示"SAFE"后松开，稍等片刻，显示屏会自动显示 1 个电台频率，此时收放机已被解锁。

注意：如果输入的密码是错误的，则放开 U 键和 M 键后，显示屏上的"SAFE"字样仍不消失，这时可再输入密码。如果连续两次输入错误，这时应打开点火开关和收放机，等待 1h 后才能输入密码。

③ 跨接解码（图 5-15）。

a. 打开收音机上盖，拆下机心，找到一块如图 5-15 所示的芯片（芯片大概位于底板中下方）。该芯片引脚为正四方排列。

b. 找一个试灯笔，一端接地，一端搭着上排引脚的中间一脚，即第七脚，打开音响电源总开关，屏幕会显示一个电台频率，这时拿开试灯笔，完成解码。

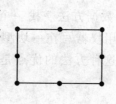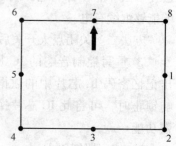

图 5-15　跨接解码

1996 款奥迪 A6 轿车音响的解码方法：如果 1996 款奥迪 A6 轿车音响锁止，则可按下面的方法进行解码。

① 输入本机密码解码。

a. 打开收音机，显示屏上显示"SAFE"，表示音响已锁止。

b. 同时按下 AM/FM 键和 SCAN 键，待显示屏上显示"1000"时方可松开。注意：按这两个键的时间不能太长，也不能按两次，否则 1000 将被作为密码输入。

c. 使用前4个预置键（1、2、3、4）输入密码，用1键输入千位码，用2键输入百位码，用3键输入十位码，用4键输入个位码。密码是几就按相应的预置按键几次。例如密码1478输入方式为：按1键1次，按2键4次，按3键7次，按4键8次。显示屏上应显示与输入相对应的密码数字。

正确输入密码后，再同时按下 AM/FM 键和 SCAN 按键，直到显示屏显示"SAFE"。

松开 AM/FM 键和 SCAN 键，稍后显示屏上应显示收音机频率，表示音响已被解开，可以正常工作。

如果连续两次输入错误的密码，则音响会锁止。出现这种情况时，可将音响打开约1h，再按以上步骤进行操作。

② 拆装蓄电池线解码。对于奥迪 A6、奥迪 100 轿车的音响，拆下蓄电池线，将点火开关置于 ON 位置，把收音机电源开关打开，接上蓄电池线，则可解码。

2）万能解码方法。

① 奥迪轿车音响。部分新款奥迪轿车采用奥迪原装音响，须采用加装元器件的解码方法，具体说明如下。

a. 加装元器件，如图 5-16 所示。

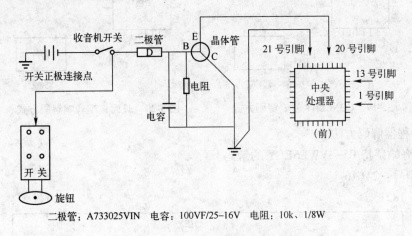

二极管：A733025VIN　电容：100VF/25-16V　电阻：10k、1/8W

图 5-16　加装元器件解码

b. 外接电源，将正极与机身左后方接线盒内，面对接线盒下排最右边往上数第二个接线柱相连，负极与机身相连。

c. 接通电源后，等1~2min 再打开收音机开关，即可开机。若打开收音机开关的时间过早，则会出现锁机现象（SAFE），此时把机器关掉，等待2min，再重新打开电源开关，即可开机（即显示频率数字）。

② 奥迪 BOSE Gamma 系列音响。把唱带机拆开，将 CPU 20 号引脚直接接地（图5-17），同时接通电源开机，可立刻解开密码。此时要拿开20号引脚的接地线，同时断开电源，则音响又会锁止。

③ 真迪乐声音响。更换防盗芯片93C46，输入新芯片的密码，即可开机，如图5-18所示。

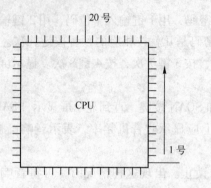

图 5-17　BOSE 音响解码方法

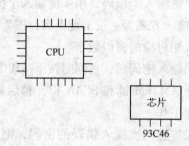

图 5-18　真迪乐声音响解码方法

④1998 款奥迪 A6 CONCERT 音响。更换防盗芯片85C82，输入新芯片的密码，即可开机，如图 5-19 所示。

⑤ 奥迪长面板型音响。更换防盗芯片85C92，输入新芯片的密码，即可解开密码，如图 5-20 所示。

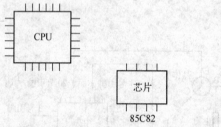

图5-19　CONCERT 音响解码方式

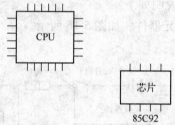

图 5-20　长面板型音响解码方式

3）编程器解码方法。

① 上海帕萨特 B5—VWE6ECY 的解码。

芯片型号：24C16。

密码：1821。

地址	HEX															
00000000H	19	32	00	46	00	00	00	00	00	00	00	00	00	00	00
00000010H	00	00	00	00	00	21	18	5D	0C	72	00	00	01	00	00
00000020H	00	6F	D1	00	3C	50	BC	00	3C	1C	25	31	3B	FF	FF	FF
00000030H	00	01	00	00	01	05	3F	FF	06	06	FF	04	09	09	09
00000040H	09	09	09	09	0A	09	09	09	01	09	09	01	16	13	00	00
00000050H	01	01	02	02	03	03	04	04	05	05	06	06	07	07	08
00000060H	08	00	01	02	02	03	03	04	04	05	05	06	06	07	08
00000070H	08	09	09	0A	0A	00	0A	00	00	03	00	00	01	FF	FF	FF
00000080H	FF	FF	FF	03	01	18	FF	FF	FF	96	60	03	03	03	06	20
00000090H	88	15	00	03	18	04	0C	74	78	02	A0	AA	00	22	2E	03
000000A0H	FF	01	23	8C	03	FF	02	25	1C	03	FF	03	25	E4	03	FF
000000B0H	04	27	9C	03	FF	05	29	7C	03	FF	06	29	F4	03	FF	07

② 一汽奥迪 A6 音响的解码。

芯片型号：CQ—LA1930K。

存储器：C56 或 S2200。

密码 1234。

CQ—LA1930K 的开关设计比较独特，开关音量旋键设置在主机中间。按下为关机，这时旋键与主机面板持平。再按一下，旋键往外弹出，则为开机。该机锁止时显示"SAFE"，同时按 FM 键和 MONO 键 5s，显示"1000"时输入密码。密码只能是 0000 ~ 1999，即第一位只能是 1 或 0。面板上的 1、2、3、4 键分别用来输入密码的千、百、十、个位数值，输入完成后同时按 FM 键和 MONO 键 3s。若连续错误输入密码两次，则主机进入等待状态，须等待 2h 才能再次输入密码。

在密码遗失时，可用编程器读取 EPROM 内的原始密码。拆开音响，焊下贴片 S220 或 C56，把其放在编程器上读取。

地址	HEX															
00000000	00	00	34	12	03	00	FF	FF—07	07	00	00	05	05	03	03
00000010	01	03	03	01	00	00	00	47—00	00	00	57	00	00	00	63
00000020	00	00	00	6E	00	00	00	76—00	00	00	98	00	00	00	3D
00000030	00	00	00	57	00	00	00	60—00	00	00	7F	00	00	00	31
00000040	00	00	00	12	00	00	00	A3—00	00	00	00	00	00	00	7F
00000050	00	00	00	00	00	00	00	00—00	00	00	00	00	00	00	00
00000060	00	00	00	00	00	00	00	00—00	00	00	00	00	00	00	00
00000070	00	00	00	12	00	00	00	A3—00	00	00	00	3F	43	58	00
00000080	65	32	7A	85	78	60	0F	4A—20	50	0A	1B	05	C0	78	04
00000090	14	20	FF	FF	00	00	00	00—00	00	00	00	00	00	00	31
000000A0	00	24	00	12	00	88	00	00—00	00	00	07	00	02	00	00
000000B0	CF	00	FF	FF	FF	FF	FF	FF—FF	FF	43	34	30	30	35	33
000000C0	38	31	20	36	FF	FF	FF	FF—FF	FF	FF	FF	FF	FF	FF	FF
000000D0	FF	FF	FF	FF	FF	FF	FF	FF—FF	FF	FF	FF	FF	FF	FF	FF
000000E0	FF	FF	FF	FF	FF	FF	FF	FF—FF	FF	FF	FF	FF	FF	FF	FF
000000F0	FF	FF	FF	FF	FF	FF	FF	FF—FF	FF	FF	FF	FF	FF	FF	FF

地址：00000000H　　　　　　缓冲区范围：00000000H ~ 0000000HH

由上可见，音响密码位于 003 和 004 处。此机 003 处为 34，004 处为 12，34 和 12 换位变成 1234，用此密码即可开机。

任务二　汽车音响的改装

 **学习目标**

1）了解汽车音响改装的分类。

2）了解汽车音响器材的选择。

3）掌握汽车音响改装的布线。

一、任务分析

一位车主在一家大的洗车美容店改装了音响，在原车主机基础上加装了先锋功放和扬声器。改装后发现音响有杂音，音量开不大，而且打开空调后音响就无声。对音响线路进行检查，发现电源接到空调电源线上了。打开空调后功率增大，加之音响需要供电，所以电流不够造成音响停顿。这种接法使得线路上电流过大，很容易烧毁线路。另外，原来使用的电源线比较细，电流大时不能供给功放足够的电流，而且加装的扬声器的相位也是错误的。根据这些缺陷进行了正确的改进，改过后音量开大不失真，底气十足，层次分明。

根据以上案例可知，汽车音响改装要考虑汽车使用环境、线路复杂、干扰源多，以及线材的选用等众多因素，所以安装技术及工艺非常重要。本任务主要介绍汽车音响改装的分类、布线以及音响器材的选择。

二、相关知识

汽车音响改装多数是因为早期购买的轿车由于内部配套设施不完备而提出更改要求的，它实质上就是在原车音响的基础上增加新型设备。大致分为以下几种改装情况：音响效果不好，要求更换扬声器；主机功能少，要求改装 DVD 机；音响效果缺少动感，要求增加功放及重低音系统；特殊情况还会遇到增加行车导航、蓝牙电话等设备。

由于改装音响需要对车内原有布局进行改动，因此根据改装要求不同，工作量也不同。如果仅更换扬声器，那么很简单就可完成改装过程。而要求更换主机或者加装功放及重低音系统，这种情况工作量就比较大。不仅需要在车内增加一些设备，同时还要占用一定的空间，付出一定的代价和时间。改装得好坏需要正规部门来检查。

1. 汽车音响改装的分类

一般来讲，汽车音响改装可分为展示用、比赛用、实用型。

（1）展示车　这种车辆是厂家或代理商用来做广告和宣传的，改装时将好的产品器材基本上都安装上去，音响系统做得很大，造型夸张，有许多功放和扬声器。这类音响无声场和定位感，也不讲什么音质，主要是用来展示产品，而不能用来欣赏音乐。

（2）比赛车　这类车辆可以分为两大类。第一类，是作为声压比赛的比赛用车，如dB Drag，目的是比谁的声音大。这种车在改装音响时，只考虑功率、电源等，根本不考虑音质，也不考虑做工装饰的好坏。第二类，是用来比音质和声压的，如 IASCA（国际汽车音响竞赛协会）组织的比赛。这种比赛比较严格，对声场定位、频率响应、音质、做工、声压都有评分标准。这种改装成本非常昂贵，所以一般不适合平常欣赏音乐所做的改装。

（3）实用车　这是通常我们所指的，也是适合于普通车主进行改装的车辆。它从音质到价位适合平时使用，性价比高，而且可以根据自己的听音水准和经济能力，来选择不同的配置，以达到想要的效果。这类改装，从欣赏音乐的类型上又分为两大类：第一类为音质型，是以听古典乐、交响乐、轻音乐等为主，要求音色纯正、保真度高、还原效果好；第二类为劲量型，即炸机型，是以听迪斯科、摇滚等为主，只追求极大音量，对音质要求不高。

2. 选择器材

（1）选择更换扬声器　如果遇到更换扬声器这种情况，应询问车主具体喜欢什么乐曲，然后按照车主的爱好选择适当的扬声器。例如，英国产扬声器轻音乐感比较好，突出细腻圆润，播放小提琴曲、萨克斯曲会给驾车者以匀速运动的感觉，这种扬声器振动盆主要由纸质材料制成，音质柔和，空感特别好。美国产扬声器突出摇滚乐，动感强烈，行车时会给驾车者以烦躁感，但歇车时听乐曲别有一番风味，这种扬声器振动盆材质以合金属、玻璃纤维、碳纤维制成，音质强劲，富有力度。德国产扬声器主要听普通歌曲、视频，它的声感比较好，音质平和、自然，给驾车者以随意的感受，这种扬声器材质与英国扬声器材质相同。至于其他振动纸盆，如布质和丝质的纸盆音质也不错，能够体现出柔和明亮的声音效果，而重低音振动盆多数是松压膜制成，声音突出深沉厚实。

综上所述，选择扬声器应根据个人喜好来定，同时也能从中表现出一个人的性格。例如，性格温和的人可选英国和德国产扬声器。性格好胜，在任何场合愿意突出自己的人可选择美国产扬声器。

另外，由于扬声器受到安装位置的限制，前后边门安装位置狭小，通常选用的扬声器尺寸基本为 5.1 ~ 6.5in，而其他如 10in、12in、15in、18in 的扬声器多用于行李箱，同时加装重低音系统。在选择扬声器时，可根据更换要求分别选择边门位置扬声器。如果加装低音功放时，可考虑选择超大型扬声器，根据安装位置选择不同的尺寸。

（2）选择更换音响主机　现在市面上的主机类型大致分为两种，一种是不带内置功放的主机，俗称"哑机"，这样的主机信号传输较强，音质还原较好，但必须要加装功放才能使用。这类主机的价格较高，属于高端机，所以除非车主是超级音响发烧友，一般情况下不建议安装这样的主机。第二种是带有内置功率放大的主机，主要包括单碟 CD 机、单碟 CD 兼容 MP3（WMA）机、多碟机等。现在市面上带有 MP3 的主机已比较普及，这类主机除了抗振能力比多碟机差以外，其他功能方面基本上都超越了主机多碟机，价格也是多碟机的一半（以同档次为准），而且在使用时也比较简单方便。

在选择主机时，首先要看它的内置功率，如果在不加装功放的情况下，要选择功率比较大一些的，通常标称的功率都是它的峰值功率，例如 45W × 4、60 W × 4 等，这时就要看一下说明书，里面有一个额定功率输出（RMS），也就是主机的持续输出功率（工作功率），功率应在 15 ~ 30W 左右。其次看一下信号输出端子（RCA）有几组，一般要选择多组 RCA 输出的主机，这样能方便以后音响的改装。比如一组 RCA 输出的主机推一台四路功放，那么就要再加两条一分二的信号线，这样信号就会有衰减，效果就会大打折扣。

选择电平输出高的主机，对音响改装也很重要。一般普通主机的电平输出值都比较低，在 1.5 ~ 2V 之间，但是一些高档主机的电平值输出都在 4 ~ 6.5V 之间，这样为以后加装功放提供了很好的便利条件。比如说，一个 5V 输出的主机推一个 4V 的功放，功放的工作效率能达到百分之百，可以把信号很好地还原，保证了功放输出信号基本不失真；相反，如果用一个 2V 的主机推一个 4V 的功放，那么功放就发挥不出它原有的工作效率。

（3）选择功放　功放是音响改装中至关重要的部分。首先确定同一基准比较功放功率，功率是音响系统中最重要的参数，表示音响系统带负载的能力。在查看功放功率的标志时应注意以下三点。

1）蓄电池电压。对于两种常用标志 14.4V/100W、12V/100W 的功放是完全不同的两种功率说明。由于汽车在行驶过程中的电压基本上在 12V 左右，因此在 12V 电压状态下所测得的功率值更为接近真实情况，而且以持续电压 12V 为基准标志功率的功放在达到 12V 以上时可以获得更大的功率。

2）谐波失真率 THD。在比较功放的持续输出功率时，需在相同（或是较为接近）的 THD 值下进行。不同的 THD 值下测试出的音质差别是十分明显的，有的时候其标志的最大功率很高，但很有可能它的失真和噪声也同样很高。因此在检查最大功率的同时也应留意其所标志的 THD 值。

3）频率范围。功放的持续功率输出应在其实际使用的频率范围内进行检测。对于功放的功率，应要求标志完整的检测范围，仅标志某个频率时的功率值没有任何意义。

在确定了同一基准后，我们就可以来比较功放功率了。通常，在选购音响系统时一般来说遵循大功率输出原则。功放的输出功率越大，表明它们驱动扬声器的能力也越强。功放的功率应大于扬声器的指示功率，如果选用的功率偏小，在长期使用大功率输出时，容易烧坏功放，还会导致音质差、失真等故障的出现。

当然，大功率的文字介绍并不能说明功放的好坏。优质的功放还必须能迅速反映出音乐信号的峰值，同时能对应强有力的重低音，并且在低失真/低噪声状态下能够提供平稳的输出。要满足以上这些要求，就必须具备如下几点。

首先，是性能优良的电源，这是左右功放音质的关键。功放的电源部与放大部应分离设计，这样可降低噪声。采用大型升压变压器可提高供给电流稳定性，采用大型电容器能更加迅速地做出反应，供给放大所需的电流。

其次，内置的参数等化器。车用音响与家用音响有很大的不同，它的扬声器的安装位置十分有限，所以声音的调节十分重要。此外，由于头枕和车窗的遮音效果以及低音扬声器的安装角度所导致的声波混乱，都会影响汽车音响系统的声音效果。这时起作用的就是参数等化器，它能够对上述原因造成的声波的波峰、波谷进行补偿，调节出平滑的声场。

再者，就是内置的分频器。无论功放自身的功能多么优秀，实际安装在车上时，也会因各种各样的音响问题、扬声器的配置问题而无法达到最佳效果。为了克服这些因素，除了参数等化器外还要使用分频器。内置式分频器有两大好处：其一，系统具有扩充性，可以自由对功放和扬声器进行组合；其二，使调节简单易行，这样就能使得整套系统的音质有所提高。外置分频系统由于布线较为复杂，容易混入噪声，而且安装时需要较大空间且使系统价格不菲，因此不推荐车用功放使用。

最后，要明确功放的不同用途。选择功放只凭说明书给出的简单参数是远远不够的，应根据整个音响系统而定，还需要听取其他使用者或专业人员的意见，根据不同的用途选用不同型号和品牌的功放。功放按不同的用途大致可以分为以下几类：

1）专门为推动低音扬声器设计的功放：内置了次声滤波器，省去了外接滤波器。

2）带均衡器的功放：可因个人喜好或不同的车厢空间调校音色。

3）5 声道功放：通常使用 2 声道或 4 声道的功放来推动前后扬声器，低音扬声器则由另一只功放来推动，这样占用面积太大。而使用 5 声道功率放大器，一只功放就可以解决问题。

4）电子分音器模块式功率放大器：这些控制模块是让你选定哪一种讯号会到功率放

大器以及到功率放大器的 RCA 输出，选定所需要的频率及分音点。通过更换模块，可以使一个功率放大器变成多样化的功率放大器使用。

3. 汽车音响改装的布线

由于汽车在行驶中会产生各种频率的干扰，对汽车音响系统的听音环境产生不利的影响，由此对汽车音响系统的安装布线提出了更高的要求。

（1）汽车音响配线的选择　线材是安装音响系统的第二个环节，线材的好坏直接影响着音质和安全。线材分为信号线、电源线和扬声器线，最好选用高抗氧化、高导电率，外皮包有 PVC、PE、PP 等材料的线材。汽车音响线材的电阻越小，在线材上所消耗的功率就越少，则系统的效率越高。当然即使线材很粗，由于扬声器本身的原因也会损失一定的功率，而不会使整个系统的效率达到 100%。线材的电阻越小，阻尼系数越大；阻尼系数越大，扬声器的余振动越大。线材的横截面积越大，电阻越小，该线的容许电流值越大，则容许输出的功率越大。

信号线要考虑屏蔽，可选用双层屏蔽线材，能增强抗干扰性，防止杂音进入；电源线要考虑传导性，汽车音响应选用专用多芯铜线，它不仅阻抗小，导电率高，而且线材的外皮包有耐高温、高阻燃、抗老化材料；扬声器线要考虑耐高低温、抗老化，线材宜选用钛金、镀银、无氧铜等材质。使用不同的线材，音质将略有差异。

（2）音频信号线的布线　用绝缘胶带或热缩管将音频信号线插头处缠紧以保证绝缘，因为插头和车体接触时，可产生噪声。音频信号线应尽可能短，音频信号线越长，越容易受到车内各种不同频率信号的干扰。注意：如果不能缩短音频信号线的长度，超长的部分要折叠起来，而不是卷起来。音频信号线的布线要离行车电脑模块电路和功放的电源线至少 20cm，如果布线太近，音频信号线会摄取到频率相邻的干扰噪声。最好将音频信号线和电源线分开布在驾驶座和副驾驶座两侧。如果音频信号线和电源线需要互相交叉时，建议最好以 90°相交。

（3）电源线的布线　所选用电源线的电流容量值应等于或大于和功放相接的熔断器的值。如果采用低于标准的线材作电源线，会产生交流噪声并且严重破坏音质。而且电源线可能会发热燃烧。当用一根电源线分开给多个功放供电时，从分开点到各个功放之间布线的长度应该尽量相同。当电源线桥接时，各个功放之间将出现电位差，这个电位差将导致交流噪声，从而严重破坏音质。当主机直接从电源供电时，会减少噪声，提高音质。把蓄电池插头的脏物彻底清除，并将插头拧紧，如果电源插头很脏或没有拧紧，插头处就会因接触不良而产生阻流电阻，会导致交流噪声，从而严重破坏音质。用砂纸和细锉清除插头处的污物，同时抹上润滑脂。

在汽车发动机舱内布线时，应避免在发电机和点火装置附近走线，发电机噪声和点火噪声能够辐射入电源线。将原厂安装的火花塞和火花塞线缆更换成高性能的类型时，点火火花更强，这时将更易产生点火噪声。在车体内布电源线和布音频线所遵循的原则一致，最好是加多条接地线，如电源的负极再加一条 4# 电源线到车壳的主梁。发电机外壳与车壳的主梁的接地线，起码在 8 条左右，这样是为了保证电流的回流速度，减少噪声的发生。

（4）电源熔体的选择　汽车音响在颠簸振动、温度高、电流大的恶劣环境中工作，如果电源线外皮被磨开或车辆发生碰撞造成车身短路，容易引起火灾。使用镀金熔丝座，可以防止短路和氧化锈蚀，消除潜在隐患，主电源线的熔丝盒越靠近汽车蓄电池插头越好，熔断值大小可按以下公式加以确定：熔断值电流 =（系统各功放的总额定功率之和 ×2）/汽车电源电压平均值。

（5）接地的方法　用细砂纸将车体接地点处的油漆去除干净，将接地线固定牢固，如果车体和接地端之间残留车漆就会使接地点产生接触电阻，接触电阻会导致交流噪声的产生，从而严重破坏音质。将音响系统中各项音响器材的接地集中于一点，如果不将它们集中一点接地，音响各组件之间存在的电位差会导致噪声的产生。注意：主机和功放应该分别接地；当系统消耗电流很大时，蓄电池接地端一定要牢固。

提高电源接地性能的方法是，在电源和接地间用粗直径的线材布线，如绞股线。这样做能够加强连接，有效地抑制噪声并提高声音的质量。不要靠近行车电脑布线。在汽车内所布线材和音频线都要加上汽车专用护套套管。

4. 音响改装布线的注意事项

除上述布线选择中提到的注意事项外，在改装时还要注意以下事项。

1）汽车音响配用的线材电阻应小，所以应优先选用直径较粗的导线。

2）汽车音响线路应加装熔断装置，熔断丝所允许通过的电流大小可按下面公式计算：电流＝功放的总功率×汽车额定电压×2。

3）音频信号线应尽可能短，音频信号线越长，越容易受到噪声的干扰。安装时音频信号线超长部分应来回直线折叠，不要呈圆形卷起，线的插头处应缠紧，保证绝缘。

4）音频信号线的布线要离开汽车电脑和功放电源线至少20cm，如果不能错开，交叉时应垂直相交，否则音频信号线和电源线之间会产生相互干扰。最好将音频信号线和电源线分别布在车内两侧。信号线可以在试音以后再固定。

5）扬声器接线的方向和正、负极不能接错，另外不要将左、右声道线接错。

6）扬声器输出线与电源线不能相碰，扬声器输出线如果接地，可能会损坏音响系统或使音响系统自动停机。

注意：如果原装音响设有密码，则在改装前必须解码后才能拆卸原装音响。

5. 汽车音响的搭配原则

（1）系统的平衡性　汽车音响的好坏，关键在于如何根据车内的空间和个人的喜好进行组合和搭配。主机、功放、扬声器最好选用同一个档次的器材。同时，音响的效果与汽车本身的质量也有关系，中高档轿车车内噪声小，隔音效果好，可以搭配较好的音响。

（2）大功率输出原则　在一整套音响中，主机或功放的功率一定要大，这样才能驱动大功率的扬声器，同时失真较小，长时间工作功放和扬声器都不容易烧坏。

（3）音质自然重放原则　高质量的音响其频响（即再现音域的范围）可达到20Hz～20kHz。音响应具有良好的临场效果，要富有层次感。

6. 汽车音响的调试

汽车音响安装好后应进行调试，这是音响改装最重要的环节。汽车音响调试可以利用汽车音响试音台，也可以用人工调音。这里介绍一下人工调试的步骤。

汽车功放接好后，应先进行大约5min的充电，充电过程中，扬声器应在"跳"，发出"哒、哒"的响声。

（1）增益调节　首先将功放的增益调节到最小位置，然后放入CD碟片，逐渐提高主机音量直至失真，再慢慢调低音量到不失真，逐渐增加功放的增益到合适的音量。一般来讲，当不放碟片时，将功放调整到最大位置，将主机音量调节到最大位置时，若系统声音微弱，则音响品质好。

（2）分频点的设置　根据扬声器的需要设置分频点。以图 5-21 为例，如果采用松下 CX—VCD10、松下 AV 系统 VA707、黑剑功放 GE4080、黑剑功放 GE2150、前声道黑剑扬声器 GE66C、低音炮 NX—10A，则功放分频点设置可参考如下值：GE2150 超低音功放在低通 LP 设置下分频点设为 60～90Hz；GE4080 前声道在高通 HP 设置下分频点设为 60～100Hz，后声道在高通 HP 设置下分频点设为 180Hz。

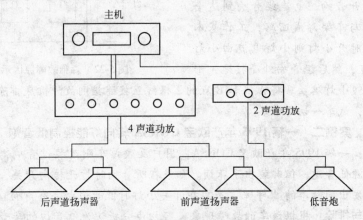

图 5-21　分频点设置示意图

（3）音响功能的基本调节　最好选择中音歌手、中国古乐、管乐等碟片，音量不能调得过大。改装技师坐在车内，关好车门、车窗，调节 BAL、FAD，体会车内声场的定位。调试时，应使前场音响发挥得淋漓尽致，前场声音必须丰满，辅助音场应平滑，低音应达到震撼效果。

三、相关案例分析

案例一　一汽森雅汽车到晚上只要开小灯就烧小灯熔丝

故障现象：一辆 2009 款一汽森雅汽车在一家美容店改装了带导航系统的音响，音响系统正常，但是到晚上只要开小灯就烧小灯熔丝，于是送来检修电路。

故障诊断与排除：由于烧小灯熔丝，首先对各小灯的线路情况做了详细检查，没有发现破皮接地现象。该车的线束插接器可分为前左右段和后段两部分，于是就分段检查。在离合器踏板处首先前后断开，对尾灯进行通电试验，结果尾灯亮起，说明从该点到尾灯电路正常。然后左右断开，对前左段进行通电试验，正常。最后在对前右段试验时发现小灯不亮，火花特大，说明这段电路有短路故障。由于该段电路与组合开关、仪表照明、音响及各工作台照明灯都连接在一起，加上空间较小，如果一一拆卸检查比较麻烦。另外，考虑到该车是新车，是因为在美容店改装音响后出现的故障，为了避免走弯路，决定先拆下新加装的音响检查一下线路。

由于新装音响线束与原车音响线束插接器不通用，线束都被剪下重接而成，检查发现线束各插头都包扎完好，无裸露接地短路现象。打开音响一切正常，重装小灯熔丝，在开音响的情况下开小灯，发现音响显示器变暗，一瞬间小灯熔丝"啪"一声就断了。就现象分析来看，烧小灯熔丝很可能与新装音响有关，于是将音响线束断开，再试小灯电路，结果在不接音响的情况下小灯正常，这说明该音响接线有错接之处。接着，将包扎音响线束的胶带——解开，用万用表测量细查。

经过检查，发现新装 CD 的粉蓝色照明线与棕色接地线相互接反了，这样一来就改变了原车电路的电流流向规律。如图 5-22 所示，音响的接地线接在原车的小灯照明线上，音响照明线和原车音响接地线相接。此时开音响，电流经音响到达全车各小灯泡后与车架形成回路，工作基本正常，如果此时开小灯则小灯电流由小灯开关 K 到 A 点，然后经音响外壳接地，形

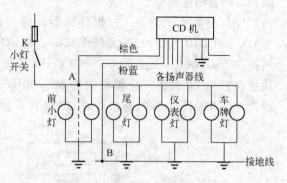

图 5-22　森雅故障原因示意图

成短路，故烧毁小灯熔丝。将 A 点和 B 点的 2 根线互换连接则故障彻底排除。然后，装复全部所拆部件，试车一切正常。

案例二　一辆 1995 年产欧宝 CORSA 转向灯能控制低音炮

故障现象：一辆 1995 年产欧宝 CORSA，用户反映该车刚改装过音响，在车后座附近加装了一个有源低音炮，但却装出了麻烦。如果在听音响时打开转向开关，低音炮会随着转向灯的闪动发出同频率的"砰砰"声，在开关小灯时低音炮也会有声响。

故障诊断与排除：根据该车的故障现象，经初步分析认为低音炮的杂音可能源自电压的波动或其他信号电压的干扰。先测量低音炮的供电线正极（ +12V）与负极（GND）之间的电压，约 12.5V，此时打开转向开关，观察电压无波动。然后测量低音炮电源正极与车体之间的电压，约 11.5V，打开小灯后电压下降 0.6～1.0V，感觉像是接地不良。于是测量车架与低音炮"GND"之间的电压，电压表显示值约 1.08V，这就证明蓄电池负极与车身之间确实接触不良。故检查蓄电池接地线，发现蓄电池原来的负极与车身之间的接地线已被挪动。经询问用户，得知该车曾换过蓄电池。仔细观察能够看出新蓄电池与原车的电极相反，原来是该车维修人员为了能够不再更换蓄电池，负极的接地线被接在了喇叭的安装支架上，但喇叭的安装支架与车身接地情况不是很好。

由于低音炮的电源电压是从蓄电池桩头引出的，不存在电压波动。但音响主机、转向灯及小灯是通过车身接地，因为喇叭安装支架与车身接地不良，相当于存在一个电阻 R，如图 5-23 所示。因此其两端会产生一个压降 0.6～1.0V，且这个压降会随负载的变化而变化，最终会导致音响电源电压波动过大，并经过音响内部电路输出至低音炮上，从而产生"砰砰"的声音。在将蓄电池与车身之间的接地线复位后，故障得以排除。

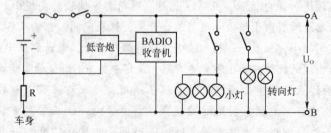

图 5-23　音响灯光电路图

维修小结：根据此例故障可知，只要分析问题的思路正确，故障定能迅速排除。

第六章　典型汽车音响的故障检修

任务一　中华骏捷轿车音响的故障检修

 学习目标

1）了解中华骏捷轿车音响的特点。

2）掌握中华骏捷轿车音响主机的拆卸方法。

3）掌握中华骏捷轿车音响常见故障的检修。

一、任务分析

图 6-1 所示是华晨汽车公司引进意大利技术合资生产的骏捷轿车安装的音响面板，它的音响配置略显单一，只有单碟 CD 与收音机两项功能。但音响质量还是不错的，尤其是 CD 碟替代了卡式带，再加上原车配套安装的扬声器，能够达到令人满意的音响效果。本任务主要介绍中华骏捷轿车音响的故障检修。

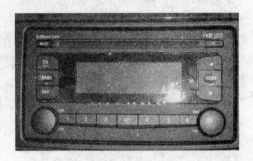

图 6-1　中华骏捷轿车音响面板图

二、相关知识

1. 音响特点

1）双电源为音响供电。

2）单片功放电路设置，控制四声道音频输出。

3）电子开关按键启动收音机工作电源。

4）电子开关电路控制收音与 CD 单碟机功能转换。

5）集收音与 CD 单碟机于一体。

2. 主机拆卸方法

1）自制一块钢板，宽度约 20mm，厚度以能够插进桃木框缝隙为宜。

2）用专用旋具沿边缝将变速杆面框撬起，取下外框。

3）旋下边框内两侧固定螺钉，取下大框。

4）取下烟灰盒，旋下里边的两只固定螺钉，向外拉边框，取下音响主机外框，旋下固定音响的 4 个螺钉，取下主机。

5）安装时按与拆卸步骤相反的顺序回装即可。

3. 音响典型故障的检修

（1）主机不工作　检修主机电源的步骤如下所示。

1）初步检查。

① 检查车上熔丝盒内的音响熔丝是否烧断，如果熔丝烧断，更换熔丝。

② 检查音响上的熔丝是否烧断，如果熔丝烧断，更换熔丝。

2）拆卸音响主机。

① 仔细观察音响主机在前面平台的安装结构，做好拆卸准备工作。

② 按照拆卸步骤开始拆卸主机（注意：拆卸时不可以用螺钉旋具，因螺钉旋具是金属杆，容易割破革制皮面，撬断塑料装饰框）。

③ 将拆卸下来的主机与外线插头拔下，打开点火开关，测量留在车上一端插头电压，并刻记在主机电源引脚插座位置上，供维修音响测试用。

3）直观检查音响主机线路。

① 检查主板电源线路，如果发现线路上有明显烧黑、烧裂、爆裂的元器件，应更换。

② 检查线路板上的在线元器件，如果发现有元器件引脚虚焊、脱焊，连接插件松动。应对虚焊引脚加锡固定，并插紧插接件。

③ 检查印制铜箔线路，如果发现印制电路有腐蚀氧化断点，应对腐蚀断点进行清洗，并加锡焊牢，接好腐蚀断点。

④ 如果发现电源印制电路有烧断起撬现象，将万用表选在 10Ω 电阻挡，测量烧断线路电阻，电阻为 0Ω，说明烧断线路存在元器件击穿短路故障，沿烧断线路往下检查，检查沿线贴片二极管、贴片晶体管、IC 电路等。

4）检测电源线路贴片元器件。

① 在线测量电源线路贴片二极管，测量其正反向电阻，如果发现二极管有击穿烧断现象，应更换。

② 在线测量电源线路贴片晶体管，测量其基极与集电极、发射极间正反向电阻，如果发现晶体管有击穿烧断现象，更换损坏管（注意：不要随意从线路板上焊下贴片晶体管，因贴片晶体管引脚比较短，易折断。如果怀疑被测管异常，可在线路中查找相同型号的管对照测量，必要时再将被检测管从线路中焊下加以确认）。

5）检测微处理器外围线路。

① 检查贴片电容，更换变值失效电容。

② 检查振荡电路，主要检查振荡晶体。

③ 检查贴片二极管、贴片晶体管。

6）测量电源启动电路电压。

① 测量电源 12V 电压，检查是否外线双电源同时进入机内，若异常，接好外线电源。

② 测量前面板与主板线路连接插件 CN403 的电压，如果④号引脚无 4.0V 电源开关启动电压，沿电源启动引脚线路往电源方向检查，检查沿线元器件，主要检查沿线贴片二极管、晶体管。

③ 测量前面板与主板线路连接插件 CN403 的电压，如果④号引脚 4.0V 电源启动电压正常，沿电源启动引脚线路往微处理器方向检查，找到微处理器启动引脚位置。测量引脚电压是否为 4.0V，如果无电压，则故障在线路上；如果电压正常，则故障在微处理器内部。

7）检修注意事项。

① 检修时不要随意焊动线路板上的元器件，应保持原线路板整洁。

② 不要调整在线可调元器件，这种调整无意义。

③ 描绘主要线路走向图，特别是要描绘主板电源线路图、电源开关启动线路图。所描绘的线路图可供维修相同型号的机器时作为参考。同时做好维修记录，便于查阅。

④ 收集改装车闲置下来的音响，以及无法修复报废的音响，用于拆件或收藏。

（2）整机无声　检修功放 IC 电路的步骤如下：

1）直观检查。

① 如果功放块表面严重烧裂，更换功放块。

② 如果功放块引脚脱焊，将引脚加锡焊牢。

③ 如果功放线路元器件引脚虚焊，需加锡焊牢。

④ 如果功放线路印制铜箔线腐蚀，有氧化锈斑，需除掉氧化物，连接腐蚀断点。

2）测量功放块线路电压。

① 如果电源引脚 12V 电压正常，其他引脚无电压，则检查功放推动电路。沿②引脚 ST-BY（等待）线路往中央处理器方向检查，这条线路直通微处理器⑭引脚，并在机器工作时由⑭引脚输出 3.0V 电压推动功放电路。若微处理器⑭引脚无 3.0V 电压输出，则故障在微处理器内部，系内部线路局部损坏；若微处理器⑭引脚 3.0V 电压输出正常，则故障在两引脚间的连线，系印制电路断路。

② 如果各引脚电压正常，则检查信号线路。沿功放块信号输入端线路往主板方向检查，检查沿线贴片二极管、印制铜箔线路。这种故障在日常维修中主要是线路二极管击穿或者烧断引起的信号阻断。另外，印制铜箔线路如果出现腐蚀氧化的现象，线路被腐蚀引发断路，同样会阻断信号传送，而且线路腐蚀现象比较常见。

3）检查音频前级线路。

① 检查音频前级 IC 电路周边元器件，如果发现有元器件引脚虚焊，焊好虚点。

② 检查音频前级 IC 电路信号输入端与信号输出端线路，如果发现印制电路腐蚀，清理腐蚀线路，并重新焊好断点。

③ 检查音频前级 IC 电路信号输出静噪线路，如果发现该线路贴片晶体管烧断，更换损坏的贴片晶体管。

④ 测量音频前级 IC 电路在路电压，若输入端电压正常，输出端无电压，则更换 IC 电路（注意：音频前级 IC 电路损坏日常维修并不多见，不可随意更换）。

4）检查二次放大电路。

① 如果发现功率晶体管严重烧裂，应更换功率晶体管。

② 如果发现个别元器件严重烧黑、烧裂、爆裂，应更换损坏元器件。

③ 如果发现个别元器件引脚虚焊、脱焊，连接导线折断，插件脱落，应及时将虚焊点接好，恢复折断导线，插紧插接件。

④ 如果发现推动二次放大电路启动用的导线线径较细，应更换粗线。

（3）主机正常，单碟机不工作　检修单碟机电源，检查激光唱头的步骤如下。

1）直观检查。

① 检查碟仓口行程开关，如开关触点接触不良、变形、导线脱焊等，应实施处理。

② 检查碟机与主板连接插件，如发现插件脱落，接点脱焊，应及时恢复。

③ 检查碟机线路板元器件，如发现有元器件引脚虚焊、个别元器件烧黑、铜箔线

烧断，应分别对虚焊引脚加锡固定，并更换烧黑元器件，接好铜箔线断路点。

2）检查碟机电源。

① 将碟片推入碟仓，观察显示屏，如果屏面无播放 CD 符号显示，取下音响组件，测量音响线路板与主板插接件 CN7 各引脚的电压，若未测量到电压，描绘各引脚线路走向图，通过线路图找到供给碟机电源引脚的位置，沿电源引脚线路往主板电源方向检查。沿线设有 VT05、VT06 两只贴片晶体管，检查该管偏置 R11、R12 电阻。

② 将碟片推入碟仓，观察显示屏，如果屏面显示播放 CD 符号。取下音响组件，测量音响与主板连接插件 CN7 各引脚的电压。若供给碟机电源引脚电压正常，测量碟仓口行程开关引线电压，应为 0.8V。若无电压，沿引线往主板上检查，沿线设有 VT013，检查该管；若行程开关引线电压正常，则检查碟机微处理器。

3）检查激光唱头。

① 观察激光唱头有无光束，如果无光束，则检查激光二极管。

② 观察寻迹绕组是否上下移动，如果不移动，则检查寻迹绕组伺服线路。

③ 将激光唱头组件滑向外侧，选择播放 CD 项。若唱头组件不能滑回原位，则检查激光唱头组件与线路板之间的连接线，如果发现连线折断，应连接断点，或者更换连线。

④ 清洗激光唱头，更换新碟片，如果无效，则调整激光唱头偏流。

（4）单碟机正常，收音机不工作　检修收音机线路、信号传输线路的步骤如下：

1）直观检查。

① 检查收音机线路插件是否松动，元器件引脚有无脱焊、虚焊，如果发现上述现象，应插紧插件，焊接脱焊引脚。

② 检查印制电路有无因生锈及氧化产生的白沫物。如果发现有腐蚀现象，应及时清理，并焊接好腐蚀生锈线路。

2）测量收音机线路电压。

① 选择 DC10V 电压挡，测量收音机线路电压，如果各被测点均无电压，则检查供给收音机的电源线路，检查沿线贴片晶体管、二极管等。

② 选择 DC10V 电压挡，测量屏蔽盒与收音机连接焊点间的电压，如果各点无电压，则检查收音机电源线路。

③ 检查主板微处理器周边元器件，主要检查在线贴片二极管、贴片晶体管。

3）检查收音机信号线路。

① 检查收音机线路中贴片二极管、贴片晶体管工作是否正常。

② 检查天线插头是否脱落，需插紧。

③ 检查天线内线是否折断，接好断点。

④ 检查天线内线与外屏蔽网接触是否形成短路，应拨开短路点，对短路点做绝缘处理。

⑤ 检查拉杆天线是否折断，更换拉杆天线。

习　题

1. 中华骏捷轿车音响主机的拆卸方法是什么？
2. 中华骏捷轿车音响的特点是什么？

3. 中华骏捷轿车音响单碟机正常，收音机不工作的检修步骤有哪些？

任务二　奇瑞轿车音响的故障检修

 学习目标

1）了解奇瑞轿车音响的特点。

2）掌握奇瑞轿车音响主机的拆卸方法。

3）掌握奇瑞轿车音响常见故障的检修。

一、任务分析

图6-2所示是奇瑞汽车公司生产的奇瑞轿车原车安装的音响面板，它的音响设计合理，布局整齐，机内结构紧凑，音响效果可随人意愿调节，深受用户喜爱。不过奇瑞汽车音响略显单一，缺少现代感，可对音响进行改装。

图6-2　奇瑞轿车音响面板图

二、相关知识

1. 音响特点

1）双电源为音响供电。

2）单功放电路设置，控制四声道音频输出。

3）电子开关按键启动收音机工作电源。

4）电子开关电路控制收音与CD单碟机功能转换。

5）集收音与CD单碟机于一体。

2. 主机拆卸方法

1）将变速杆面框处茶杯盒用专用旋具沿边缝撬起，取下外框。

2）将烟灰盒下方的两只螺钉旋下。

3）将面板框架处的两只螺钉旋下。

4）拆开杂物箱，用10mm套筒工具旋下内置的螺钉。

5）旋下固定音响主机的螺钉即可取下主机。

6）装复时按与拆卸步骤相反的顺序回装即可。

3. 音响典型故障的检修

（1）主机不工作　检查主机电源的步骤如下所示。

1）初步检查。

① 检查车上熔丝盒内的音响熔丝是否烧断，如果熔丝烧断，更换熔丝。

② 检查音响上的熔丝，如果熔丝烧断，更换熔丝。

2）拆卸音响主机。

① 仔细观察音响主机在前面平台的安装结构，做好拆卸准备工作。

② 按照拆卸步骤开始拆卸主机注意：（拆卸时不可以用螺钉旋具拆卸，因螺钉旋具是

金属杆，容易割破革制皮面，撬断塑料装饰框）。

③ 拔下拆卸下来的主机与外部线路的插头，打开点火开关，测量留在车上一端插头电压，并刻记在主机电源引脚位置上，用于维修音响测试。

3）直观检查音响主机线路。

① 检查主板电源线路，如果发现线路上有明显烧黑、烧裂、爆裂的元器件，及时更换。

② 检查线路板上的在线元器件，如果发现有元器件引脚虚焊、脱焊，连接插件松动，应对虚焊引脚加锡固定，并插紧连接插件。

③ 检查印制铜箔线路，如果发现印制线路有腐蚀氧化断点，应对腐蚀断点进行清洗，并加锡焊牢，接好断路点。

④ 如果发现电源印制线路有烧断起撬现象，将万用表选在 10Ω 电阻挡，测量烧断线路电阻。若电阻为 0Ω，说明烧断线路有元器件击穿，沿烧断线路往下检查，检查沿线贴片二极管、贴片晶体管、IC 电路等。

4）检测电源线路贴片元器件。

① 在线测量电源线路贴片二极管，测量二极管正反向电阻，如果发现二极管有击穿烧断现象，应更换。

② 在线测量电源线路贴片晶体管，测量晶体管基极与集电极、发射极间正反向电阻，如果发现晶体管有击穿烧断现象，更换损坏管。注意：不要随意从线路板上焊下贴片晶体管，因贴片晶体管引脚比较短，易折断。如果怀疑被测管异常，可在线路中查找相同型号的管对照测量，必要时再将被检测管从线路中焊下加以确认。

5）检测微处理器外围线路。

① 检查贴片电容，更换变值失效电容。

② 检查振荡电路，主要检查振荡晶体。

③ 检查贴片二极管、贴片晶体管。

6）测量电源启动电路电压。

① 测量电源 12V 电压，检查是否外线双电源同时进入机内，若异常，需接好外线电源。

② 测量前面板与主板线路连接焊点的电压，若焊点无 3.0V 电源启动电压，沿电源启动引脚线路往电源方向检查，检查沿线 VT21、VT22、VT23、VD47 以及 VD49 等元器件（注意：相同型号的音响线路板有的印字不清，沿线查可确定贴片二极管及晶体管位置）。

③ 测量前面板与主板线路连接焊点 CB01 引脚的电压，若电源启动⑥脚 4.0V 电压正常，沿⑥脚印制电路往微处理器方向检查。找到微处理器启动引脚位置（引脚号为㊴），测量㊴脚电压，应为 4.0V。若电压不正常，则故障在沿线线路上；若电压正常，则故障在微处理器内部。

7）检修注意事项。

① 不要随意焊动线路板上的元器件，应保持线路板整洁。

② 不要调整在线可调元器件，此调整无意义。

③ 描绘主要线路走向图，特别是要描绘电源线路图、电源开关启动线路图，以便维

修相同型号的音响时作为参考。同时做好维修记录，便于查阅。

④ 收集改装车闲置下来的音响，以及无法修复报废的音响，用于拆件或收藏。

（2）整机无声　检修功放 IC 电路的步骤如下。

1）直观检查。

① 如果功放块表面严重烧裂，更换功放块。

② 如果功放块引脚脱焊，将引脚加锡焊牢。

③ 如果功放线路元器件引脚虚焊，需加锡焊牢。

④ 如果功放线路印制铜箔线腐蚀，有氧化锈斑，需除掉氧化物，连接腐蚀断点。

2）测量功放块在路电压。

① 如果功放块电源引脚 12V 电压正常，其他引脚无电压，则检查功放推动电路（功放块型号比较特殊，需要将功放块线路描绘下来，从线路图中了解推动功放电路的连线方式，并确定具体引脚位置，然后沿被确定引脚线路往下查），重点检查沿线 VT221、VT222 两只贴片管，其中 VT221 为控制管，VT222 为开关管。VT221 将电源 13V 电压降至 5.0V，此电压推动 VT222 开关管导通，并由 VT222 集电极输出 3.0V 电压推动功放块第⑤引脚。

② 如果各引脚电压正常，则检查信号线路。沿功放块引脚输入端信号线路往主板方向查，检查沿线贴片二极管、印制铜箔线路。这种故障在日常维修中主要是线路二极管击穿或者烧断引起的，信号阻断。另外，印制铜箔线路如果出现腐蚀氧化的现象，线路被腐蚀引发断路，同样会阻断信号传送，而且线路腐蚀现象比较常见。

3）检查音频前级线路。

① 检查音频前级 IC 电路周边的元器件，如果发现有元器件引脚虚焊，焊好虚点。

② 检查音频前级 IC 电路信号输入端与信号输出端的线路，如果发现印制电路腐蚀，清理腐蚀线路，并重新焊好断点。

③ 检查音频前级 IC 电路信号输出静噪线路，如果发现贴片晶体管断路，更换损坏的贴片晶体管。

④ 测量音频前级 IC 电路在路电压，若输入端电压正常，输出端无电压，则更换 IC 电路（注意：音频前级 IC 电路损坏日常维修并不多见，不可随意更换）。

4）检查二次放大电路。

① 如果发现功率晶体管严重烧裂，应更换功率晶体管。

② 如果发现个别元器件严重烧黑、烧裂、爆裂，应更换损坏元器件。

③ 如果发现个别元器件引脚虚焊、脱焊，连接导线折断，插件脱落，应及时将虚焊点接好，恢复折断导线，插紧连接插件。

④ 如果发现推动二次放大电路启动用的导线线径偏细，应更换粗线。

（3）主机正常，单碟机不工作　检修单碟机电源、激光唱头的步骤如下：

1）直观检查。

① 检查碟仓口行程开关，如开关触点接触不良、变形、导线脱焊等，应实施处理。

② 检查碟机与主板连接插件，如发现插件脱落、接点脱焊，应及时恢复。

③ 检查碟机线路板元器件，如发现有元器件引脚虚焊、个别元器件烧黑、铜箔线路烧断，应分别对虚焊引脚加锡固定，并更换烧黑元器件，接好铜箔线断路点。

2）检查碟机电源。

① 将碟片推入碟仓，观察显示屏，如果屏面无播放 CD 符号显示，取下音响组件，测量音响与主板连接插件各引脚的电压。若各引脚无电压，初步描绘引脚线路图，由图确定电源引脚的位置，沿电源引脚线路往主板电源方向检查。沿线设有 VT101、VT102 两只贴片晶体管，检查贴片管偏置 R217、R218 电阻。

② 将碟片推入碟仓，观察显示屏，如果屏面显示 CD 符号，取下音响组件，测量音响与主板连接插件 CN01 第⑨引脚的电压，应为 5.6V。若无电压，沿⑨引脚线路往主板电源方向检查，检查沿线 VT318 是否正常；若电源第⑨引脚电压正常，测量碟仓口行程开关引线电压，应为 0.8V。若无电压，沿引线往主板上检查，检查沿线 VT113 是否正常；若行程开关引线电压正常，则检查碟机微处理器。

3）检查激光唱头。

① 观察激光唱头有无光束，如果无光束，则检查激光二极管。

② 观察寻迹绕组是否可以上下移动，如果不移动，则检查寻迹绕组伺服线路。

③ 将激光唱头组件滑向外侧，选择播放 CD 项。若唱头组件不能滑回原位，则检查激光唱头组件与线路板之间的连接线，如果发现连线折断，应连接断点，或者更换连线。

④ 清洗激光唱头，更换新碟片，如果无效，则调整激光唱头偏流。

（4）单碟机正常，收音机不工作　检修收音机线路、信号传送线路的步骤如下。

1）直观检查。

① 检查连接收音机线路的插件是否松动，元器件引脚有无脱焊、虚焊，如果发现此现象，应插紧插件，焊接脱焊引脚。

② 检查印制电路有无因生锈及氧化产生的白沫物。如果发现有腐蚀现象，应及时清理，并焊接好腐蚀生锈线路。

2）测量收音机线路电压。

① 用万用表选择 DC10V 电压挡，测量收音机线路电压，如果各被测点均无电压，则检查收音机电源。

② 用万用表选择 DC10V 电压挡，测量屏蔽盒与收音机连接焊点间的电压，如果各点无电压，则检查收音机电源。

③ 检查主板微处理器周边元器件，主要检查在线贴片二极管、贴片晶体管。

3）检查收音机信号线路。

① 检查收音机线路中贴片二极管、贴片晶体管工作是否正常。

② 检查天线插头是否脱落，需插紧。

③ 检查天线内线是否折断，接好断点。

④ 检查天线内线与屏蔽网接触是否形成短路，应拨开短路点，对短路点做绝缘处理。

⑤ 检查拉杆天线是否折断，更换拉杆天线。

习　题

1. 奇瑞轿车音响主机的拆卸方法是什么？
2. 奇瑞轿车音响的特点是什么？
3. 奇瑞轿车音响整机无声的检修步骤有哪些？

任务三 一汽马自达 6 轿车音响的故障检修

 **学习目标**

1）了解一汽马自达 6 轿车音响的特点。

2）掌握一汽马自达 6 轿车音响主机的拆卸方法。

3）掌握一汽马自达 6 轿车音响常见故障的检修。

一、任务分析

图 6-3 所示是长春一汽引进日本技术，合资生产的马自达 6 轿车原车安装的音响主机面板，它的音响面板设计整洁壮观、风格突出。主机选择了乐感较好的 CD 光盘，音韵浑厚、轻重音分明、立体感强、空感好。不过马自达 6 车内缺少 DVD 视频及 GPS 导航配套设备，增补这些设备会更好。

图 6-3 一汽马自达 6 轿车音响面板图

二、相关知识

1. 音响特点

1）单碟机与收音机组合，6 碟 CD 机安装在行李箱。

2）双电源为音响供电。

3）单片功放集成电路设置，控制四声道音频输出，外接 10 只扬声器。

4）电位器开关启动主机工作电源。

5）主机控制碟机与收音机功能转换。

2. 主机拆卸方法

1）将变速杆面框用专用旋具沿边缝撬起，取下外框。

2）用旋具将下边框内两侧的固定螺钉旋下来，取下大框。

3）取下烟灰盒，旋下里边的两个固定螺钉，向外拉边框，取下音响主机外框，旋下固定音响的 4 个螺钉，取下音响主机。

4）装复时按与拆卸步骤相反的顺序回装即可。

3. 音响典型故障的检修

（1）主机不工作 检修主机电源的步骤如下所示。

1）初步检查。

① 检查车上熔丝盒内的音响熔丝是否熔断，如果熔丝烧断，更换熔丝。

② 检查音响上的熔丝，如果熔丝烧断，更换熔丝。

2）拆卸音响主机。

① 仔细观察音响主机在前面平台的安装结构，做好拆卸准备工作。

② 按照拆卸步骤开始拆卸主机注意：（拆卸时不可以用螺钉旋具拆卸，因螺钉旋具是

金属杆，容易割破革制皮面，撬断塑料装饰框）。

③ 拔下拆卸下来的主机与外部线路的插头，打开点火开关，测量留在车上一端插头电压，并刻记在主机电源引脚位置上，用于维修机器测试。

3）直观检查主机线路。

① 检查主板电源线路，如果发现线路上有明显烧黑、烧裂、爆裂的元器件，及时更换。

② 检查线路板上的在线元器件，如果发现有元器件引脚虚焊、脱焊，连接插件松动，应对虚焊引脚加锡固定，并插紧连接插件。

③ 检查印制铜箔线路，如果发现印制线路有腐蚀氧化断点，应对腐蚀断点进行清洗，并加锡焊牢，接好断路点。

④ 如果发现电源印制电路有烧断起撬现象，将万用表选在 10Ω 电阻挡，测量烧断线路电阻。若电阻为 0Ω，说明烧断线路有元器件击穿，沿烧断线路往下检查，检查沿线贴片二极管、贴片晶体管、IC 电路等。

4）检测电源线路贴片元器件。

① 在线测量电源线路贴片二极管，测量二极管正反向电阻，如果发现二极管有击穿烧断现象，应更换。

② 在线测量电源线路贴片晶体管，测量晶体管基极与集电极、发射极间正反向电阻，如果发现晶体管有击穿烧断现象，更换损坏管（注意：不要随意从线路板上焊下贴片晶体管，因贴片晶体管引脚比较短，易折断。如果怀疑被测管异常，可在线路中查找相同型号的管对照测量，必要时再将被检测管从线路中焊下加以确认）。

5）检测微处理器外围线路。

① 检查贴片电容，更换变值失效电容。

② 检查振荡电路，主要检查振荡晶体。

③ 检查贴片二极管、贴片晶体管。

6）测量电源启动电路电压。

① 测量电源 12V 电压，检查是否外线双电源同时进入机内，若异常，接好外线电源。

② 测量前面板与主板线路连接插件 CN05 各引脚的电压，若第④引脚无 4.0V 电源开关启动电压，沿第④引脚线路往主板电源方向检查，检查沿线 VT612、VT613、VT615、VD417 以及 VD418 等元器件（注意：相同型号的音响线路板有的印字不全，沿线查可确定其位置）。

③ 测量前面板与主板线路连接插件 CN05 各引脚的电压。若第④引脚 4.0V 电源开关启动电压正常，沿电源启动引脚线路往微处理器方向检查。找到微处理器启动引脚位置（位置号为㉔），测量㉔引脚电压，应为 4.0V，若电压正常，则故障在微处理器内部；若电压不正常，则故障在沿线线路上。

7）检修注意事项。

① 不要随意焊动线路板上的元器件，应保持线路板原线路整洁。

② 不要调整在线可调元器件，此调整无意义。

③ 描绘主要线路走向图，特别是要描绘电源线路图、电源开关启动线路图，以便维修相同型号的音响时作为参考。同时做好维修记录，便于查阅。

④ 收集改装车闲置下来的音响，以及无法修复报废的音响，可用于拆件或收藏。

⑤ 必要时可与轿车经销商取得联系，讲明音响故障现象，由经销商提供维修信息。例如，音响线路设有保护产品的相关启动程序，如果用机不当这些程序将遭到破坏，此时经销商会告知解决方法。因此，维修人员不得随意改动线路，避免人为造成音响严重损坏。

（2）整机无声　检修功放IC电路的步骤如下。

1）直观检查。

① 如果功放块表面严重烧裂，更换功放块。

② 如果功放块引脚脱焊，将引脚加锡焊牢。

③ 如果功放线路元器件引脚虚焊，需加锡焊牢。

④ 如果功放线路印制铜箔线腐蚀，有氧化锈斑，需除掉氧化物，连接腐蚀断点。

2）测量功放块线路电压。

① 如果电源引脚12V电压正常，其他引脚无电压，则检查功放推动电路。沿②引脚ST-BY（等待）线路往中央处理器方向检查，这条线路直通微处理器⑬引脚，并在音响工作时输出3.0V电压推动功放电路启动。若微处理器无3.0V电压输出，则故障在微处理器内部线路，系局部线路损坏；若微处理器3.0V电压输出正常，则故障在两引脚间的连线，系印制线路断路。

② 如果各引脚电压正常，则检查信号线路。沿功放块引脚输入端信号线路往主板方向检查，检查沿线贴片二极管、印制铜箔线路。这种故障在日常维修中主要是线路二极管击穿或者烧断引起的信号阻断。另外，印制铜箔线路如果出现腐蚀氧化现象，线路被腐蚀引发断路，同样会阻断信号传送，而且线路腐蚀现象比较常见。

3）检查音频前级线路。

① 检查音频前级IC电路周边的元器件，如果发现有元器件引脚虚焊，焊好虚点。

② 检查音频前级IC电路信号输入端与信号输出端的线路，如果发现印制线路腐蚀，清理腐蚀线路，并重新焊好断点。

③ 检查音频前级IC电路信号输出静噪线路，如果发现贴片晶体管断路，更换损坏的贴片晶体管。

④ 测量音频前级IC电路在路电压，若输入端电压正常，输出端无电压，则更换IC电路（注意：音频前级IC电路损坏日常维修并不多见，不可随意更换）。

4）检查二次放大电路。

① 如果发现功率晶体管严重烧裂，更换功率晶体管。

② 如果发现个别元器件严重烧黑、烧裂、爆裂，应更换损坏元器件。

③ 如果发现个别元器件引脚虚焊、脱焊，连接导线折断，插件脱落，应及时将虚焊点接好，恢复折断导线，插紧连接插件。

④ 如果发现推动二次放大电路启动用的导线线径较细，应更换粗线。

（3）主机正常，单碟机不工作　检修单碟机电源、激光唱头的步骤如下。

1）直观检查。

① 检查碟仓口行程开关，如开关触点接触不良、变形、导线脱焊等，应修复。

② 检查碟机与主板连接插件，如发现插件脱落、接点脱焊，应及时恢复。

③ 检查碟机线路板元器件，如发现有元器件引脚虚焊、个别元器件烧黑、铜箔线路烧断，应分别对虚焊引脚加锡固定，并更换烧黑元器件，接好铜箔线路断点。

2）检查碟机电源。

① 将碟片推入碟仓，观察显示屏，如果屏面无播放 CD 符号显示，取下音响组件，测量音响线路板与主板连接插件 CP1 各引脚的电压。若各引脚无电压，描绘各连接引脚线路图，由线路图确定供给碟机电源引脚线路的位置，沿电源引脚线路往主板电源方向检查。沿线设有 VT05、VT06 两只贴片晶体管，检查该管偏置 R01、R02 电阻及周边元器件是否正常。

② 将碟片推入碟仓，观察显示屏，如果屏面显示 CD 符号，取下音响组件。测量音响与主板连接插件 CP1 的电压。若电源第⑦引脚电压为 4.6V，则正常；测量碟仓口行程开关引线的电压，应为 0.8V。若无电压，沿引线往主板上检查 VT10；若行程开关引线电压正常，则检查碟机微处理器。

3）检查激光唱头。

① 观察激光唱头有无光束，如果无光束，则检查激光二极管。

② 观察寻迹是否可以上下移动，如果不移动，则检查寻迹绕组伺服线路。

③ 将激光唱头组件滑向外侧，选择播放 CD 项。若唱头组件不能滑回原位，则检查激光唱头组件与线路板之间的连接线，如果发现折断，连接断点，或者更换连线。

④ 清洗激光唱头，更换新碟片，如果无效，则调整激光唱头偏流。

（4）单碟机正常，收音机不工作　检修收音机线路、信号传送线路的步骤如下。

1）直观检查。

① 检查收音机线路插件是否松动，元器件引脚有无脱焊、虚焊，如果发现此现象，应插紧插件，焊接脱焊引脚。

② 检查印制线路有无因生锈及氧化产生的白沫物。如果发现有腐蚀现象，应及时清理，并焊接好腐蚀生锈线路。

2）测量收音机线路电压。

① 用万用表选择 DC10V 电压挡，测量收音机线路电压，如果各被测点无电压，则检查收音机电源。

② 用万用表选择 DC10V 电压挡，测量屏蔽盒与收音机连接焊点间的电压，如果各点无电压，则检查收音机电源。

③ 检查主板微处理器周边元器件，主要检查在线贴片二极管、贴片晶体管。

3）检查收音机信号线路。

① 检查收音机线路中贴片二极管、贴片晶体管工作是否正常。

② 检查天线插头是否脱落，需插紧。

③ 检查天线内线是否折断，接好断点。

④ 检查天线内线是否与外壳金属接触形成短路，应拨开短路点，对短路点做绝缘处理。

⑤ 检查拉杆天线是否折断，更换拉杆天线。

（5）主机正常，6 碟机不工作　检修 6 碟机电源的步骤如下。

1）直观检查。

① 检查供给 6 碟机电源的熔丝，若熔丝烧断，更换熔丝。

② 检查主机连接 6 碟机的电缆线，若发现电缆线脱落，插紧。

2）线路电压测试。

① 拔下 6 碟机与主机连接的电缆线，打开主机电源开关，选择播放 6 碟机项。测量电缆线主机一端的电压。如果无电压，将主机拆下，打开上盖板，找到电缆红色线，沿红色线往下检查。检查沿线元器件，主要检查沿线 VT201、VT202，偏置 R121、R122 工作是否正常。

② 如果电缆线主机端电压正常，检查 6 碟机线路。如发现电源线路有明显烧黑、烧裂的元器件，应及时更换；如发现印制线路烧断，测量烧断线路电阻，若电阻为 0Ω，沿烧断线路往下检查，检查沿线 VT401、IC201 工作是否正常。

③ 将 6 碟盒推入套盒内，听机械声是否正常，正常时应该有试机过程。6 碟盒推入套盒后音响会把第 1 碟移至第 6 碟位置，然后再从第 6 碟退回到第 1 碟位置，确认音响无异常。当碟盒插入套盒后如果音响没有试机过程，应测量串位电动机导线电压，应为 12V。若电压正常，则检查电动机；若串位电动机电压不正常，则检查串位电动机驱动 IC 集成块、IC601 微处理器。

3）检查激光唱头。

① 清洗唱头表面，增加透光度。

② 选择正版光盘，使唱头能快速识取信号。

③ 播放第一碟，听播放电动机旋转声，如果电动机不旋转，检查电动机。测量电动机引线电压，若无电压，检查播放电动机驱动电路。

④ 将激光唱头整体组件用手滑向外侧，通电观察机械组件能否滑回原位，若不能滑回原位，检查唱头组件与线路板连接线；检查播放电动机。

⑤ 通电选择播放 6 碟机 CD 项，观察激光唱头是否有光束射出，如果无光束，检查激光二极管。

⑥ 通电选择播放 6 碟机 CD 项，观察寻迹绕组是否可以上下移动，如果不移动，检查寻迹绕组伺服线路。

4）检修注意事项。

① 一般情况下 6 碟机发生故障主要是机械故障，唱头损坏较常见。

② 注意收集相同型号的报废旧音响，这对以后的维修工作会有帮助。

③ 6 碟机使用一段时间后应复位，按压清零键即可。

习　题

1. 一汽马自达 6 轿车音响主机的拆卸方法是什么？

2. 一汽马自达 6 轿车音响的特点是什么？

3. 一汽马自达 6 轿车音响整机不工作的检修步骤是什么？

任务四　奥迪 A6 1.8T 轿车音响的故障检修

学习目标

1）了解奥迪 A6 1.8T 轿车音响的特点。

2）掌握奥迪 A6 1.8T 轿车音响的拆卸方法。

3）掌握奥迪 A6 1.8T 轿车音响常见故障的检修。

一、任务分析

图6-4 所示是长春一汽引进德国技术合资生产的奥迪 A6 1.8T 轿车原车安装的音响主机面板，它的音响设计独特，面板横向稍宽，结构比较合理，布局整洁、操作简便、功能齐全。本任务主要介绍奥迪 A6 1.8T 轿车音响的故障检修。

图6-4 奥迪 A6 1.8T 音响面板图

二、相关知识

1. 音响特点

1）由收音机、卡带机组成。

2）采用电位器开关启动主机电源。

3）单功放集成电路控制四声道音频输出，外接 6 只高音、中音、低音扬声器。

4）机心为大规模集成电路，中央系统控制各项功能转换。

5）主机设有安全防盗密码。

2. 主机拆卸方法

1）将变速杆面框用专用旋具沿边缝撬起，取下外框。

2）用旋具将下边框内两侧固定螺钉旋下来，取下大框。

3）取下烟灰盒，旋下里边两个固定螺钉，向外拉边框，取下音响主机外框，旋下固定音响的 4 个螺钉，取下音响主机。

4）装复时应按与拆卸步骤相反的顺序回装即可。

3. 音响典型故障的检修

（1）主机不工作 检修主机电源的步骤如下。

1）初步检查。

① 检查车上的电源熔丝，如果发现熔丝烧断，更换。

② 检查音响上的熔丝，如果发现熔丝烧断，更换。

③ 如果发现连接插头脱落、连接线折断，插紧插头，更换新线。

2）了解主机发生故障的经过。

① 在正常行车时发生故障。则考虑是否电压不稳定，音响线路被烧断。

② 在汽车修配厂检修汽车时发生故障。则考虑是否更换过蓄电池，如果音响主机断电，则密码电路会将机器锁死。

3）直观检查。

① 检查主板电源线路，如果发现线路上有明显烧黑、烧裂、爆裂的元器件，应

更换。

② 检查在线元器件引脚有无虚焊、脱焊，板与板连接插件是否脱落、松动，以及印制铜箔电路是否有烧断起撬断点、铜箔线氧化出现锈斑等现象，根据检查结果针对不同故障进行检修。

4）输入密码。

① 开机等待数秒，待显示屏显示"00000"符号时，按照车上使用说明书的介绍，在说明书中找到密码号，并输入密码。

② 如果机器显示屏不亮，显示屏无"00000"符号显示，需检查主板线路，排除故障后再输入密码。

5）检查电源线路。

① 在线测量电源线路贴片二极管，测量二极管正反向电阻，如果发现二极管有击穿烧断现象，应更换。

② 在线测量电源线路贴片晶体管，测量晶体管基极与集电极、发射极间正反向电阻，如果发现晶体管有击穿烧断现象，更换损坏管。注意：不要随意从线路板上焊下贴片晶体管，因贴片晶体管引脚比较短，易折断。如果怀疑被测管异常，可在线路中查找相同型号的管对照测量，必要时再将被检测管从线路中焊下加以确认。

6）检查微处理器外围线路。

① 检查贴片电容，更换变值失效电容。

② 检查振荡电路，主要检查振荡晶体。

③ 检查贴片二极管、贴片晶体管。

7）测量电源启动电路电压。

① 测量电源 12V 电压，检查是否外线双电源同时进入机内，若异常，需接好外线电源。

② 测量前面板与主板线路连接插件 CN9 的电压，若插件③引脚无 4.9V 电源开关启动电压，沿电源③引脚线路往主板电源方向检查。检查沿线贴片二极管 VD13、VD14，贴片晶体管 VT27、VT28（注意：相同型号的音响线路有的印字不清，沿线查可确定位置）。

③ 测量前面板与主板线路连接插件 CN9 的电压。若插件③引脚 4.9V 电源开关启动电压正常，沿电源开关启动引脚线路往微处理器方向检查。找到微处理器启动引脚位置（位置号为⑦②），测量⑦②引脚电压，应为 4.9V，若电压正常，则故障在微处理器内部；若电压不正常，则故障在线路上。

8）检修注意事项。

① 不可随意焊动线路上的元器件，不可调整在线可调元器件，应保持线路板焊点整洁。

② 不可改动密码电路，随意自行编码输入密码。

③ 收集相同型号的闲置音响，以及无法修复的报废音响，用于拆件或收藏。

（2）整机无声　检修功放 IC 电路的步骤如下。

1）直观检查。

① 如果功放块表面严重烧裂，更换功放块。

② 如果功放块引脚脱焊，将引脚加锡焊牢。

③ 如果功放线路元器件引脚虚焊，需加锡焊牢。

④ 如果功放线路印制铜箔线腐蚀，有氧化锈斑，需除掉氧化物，连接腐蚀断点。

2）测量功放块线路电压。

① 如果电源引脚 12V 电压正常，其他引脚无电压，则检查功放推动电路。沿②引脚 ST-BY（等待）线路往中央处理器方向检查，这条线路直通微处理器⑭引脚，并在机器工作时输出 3.0V 电压推动功放电路启动。若微处理器无 3.0V 电压输出，则故障在微处理器内部线路，系局部线路损坏；若微处理器 3.0V 电压输出正常，则故障在两引脚间连线，系印制线路断路。

② 如果各引脚电压正常，则检查信号线路。沿功放块引脚输入端信号线路往主板方向检查，检查沿线贴片二极管、印制铜箔电路。这种故障在日常维修中主要是线路二极管击穿或者烧断引起的信号阻断。另外，印制铜箔电路如果出现腐蚀氧化，线路被腐蚀引发断路，同样会阻断信号传送，而且线路腐蚀现象比较常见。

3）检查音频前级线路。

① 检查音频前级 IC 电路周边的元器件，是否有元器件引脚虚焊，焊好虚点。

② 检查音频前级 IC 电路信号输入端与信号输出端的线路，是否印制线路腐蚀，清理腐蚀线路，并重新焊好断点。

③ 检查音频前级 IC 电路信号输出静噪线路，是否贴片晶体管断路，更换损坏的贴片晶体管。

④ 测量音频前级 IC 电路电压，若输入端电压正常，输出端无电压，则更换 IC 电路。但注意，音频前级 IC 电路损坏现象日常维修并不多见，不可随意更换。

4）检查二次放大电路。

① 检查是否功率晶体管严重烧裂，如果是，更换功率晶体管。

② 检查是否个别元器件严重烧黑、烧裂、爆裂，如果是，更换损坏元器件。

③ 检查是否个别元器件引脚虚焊、脱焊，连接导线折断，插件脱落。及时将虚焊点接好，恢复折断导线，插紧连接插件。

④ 检查是否推动二次放大电路启动用的导线线径较细，更换粗线。

（3）收音机正常，卡带机不工作　检修卡带机电源的步骤如下。

1）故障判断。

① 由带仓口插入卡带，若不加载，显示屏无播放卡带符号，则检查：

a. 测量带仓口行程开关连接导线一端的电压，若无 1.8V 电压，沿该导线线路往下检查，检查沿线 VT013 工作状况，若正常，检查 VT013 周围的元器件。

b. 测量碟仓口行程开关连接导线一端的电压，若 1.8V 电压正常，再测闭合端电压。若闭合端无 1.8V 电压，则行程开关触点接触不良；若闭合端 1.8V 电压正常，沿闭合端导线往下检查，一直查到与中央处理器相连接的引脚位置，并测量该引脚的 1.8V 电压是否正常。若无此电压，则故障在线路上；若电压正常，则故障在中央处理器内部线路。

② 由带仓口插入卡带，若不加载，但显示屏显示播放卡带符号，则检查：

a. 测量加载电动机导线 12V 电压，若电压正常，则检查加载电动机。

b. 测量加载电动机导线 12V 电压，若无电压，则检查加载电动机驱动电路，检查驱动 IC 电路。

③ 测量主板与音响连接插件 CN2 各引脚的电压，若第⑦脚无 12V 电压，沿⑦脚线路往主板电源方向检查，检查电源 12V 线路。

④ 测量主板与音响连接插件 CN2 各引脚的电压，若第⑦脚有 12V 电压，则检查音响各连接引线，如果发现有引线折断现象，接好折断引线即可。

2）检查卡带放音信号线路。

① 由带仓口插入卡带，若加载正常，显示屏显示播放卡带符号。则检查：

a. 选择播放卡带，用旋具接触磁头引线，若扬声器有杂音，则更换磁头。

b. 选择播放卡带，用旋具接触磁头引线，若扬声器无杂音，则检查音频前置 IC 电路，检查磁头引线所连接的线路。

② 从磁头引线往主板方向检查，检查沿线贴片二极管、晶体管工作是否正常。

3）机械故障。

① 绞带：机械卷带轮传动带断裂、录音带缠绕过紧、音响内掉进异物卡住传动组件等都会引起故障，检查时应根据故障现象实施维修。

② 录音带来回不断换向：主要原因是音响大传动带传动系统引起的，通常以大传动带断裂比较常见。另外，录音带缠绕过紧造成卷带轮无法牵引、主导轴塞住无法旋转、音响掉进异物卡住传动组件等都会引起故障。

（4）卡带机正常，收音机不工作　检修收音机线路、信号传送线路的步骤如下：

1）直观检查。

① 检查收音机线路插件是否松动，元器件引脚有无脱焊、虚焊，如果发现此现象，应插紧插件，焊接脱焊引脚。

② 检查印制电路有无因生锈及由氧化产生的白沫物。如果发现有腐蚀现象，应及时清理，并焊接好腐蚀生锈线路。

2）测量收音机线路电压。

① 用万用表选择 DC10V 电压挡，测量收音机线路电压，如果各被测点无电压，则检查收音机电源。

② 用万用表选择 DC10V 电压挡，测量屏蔽盒与收音机连接焊点间的电压，如果各点无电压，则检查收音机电源。

3）检查收音机信号线路。

① 检查收音机线路中贴片二极管、贴片晶体管工作是否正常。

② 检查天线插头是否脱落，需插紧。

③ 检查天线内线是否折断，接好断点。

④ 检查天线内线是否与屏蔽网接触形成短路，应拨开短路点，对短路点做绝缘处理。

⑤ 检查拉杆天线是否折断，更换拉杆天线。

习　题

1. 奥迪 A6 1.8T 轿车音响主机的拆卸方法是什么？

2. 奥迪 A6 1.8T 轿车音响有何特点？

3. 奥迪 A6 1.8T 轿车音响卡带机正常，收音机不工作的检修步骤是什么？

任务五　丰田花冠1.8 L 轿车音响的故障检修

学习目标

1）了解丰田花冠1.8 L 轿车音响的特点。

2）掌握丰田花冠1.8 L 轿车音响主机的拆卸方法。

3）掌握丰田花冠1.8 L 轿车音响常见故障的检修。

一、任务分析

图6-5 所示是天津一汽公司引进日本技术合资生产的花冠轿车原车安装的音响面板，它的音响设计先进，面板整洁，具有现代风格，深受用户的喜爱。

图6-5　丰田花冠轿车原车音响面板图

二、相关知识

1. 音响特点

1）集收音机、DVD 机、卡带机、CD 机、GPS 导航组合于一体（压下导航屏可露出卡带机仓和单碟机面板）。

2）音响配置6 只扬声器。

3）主机控制各项功能转换。

4）机心为大规模集成电路。

5）单片功放集成，车上加装有二次放大电路。

6）电子开关电路启动主机电源，控制收音机电路。

2. 主机拆卸方法

1）自制一块钢板，宽度约20mm，厚度以能够插进桃木框缝隙为宜。

2）将音响主机外桃木框撬出。

3）将主机下方烟灰盒抽出，旋下内置的两个螺钉，拆下边框。

4）旋下固定音响主机的螺钉，取下主机。

5）装复时按照与拆卸步骤相反的顺序回装即可。

3. 音响典型故障的检修

（1）主机不工作　检修主机电源的步骤如下：

1）初步检查。

① 检查车上熔丝盒内的音响熔丝是否熔断，如果熔丝烧断，更换熔丝。

② 检查音响上的熔丝，如果熔丝烧断，更换熔丝。

2）拆卸音响主机。

① 仔细观察音响主机在前面平台的安装结构，做好拆卸准备工作。

② 按照拆卸步骤开始拆卸主机。注意：不可以用螺钉旋具拆卸，因螺钉旋具是金属杆，容易割破革制皮面，撬断塑料装饰框。

③ 拔下拆卸下来的主机与外线插头，打开点火开关，测量留在车上一端插头电压，并刻记在主机电源引脚位置上，用于维修机器测试。

3）直观检查主机线路。

① 检查主板电源线路，如果发现线路上有明显烧黑、烧裂、爆裂的元器件，及时更换。

② 检查线路板上的元器件，如果发现有元器件引脚虚焊、脱焊，连接插件松动，应对虚焊引脚加锡固定，并插紧连接插件。

③ 检查印制铜箔线电路，如果发现印制电路有腐蚀氧化断点，应对腐蚀断点进行清洗，并加锡焊牢，接好断路点。

④ 如果发现电源印制电路有烧断起撬现象，将万用表选在10Ω电阻挡，测量烧断线路电阻。若电阻为0Ω，说明烧断线路有元器件击穿，沿烧断线路往下检查，检查沿线贴片二极管、贴片晶体管、IC电路等。

4）检测电源线路贴片元器件。

① 在线测量电源线路贴片二极管，测量二极管正反向电阻，如果发现二极管有击穿烧断现象，应更换。

② 在线测量电源线路贴片晶体管，测量晶体管基极与集电极、发射极间正反向电阻，如果发现晶体管有击穿烧断现象，更换损坏管。注意：不要随意从线路板上焊下贴片晶体管，因贴片晶体管引脚比较短，易折断。如果怀疑被测管异常，可在线路中查找相同型号的管对照测量一下，必要时再将被检测管从线路中焊下加以确认。

5）检测微处理器外围线路。

① 检查贴片电容，更换变值失效电容。

② 检查振荡电路，主要检查振荡晶体。

③ 检查贴片二极管、贴片晶体管。

6）测量电源启动电路电压。

① 测量电源12V电压，检查是否外线双电源同时进入机内，若异常，需接好外线电源。

② 测量前面板与主板线路连接插件CN04各引脚的电压，若插件第⑥引脚无3.0V电源开关启动电压，沿电源开关启动引脚线路往电源方向检查，检查沿线贴片二极管、晶体管。

③ 测量前面板与主板线路连接插件CN04各引脚的电压，若插件第⑥引脚3.8V电源开关启动电压正常，沿⑥引脚线路往微处理器方向检查。找到微处理器启动引脚位置（位置号为69），测量⑥引脚的电压，应为3.9V。若电压正常，则故障在微处理器内部；否则，故障在⑥引脚与69引脚之间的线路上，需检查这段线路。

7）检修注意事项。

① 不要随意焊动线路板上的元器件，音响一般不会有严重的故障产生。

② 不要调整在线可调元器件，不要做没有意义的事情。

③ 描绘主要线路走向图，特别是要描绘电源线路图、电源启动线路图，以便维修相同型号的音响时作为参考。同时做好维修记录，便于查阅。

④ 收集改装车闲置下来的音响，以及无法修复报废的音响，用于拆件或收藏。

⑤ 必要时可与轿车经销商取得联系，讲明音响故障现象，由经销商提供维修信息。例如，音响线路设有保护产品的相关启动程序，如果用机不当这些程序将遭到破坏，此时经销

商会告知解决方法。因此，维修人员不得随意改动线路，避免人为造成音响严重损坏。

（2）整机无声　检修功放 IC 电路的步骤如下。

1）直观检查。

① 如果功放块表面严重烧裂，更换功放块。

② 如果功放块引脚脱焊，将引脚加锡焊牢。

③ 如果功放线路元器件引脚虚焊，需加锡焊牢。

④ 如果功放线路印制铜箔线腐蚀，有氧化锈斑，需除掉氧化物，连接腐蚀断点。

2）测量功放块在路电压。

① 如果电源引脚 12V 电压正常，其他引脚无电压，则检查功放推动电路。沿⑬引脚 ST-BY（等待）线路往中央处理器方向检查，这条线路直通微处理器④引脚，并在机器工作时输出 3.0V 电压推动功放电路启动。若微处理器无 3.0V 电压输出，则故障在微处理器内部线路，系局部线路损坏；若微处理器 3.0V 电压输出正常，则故障在两引脚间连线，系印制电路断路。

② 如果各引脚电压正常，则检查信号线路，沿功放块引脚输入端信号线路往主板方向检查，检查沿线贴片二极管、印制铜箔线电路。这种故障在日常维修中主要是线路二极管击穿或者烧断引起的信号阻断。另外，印制铜箔线电路如果出现腐蚀氧化现象，线路被腐蚀引发断路，同样会阻断信号传送，而且线路腐蚀现象比较常见。

3）检查音频前级线路。

① 检查音频前级 IC 电路周边的元器件，如果发现有元器件引脚虚焊，焊好虚点。

② 检查音频前级 IC 电路信号输入端与信号输出端的线路，如果发现印制电路腐蚀，清理腐蚀线路，并重新焊好断点。

③ 检查音频前级 IC 电路信号输出静噪线路，如果发现贴片晶体管断路，更换损坏的贴片晶体管。

④ 测量音频前级 IC 电路在路电压，若输入端电压正常，输出端无电压，则更换 IC 电路。但注意，音频前级 IC 电路损坏现象日常维修并不多见，不可随意更换。

4）检查二次放大电路。

① 如果发现功率晶体管严重烧裂，更换功率晶体管。

② 如果发现个别元器件严重烧黑、烧裂、爆裂，应更换损坏元器件。

③ 如果发现个别元器件引脚虚焊、脱焊，连接导线折断，插件脱落，应及时将虚焊点接好，恢复折断导线，插紧连接插件。

④ 如果发现推动二次放大电路启动用的导线线径较细，应更换粗线。

5）功放电路损坏的应急维修。将损坏的功放块从主机上拆下，将输入端信号线直接接在二次放大电路信号输入端，利用二次放大电路即可直接发声。

（3）主机正常，卡带机不工作　检修卡带机电源的步骤如下。

1）故障判断。

① 将控制主机由平台弹出，在带仓口插入卡带，若不加载，显示屏无播放卡带符号，则检查功能转换电路。

a. 测量带仓口行程开关连接导线一端的电压，若无 0.8V 电压，沿该导线线路往下检查，检查沿线 VT013 的工作状况，若正常，检查 VT103 周围元器件。

b. 测量碟仓口行程开关连接导线一端的电压，若 0.8V 电压正常，再测闭合端电压，若闭合端无 0.8V 电压，则行程开关触点接触不良；若闭合端 0.8V 电压正常，沿闭合端导线往下检查，一直查到与中央处理器相连接的引脚位置，并测量该引脚的 0.8V 电压是否正常。若无此电压，则故障在线路上；若电压正常，则故障在中央处理器内部线路。

② 由带仓口插入卡带，若不加载，但显示屏显示播放卡带符号，则检查加载电动机及电动机驱动电路。

a. 测量加载电动机导线 12V 电压，若电压正常，则检查加载电动机。

b. 测量加载电动机导线 12V 电压，若无电压，则检查加载电动机驱动电路，检查驱动 IC 电路。

2）检查卡带放音信号线路。

① 由带仓口插入卡带，若加载正常，显示屏显示播放卡带符号。则检查卡带放音信号线路。

a. 选择播放卡带，用旋具接触磁头引脚焊点。若扬声器有杂音，则更换磁头。

b. 选择播放卡带，用旋具接触磁头引脚焊点，若扬声器无杂音，则检查音频前置 IC 电路，检查磁头引线所连接的线路。

② 从磁头引线往主板方向检查，检查沿线贴片二极管、晶体管工作是否正常。

3）机械故障。

① 绞带。机械卷带轮传动带断裂、录音带缠绕过紧、音响内掉进异物卡住传动组件等都会引起故障，检查时应根据故障现象实施维修。

② 录音带来回不断换向。主要原因是音响大传动带传动系统引起的，通常以大传动带断裂比较常见。另外，录音带缠绕过紧造成卷带轮无法牵引、主导轴塞住无法旋转、音响掉进异物卡住传动组件等都会引起故障。

（4）主机正常，单碟机不工作　检修单碟机电源、激光唱头的步骤如下。

1）直观检查。

① 检查碟仓口行程开关，如开关触点接触不良、变形，导线脱焊等，应实施处理。

② 检查碟机与主板连接插件，如发现插件脱落、接点脱焊，应及时恢复。

③ 检查碟机线路板元器件，如发现有元器件引脚虚焊、个别元器件烧黑、铜箔线路烧断，应分别对虚焊引脚加锡固定，并更换烧黑元器件，接好铜箔线路断点。

2）检查碟机电源。

① 将音响主机由平台弹出。

② 将碟片推入碟仓，观察显示屏，如果屏面无播放 CD 符号显示，取下音响组件，测量音响与主板连接插件各引脚的电压。若各引脚无电压，初步描绘引脚线路图，由图确定电源引脚线路的位置，沿电源引脚线路往主板电源方向检查。沿线设有 VT201、VT202 两只贴片晶体管，检查该管偏置 R117、R118 电阻。

③ 将碟片推入碟仓，观察显示屏，如果屏面显示 CD 符号，取下音响组件，测量音响与主板连接插件 CN07 的电压，若电源引脚电压为 5.0V，则正常；测量碟仓口行程开关引线电压，应为 0.8V。若无电压，沿引线往主板上检查 VT213；若行程开关引线电压正常，则检查碟机微处理器。

3）检查激光唱头。

① 观察激光唱头有无光束，如果无光束，则检查激光二极管。

② 观察寻迹绕组是否可以上下移动，如果不移动，则检查寻迹绕组伺服线路。

③ 将激光唱头组件滑向外侧，选择播放 CD 项。若唱头组件不能滑回原位，则检查激光唱头组件与线路板之间的连接线，如果发现折断，连接断点，或者更换连线。

④ 清洗激光唱头，更换新碟片，如果无效，则调整激光唱头偏流。

（5）主机正常，DVD 不工作　检修 DVD 电源的步骤如下。

1）直观检查。

① 检查碟仓口行程开关，如开关触点接触不良、变形，导线脱焊等，应实施处理。

② 检查碟机与主板连接插件，如发现插件脱落、接点脱焊，应及时恢复。

③ 检查碟机线路板元器件，如发现有元器件引脚虚焊、个别元器件烧黑、铜箔线路烧断，应分别对虚焊引脚加锡固定，并更换烧黑元器件，接好铜箔线断路点。

2）检查碟机电源。

① 将碟片推入碟仓，观察显示屏，如果屏面无播放 DVD 符号显示，取下音响组件，测量音响与主板连接插件 CN04 各引脚的电压。若各引脚无电压，初步描绘引脚线路图，由图确定电源引脚线路的位置，沿电源引脚线路往主板电源方向检查，沿线设有 VT035、VT036 两只贴片晶体管，检查该管偏置 R011、R012 电阻。

② 将碟片推入碟仓，观察显示屏，如果屏面显示 DVD 符号，取下音响组件，测量音响与主板连接插件 CN04 的电压。若电源引脚电压正常，测量碟仓口行程开关引线的电压，应为 0.6V。无电压，沿引线往主板上检查，沿线设有 VT029，检查该管；若行程开关引线电压正常，则检查碟机微处理器。

3）检查激光唱头。

① 观察激光唱头有无光束，如果无光束，则检查激光二极管。

② 观察寻迹绕组是否可以上下移动，如果不移动，则检查寻迹绕组伺服线路。

③ 将激光唱头组件滑向外侧，选择播放 DVD 项。若唱头组件不能滑回原位，则检查激光唱头组件与线路板之间的连接线，如果发现折断，连接断点，或者更换连线。

④ 清洗激光唱头，更换新碟片，如果无效，则调整激光唱头偏流。

（6）视屏不工作　检修视屏电源的步骤如下。

1）初步检查。

① 检查连接视屏的电缆线，如果发现电缆线折断、破损，应及时修复或更换。

② 测量连接视屏电缆线的 12V 电压，若无电压，检查电源熔丝；若电压正常，检查视屏内线路板线路。

2）直观检查。

① 按压视屏电源启动键，若视屏不亮，检查连接视屏的电缆线，如果电缆线插头脱落，应插紧。

② 检查视屏连接 DVD 一端的电缆线，若连接 DVD 一端的插头脱落，应插紧。

3）检查视屏电路。

① 检查视屏线路板电源线路，如果发现电源线路有明显烧黑、烧裂、爆裂的元器件，应更换。

② 检查视屏线路板电源线路，如果发现印制电路有明显烧断起撬断点，测量烧断线

路电阻，若电阻为 0Ω，检查后续线路，将短路故障排除。

③ 检查视屏视放电路、行振荡电路、高压电路等。

（7）无导航信号　检修信号源的步骤如下。

1）检查地图光盘。

① 如果地图光盘磨损严重，应更换。

② 如果激光唱头过脏失去读取信号能力，应清洗唱头。

③ 检查卫星接收定位系统、陀螺天线。

2）检查 DVD 线路。

① DVD 应支持导航光盘，若播放 DVD 光盘正常，导航不工作，则查 DVD 线路。

② 检查支持导航光盘线路。

<h2 style="text-align:center">习　题</h2>

1. 丰田花冠轿车音响主机的拆卸方法是什么？

2. 丰田花冠轿车音响的特点是什么？

3. 丰田花冠轿车音响无导航信号的检修步骤是什么？

任务六　长安福特蒙迪欧 2.5V6 轿车音响的故障检修

 学习目标

1）了解长安福特蒙迪欧 2.5V6 轿车音响的特点。

2）掌握长安福特蒙迪欧 2.5V6 轿车音响主机的拆卸方法。

3）掌握长安福特蒙迪欧 2.5V6 轿车音响常见故障的检修。

一、任务分析

图 6-6 所示是长安福特汽车公司生产的蒙迪欧轿车原车安装的音响（美国合资）面板，它的音响设计新颖，面板整洁，富有现代感。音响安装在车前面操作平台处，与车配套突出豪华、舒适、典雅、庄重的布局效果。

图 6-6　长安福特蒙迪欧轿车音响面板图

二、相关知识

1. 音响特点

1）配置车载 DVD 视频、GPS 导航，后排设有两个视屏。

2）主机控制各项功能转换。

3）机心为大规模集成电路。

4）单片功放集成，加装有二次放大电路。

5）电子开关电路启动主机电源，控制收音机电路。

2. 主机拆卸方法

1）自制一块钢板，宽度约 20mm，厚度以能够插进桃木框缝隙为宜。

2）将音响主机外桃木框撬出，旋下内置的两个螺钉，撬开下框连接板。

3）将主机下方烟灰盒抽出，旋下内置的两个螺钉，拆下连接边框。

4）旋下固定音响主机的 4 个螺钉，取下音响主机。

5）装复时按照与拆卸步骤相反的顺序回装即可。

3. 音响典型故障的检修

（1）主机不工作 检修主机电源的步骤如下所示。

1）初步检查。

① 检查车上熔丝盒内的音响熔丝是否熔断，如果熔丝烧断，更换熔丝。

② 检查音响上的熔丝，如果熔丝烧断，更换熔丝。

2）拆卸音响主机。

① 仔细观察音响主机在前面平台的安装结构，做好拆卸准备工作。

② 按照拆卸步骤开始拆卸主机（注意：不可以用螺钉旋具拆卸，因螺钉旋具是金属杆，容易割破革制皮面，撬断塑料装饰框）。

③ 拔下拆卸下来的主机与外线插头，打开点火开关，测量留在车上一端插头电压，并刻记在主机电源引脚位置上，用于维修机器测试。

3）直观检查主机线路。

① 检查主板电源线路，如果发现线路上有明显烧黑、烧裂、爆裂的元器件，应及时更换。

② 检查线路板上的在线元器件，如果发现有元器件引脚虚焊、脱焊，连接插件松动，应对虚焊引脚加锡固定，并插紧连接插件。

③ 检查印制铜箔线电路，如果发现印制电路有腐蚀氧化断点，应对腐蚀断点进行清洗，并加锡焊牢，接好断路点。

④ 如果发现电源印制电路有烧断起撬现象，将万用表选在 10Ω 电阻挡，测量烧断线路电阻。若电阻为 0Ω，说明烧断线路有元器件击穿，沿烧断线路往下检查，检查沿线贴片二极管、贴片晶体管，IC 电路等。

4）检测电源线路贴片元器件。

① 在线测量电源线路贴片二极管，测量二极管正反向电阻，如果发现二极管有击穿烧断现象，应更换。

② 在线测量电源线路贴片晶体管，测量晶体管基极与集电极、发射极间正反向电阻，

如果发现晶体管有击穿烧断现象，更换损坏管（注意：不要随意从线路板上焊下贴片晶体管，因贴片晶体管引脚比较短，易折断。如果怀疑被测管异常，可在线路中查找相同型号管对照测量，必要时再将被检测管从线路中焊下加以确认）。

5）检测微处理器外围线路。

① 检查贴片电容，更换变值失效电容。

② 检查振荡电路，主要检查振荡晶体。

③ 检查贴片二极管、贴片晶体管。

6）测量电源启动电路电压。

① 测量电源 12V 电压，检查是否外线双电源同时进入机内，若异常，必须接好外线电源。

② 测量前面板与主板线路连接插件 CN1 各引脚的电压，若插件第⑩引脚无 4.0V 电源开关启动电压，沿⑩引脚线路往电源方向检查，检查沿线元器件的工作状况，主要检查沿线贴片二极管、晶体管。

③ 测量前面板与主板线路连接插件 CN1 的电压，若插件第⑩引脚 4.0V 电源开关启动电压正常，沿⑩引脚线路往微处理器方向检查，找到微处理器启动引脚位置（位置号为⑬），测量⑬引脚的电压，应为 4.0V。若电压正常，则故障在微处理器内部；否则，故障在⑩引脚与⑬引脚之间的线路上，系这段线路断路，需细查损坏元器件。

7）检修注意事项。

① 不要随意焊动线路板上的元器件，音响一般不会有严重的故障产生。

② 不要调整在线可调元器件，不做没有意义的事情。

③ 描绘主要线路走向图，特别是要描绘电源线路图、电源启动线路图，以便维修相同型号机器作为参考。同时做好维修记录，便于查阅。

④ 收集改装车闲置下来的音响，以及无法修复报废的机器，用于拆件或收藏。

⑤ 必要时可与轿车经销商取得联系，讲明音响故障现象，由经销商提供维修信息。例如，音响线路设有保护产品的相关启动程序，如果用机不当这些程序将遭到破坏，此时经销商会告知解决方法，因此，维修人员不得随意改动线路，避免人为造成音响严重损坏。

（2）整机无声 检修功放 IC 电路的步骤如下。

1）直观检查。

① 如果功放块表面严重烧裂，更换功放块。

② 如果功放块引脚脱焊，将引脚加锡焊牢。

③ 如果功放线路元器件引脚虚焊，需加锡焊牢。

④ 如果功放线路印制铜箔线腐蚀，有氧化锈斑，需除掉氧化物，连接腐蚀断点。

2）测量功放块在路电压。

① 如果电源引脚 12V 电压正常，其他引脚无电压，则检查功放推动电路。沿⑥引脚 ST-BY（等待）线路往中央处理器方向检查，这条线路直通微处理器㊿引脚，并在机器工作时输出 3.0V 电压推动功放电路启动。若微处理器无 3.0V 电压输出，则故障在微处理器内部线路，系局部线路损坏；若微处理器 3.0V 电压输出正常，则故障在两引脚间连线，系印制电路断路。

② 如果各引脚电压正常，则检查信号线路，沿功放块引脚输入端信号线路往主板方向检查，检查沿线贴片二极管、印制铜箔线电路。这种故障在日常维修中主要是线路二极管击穿或者烧断引起的信号阻断。另外，印制铜箔线电路如果出现腐蚀氧化现象，线路被腐蚀引发断路，同样会阻断信号传送，而且线路腐蚀现象比较常见。

3）检查音频前级线路。

① 检查音频前级 IC 电路周边的元器件，如果发现有元器件引脚虚焊，焊好虚点。

② 检查音频前级 IC 电路信号输入端与信号输出端的线路，如果发现印制线路腐蚀，清理腐蚀线路，并重新焊好断点。

③ 检查音频前级 IC 电路信号输出静噪线路，如果发现贴片晶体管断路，更换损坏的贴片晶体管。

④ 测量音频前级 IC 电路在路电压，若输入端电压正常，输出端无电压，则更换 IC 电路（注意：音频前级 IC 电路一般不易损坏，不可随意更换）。

4）检查二次放大电路。

① 如果发现功率晶体管严重烧裂，更换功率晶体管。

② 如果发现个别元器件严重烧黑、烧裂、爆裂，应更换损坏元器件。

③ 如果发现个别元器件引脚虚焊、脱焊，连接导线折断，插件脱落，应及时将虚焊点接好，恢复折断导线，插紧连接插件。

④ 如果发现推动二次放大电路启动用的导线线径较细，应更换粗线。

5）功放电路损坏的应急维修。将损坏的功放块从主机上拆下，将输入端信号线直接接在二次放大电路信号输入端，利用二次放大电路即可直接发声。

（3）主机正常，DVD 不工作　检修 DVD 电源的步骤如下。

1）直观检查。

① 检查碟仓口行程开关，如开关触点接触不良、变形，导线脱焊等，应实施处理。

② 检查碟机与主板连接插件，如发现插件脱落，接点脱焊，应及时恢复。

③ 检查碟机线路板元器件，如发现有元器件引脚虚焊、个别元器件烧黑，铜箔线路烧断，应分别对虚焊引脚加锡固定，并更换烧黑元器件，接好铜箔线断路点。

2）检查碟机电源。

① 将碟片推入碟仓，观察显示屏，如果屏面无播放 DVD 符号显示，取下音响组件，测量音响与主板连接插件 CN08 各引脚的电压。若各引脚无电压，初步描绘引脚线路图，由图确定电源引脚线路的位置，沿电源引脚线路往主板电源方向检查。沿线设有 VT205、VT206 两只贴片晶体管，检查该管偏置 R212，R213 电阻。

② 将碟片推入碟仓，观察显示屏，如果屏面显示 DVD 符号，取下音响组件，测量音响与主板连接插件 CN08 的电压。若电源引脚电压正常，测量碟仓口行程开关引线的电压，应为 0.6V。若无电压，沿引线往主板上检查，沿线设有 VT139，检查该管；若行程开关引线电压正常，则检查碟机微处理器。

3）检查激光唱头。

① 观察激光唱头有无光束，如果无光束，则检查激光二极管。

② 观察寻迹绕组是否可以上下移动，如果不移动，则检查寻迹绕组伺服线路。

③ 将激光唱头组件滑向外侧，选择播放 DVD 项。若唱头组件不能滑回原位，则检查

激光唱头组件与线路板之间的连接线，如果发现折断，连接断点，或者更换连线。

④ 清洗激光唱头，更换新碟片，如果无效，则调整激光唱头偏流。

（4）无导航信号　检修信号源的步骤如下。

1）检查地图光盘。

① 如果地图光盘磨损严重，应更换。

② 如果激光唱头过脏失去读取信号能力，应清洗唱头。

③ 检查卫星接收定位系统、陀螺天线。

2）检查 DVD 线路。

① DVD 应支持导航光盘，若播放 DVD 光盘正常，导航不工作，则查导航光盘线路。

② 检查支持导航光盘线路。

（5）视屏不工作　检修视屏电源的步骤如下。

1）初步检查。

① 检查连接视屏的电缆线，如果发现电缆线折断、破损，应及时修复或更换。

② 测量连接视屏电缆线的 12V 电压，若无电压，检查电源熔丝；若电压正常，检查视屏内线路板线路。

2）直观检查。

① 按压视屏电源启动键，若视屏不亮，检查连接视屏的电缆线，如果电缆线插头脱落，应插紧。

② 检查视屏连接 DVD 一端的电缆线，若连接 DVD 一端的插头脱落，应插紧。

3）检查视屏电路。

① 检查视屏线路板电源线路，如果发现电源线路有明显烧黑、烧裂、爆裂的元器件，应更换。

② 检查视屏线路板电源线路，如果发现印制线路有明显烧断起撬断点，测量烧断线路电阻，若电阻为 0Ω，检查后续线路，将短路故障排除。

③ 检查视屏视放电路、行振荡电路、高压电路等。

④ 检查液晶屏。

（6）后排左头枕视屏不工作　检修左头枕视屏电源线路的步骤如下。

1）检查通向左头枕的电源线。

① 检查通向左头枕的电缆线，如果发现电缆线折断、破损，应及时修复或更换。

② 测量通向左头枕电缆线的 12V 电压，若无电压，检查电源熔丝；若电压正常，检查视屏内线路。

2）检查左头枕视屏线路。

① 如果发现视屏线路有明显烧黑、烧裂、爆裂的元器件，应及时更换。

② 如果发现视屏线路有严重烧断线路，测量烧断线路的电阻，确认烧断线路有无短路故障存在。若烧断线路涉及后边线路元器件的损坏，沿烧断线路往下检查，检查沿线 VT511、IC201 的工作状况。

③ 检查视屏视放线路、行振荡线路、高压电路。

④ 检查液晶视屏。

（7）后排右头枕视屏不工作　检修右头枕视屏电源线路的步骤如下。

1）检查通向右头枕的电源线。

① 检查通向右头枕的电缆线，如果发现电缆线折断、破损，应及时修复或更换。

② 测量通向右头枕电缆线的 12V 电压，若无电压，检查电源熔丝；若电压正常，检查视屏内线路。

2）检查右头枕视屏线路。

① 如果发现视屏线路有明显烧黑、烧裂、爆裂的元器件，应及时更换。

② 如果发现视屏线路有严重烧断线路，测量烧断线路的电阻，确认烧断线路有无短路故障存在，若烧断线路涉及后边线路元器件的损坏，沿烧断线路往下检查，检查沿线 VT019、IC101 的工作情况。

③ 检查视屏视放线路、行振荡电路、高压电路。

④ 检查液晶视屏。

习　　题

1. 长安福特蒙迪欧 2.5V6 轿车音响主机的拆卸方法是什么？
2. 长安福特蒙迪欧 2.5V6 轿车音响的特点是什么？
3. 长安福特蒙迪欧 2.5V6 轿车音响主机不工作的检修步骤是什么？

参 考 文 献

[1] 李勇. 汽车遥控器设定与音响解码手册 [M]. 沈阳：辽宁科学技术出版社，2004.

[2] 吴文琳，郭力伟. 汽车防盗及中控门锁系统维修方法与实例 [M]. 北京：人民邮电出版社，2009.

[3] 栾琪文. 进口汽车电气系统维修实例 [M]. 沈阳：辽宁科学技术出版社，2001.

[4] 孙余凯，项绮明. 新型汽车音响故障维修图解 [M]. 北京：电子工业出版社，2005.

[5] 郝军. 汽车音响设备原理与检修 [M]. 北京：电子工业出版社，2007.

[6] 姜文科. 汽车音响故障检修 300 例 [M]. 沈阳：辽宁科学技术出版社，1999.

[7] 姜文科. 高档汽车音响故障分析与维修精华 [M]. 北京：机械工业出版社，2009.

[8] 高晗，王彬. 进口汽车防盗及中控系统维修精华 [M]. 北京：机械工业出版社，2005.

[9] 徐淼，李金学. 电控防盗系统维修从入门到精通 [M]. 北京：国防工业出版社，2005.

[10] 郗传宾. 汽车音响 [M]. 北京：人民交通出版社，2004.